廢柴福妻

下

風文創
779

龍卷兒 著

目錄

第三十一章

是夜，清淺月光照進來，在地上灑上一層銀霜。

洛瑾走進西廂房，先生火燒水，將灶前收拾乾淨，再去裡間拿盆子裝熱水。

莫恩庭從外面進來，嘆了口氣，一句話都沒說，輕輕關好屋門。

「二哥。」洛瑾叫了聲。

「嗯。」莫恩庭背對著她，輕輕應了，依舊不動。

這個模樣，莫不是落榜了？洛瑾頓時覺得不妙，走過去。「我燒了水，你洗……啊！」

她被莫恩庭緊緊抱住，鼻間吸進的全是酒氣，嚇了一跳，不由想推開他，語無倫次地說：「其實，落榜也沒關係。」

莫恩庭一愣，她身上又冷又甜的香氣，簡直讓他發瘋。「落榜了怎麼辦？」

現在他應該很失望吧？可是洛瑾不會安慰人，況且，她的腰快被他的手勁給勒斷了。

「可以再考。」

「不能考了，家裡負擔不起。」莫恩庭重重嘆息，吐出濃濃的酒氣。「我要下地幹活，以後只能做個莊稼漢了。」

洛瑾喘不過氣，那酒味實在熏人。「莊稼漢也很好，不偷不搶，不一定非得考科舉。」這麼說，好像更傷人？莫恩庭一心想出人頭地，叫他種田，滿腹詩書等於沒用了。

「真的嗎？」莫恩庭的身子抖了抖。「如果我種地，洛瑾會留下來？」

「嗯……」溫熱的氣息噴灑在她耳畔，讓她覺得臉發燙，想逃。「二哥，你放開我。」

「跟著我，好不好？」莫恩庭的嘴唇輕觸洛瑾臉頰。「我會護著妳，不會讓人欺負妳；妳要什麼，我都幫妳尋來。我想和洛瑾攜手相伴，遊名山大川，賞四季更迭。」

這般美好的事情，真的會實現？從前，洛瑾以為，一生不過是從一個後院去到另一個後院，然後成為母親；若運氣好，夫君不會打罵她，過完平平淡淡的一生。

她正想著，唇上落下一片溫軟，頓時如遭雷擊，呆在原地，想跑，卻被莫恩庭抵在門上，動彈不得。

莫恩庭吃掉洛瑾想出口的話，輾轉纏綿地吻她。這小小人兒身上有令他上癮的香氣，讓他捨不得，也不願意放開。

「你……」洛瑾掙扎著，側開臉。「你放開我。」

「洛瑾，別推開我。」莫恩握住洛瑾的肩。「我喜歡妳，可妳總是想跑！」

洛瑾抬手擦嘴唇，被他吻得有些疼。「二哥，你喝醉了。」

莫恩庭沒鬆手。「試著接受我，好不好？」

洛瑾簡直快要哭了，腦子裡更是亂成一團，徹底成了漿糊。「我……」

「妳害怕？」莫恩庭捧著她的臉。「妳在發抖，妳在怕什麼？」

「我沒有！」洛瑾腦子裡一片混沌。

「沒有就沒有吧！」莫恩庭無奈，捏了捏她的臉頰。「我考過了。」

「啊？」洛瑾還沒回神，表情呆呆的。

「妳這樣子，讓人想一口吞掉。」莫恩庭鬆開她。「妳就覺得我適合種田？不覺得以我的相貌、才學，更該做個狀元郎？」

莫恩庭的臉皮從幾時開始越來越厚了？洛瑾依稀記得，剛見面時那個清高、冷靜的讀書人，跟現在的他，簡直是天壤之別。

「妳再發呆，我抱妳了啊！」這丫頭就是這樣，碰到事情便心慌意亂。

莫恩庭這麼說，也這麼做了，洛瑾纖細的身子，軟得好像一勒便會斷。

「我……」洛瑾推拒著，臉轉向一邊。「二哥，水涼了。」

「春日柳絮飛滿城，冬雪漫天裹千山。」莫恩庭聲音溫柔。「洛瑾，可願與二哥看盡世間風景？」

那雙好看的眼睛，不知是不是因為酒醉，還是屋裡太昏暗，洛瑾覺得，莫恩庭的目光比以往深邃許多，讓她害怕，不知所措。

「我……」洛瑾結結巴巴，小手依舊推著，想要逃離。

莫恩庭倏地笑了，放開她。「知道了，我等妳。」以往，這丫頭定會說還清銀子、放她離開之類的話，現在不管她猶豫還是慌張，卻未再提起，可見她不再像以往那般排斥他。

洛瑾趕緊從他懷裡鑽出來，往角落躲，連頭都不敢抬，不知自己的臉紅成什麼樣了。

莫恩庭見狀，自己舀了水，端著盆子走進裡間，回頭道：「時辰還不晚，妳不是要趕繡活嗎？進來吧！」

前幾日去大宅做工，耽誤了些工夫，可是剛才他對她……

洛瑾心裡亂得很，吶吶道：「明日再繡，也可以。」

「那妳早些睡吧！晚上繡花，容易熬壞眼睛。」莫恩庭說完便放下門簾。

洛瑾沒應聲，依然呆呆站在那裡，然後深吸一口氣，晃了晃腦袋。

有些事，她根本無法控制，該怎麼辦才好？

過了縣試，接下來莫恩庭要準備州試，不能放鬆，除了吃飯、睡覺，大半時日都在看書。

這天，天氣有些陰沈，起了風，洛瑾跟趙寧娘上山坡挖野菜。田裡的青菜還沒長好，去年存的也差不多吃完了，正是吃各種野菜的時候。

野菜有很多種，趙寧娘教洛瑾辨認，說哪些野菜長得像，但其實不一樣；水溝旁邊的野菜長得鮮嫩，但藏在草中，並不好找。

兩人動作還算快，沒半天工夫，挖了近一簍子，中午前便回到家。

趙寧娘把野菜放在院子裡，找凳子坐下，飛快揀起菜；洛瑾則去拿柴，到正屋做飯。

這時，院門開了，張月桃走進來，喊了趙寧娘一聲。

趙寧娘起身招呼她，卻是不明白，昨日她才來過，今日怎麼又來了？

「我來看看姑姑。」張月桃說完，逕自去了正屋。

張月桃一進去，瞧見燒火的洛瑾，瞪了一眼，小聲咕噥道：「狐狸精！」便去了裡屋。

洛瑾本想招呼她，見狀閉上嘴，去做自己的活了。

張婆子看到姪女，納悶地問：「桃丫頭，天氣不好，妳跑來幹什麼？」

「家裡沒事，過來看看您。」張月桃坐到炕上。

「姑娘家的，不要到處亂跑。」張婆子勸道。平常人家的女兒，哪能隨便走動，還沒有家人跟著。「以後婆家會在意的。」

張月桃聽張婆子這般說，有些不高興，抿了抿嘴。「姑姑不喜歡我來看您嗎？」

她哪是這個意思，張婆子覺得張月桃實在不懂事，但畢竟是姪女，不能像自己孩子那樣教訓。「姑姑是說，這麼遠的路，一個姑娘家走，太危險。」

「沒事，我走習慣了。」張月桃又問：「二表哥考上了？」

說到這個，張婆子心裡也有幾分歡喜，雖然芥蒂仍在，但這畢竟是替莫家爭光的喜事。

「第一關算是過了。」張婆子道：「就看下一場，如果考過，二郎便是秀才了。」

張月桃聽著，抓住自己的衣角，心裡有些泛酸。當初她想嫁給莫恩庭，正是看他會讀書，將來能跟著做個秀才娘子，說不定還會爬得更高；現在，莫恩庭被外面那個燒火的女人奪了去，心還向著她。

沒關係，就算考過又怎麼樣？還不是個窮酸秀才，她一定會找到比莫恩庭更好的夫君！

午飯過後，下起了雨。張婆子惦記在外面工作的莫恩升，怕雨太大，他不好做買賣。

正屋裡，趙寧娘和洛瑾收拾著野菜，張月桃看了看，對張婆子道：「姑姑，我回去了。」

「下雨了，再坐坐吧！」趙寧娘道：「這時走，不就淋濕了？」

「不等了，我還有事。」張月桃走到門邊。「嫂子借我一把傘就行。」

張月桃說著，走到院子，瞥了西廂房一眼，目光有些複雜。

趙寧娘聽了，拿傘給張月桃，送她出去。

張月桃離開後，趙寧娘攬了剩下的活，讓洛瑾回西廂房繡花。

洛瑾支開繡架，坐在外間門前，那裡亮些。

「嬸嬸！」莫大峪跑進院子，見西廂房開著門，直接闖進來。

「都淋濕了，不知道早些回來呀？」洛瑾拿出帕子，替他擦臉。

「我看見桃表姑了，她去了半斤粉的家。」莫大峪揉了揉鼻子。「我想去叫她，可娘說過，不要去半斤粉家。」

「什麼半斤粉？」洛瑾敲他的額頭。「小孩子家的，別亂說話。」

「村裡人都這麼說。」莫大峪不服氣。「川子也這麼叫。」

小孩子不知道半斤粉是什麼意思，大抵是從大人那裡學來的。洛瑾又問：「後來呢？」

莫大峪忙道：「我一直等著，可桃表姑不出來，雨太大，我就回家了。」

昨日張月桃找過鳳英，今日怎麼又去了？洛瑾摸了摸他的腦袋，道：「去正屋說一聲，看看誰有法子把人帶回來？」

莫大峪點頭，跑去了正屋。

雨滴沿著屋簷滴落，院裡的梨樹長得越發高大，想來過不了多久，枝葉就會鋪展開來。

洛瑾伸手揉了揉脖子。趕了幾日，手裡這塊繡活很快便要完成。

「洛瑾，娘讓二郎把月桃送回去。」趙寧娘打著傘從正屋過來。「天下著雨，路上不好走，叫一個姑娘家自己回去，她不放心。」

莫恩庭聽到動靜，出了裡間。「月桃人呢？」

「等會兒我去叫，你先準備出門。」趙寧娘說完，出了院子。她還要再託人把張月桃從鳳英家叫出來。張月桃也真不懂事，怎麼就和半斤粉扯上了？旁人可是避之不及。

洛瑾搬著繡架，往旁邊移，幫莫恩庭留出走道。

「別繡了。」莫恩庭從洛瑾手裡接過針，別在布上。「與我一道送月桃回去。」

「我要繡花。」不知道為什麼，一看到莫恩庭，洛瑾隨即想起昨晚的事，臉跟著發燙。

「回來再繡，晚上妳熬多久，我陪多久。」莫恩庭拉她。「要是睏了，我跟妳說話。」

他說的話那麼奇怪，誰要聽？不過，洛瑾實在不會拒絕人，只得跟著他出去了。

「下雨了，我不想去。」

張月桃被趙寧娘帶回來時，臉色並不好看，臉拉得老長，聽說莫恩庭要送她回去，表情才和緩些。

張婆子叮囑張月桃，以後天氣不好別亂跑，有些人不要去招惹，說得張月桃不耐煩，跑去西廂房等莫恩庭。

知道洛瑾也要一起送她回家，張月桃的臉色又變了，看著洛瑾的眼神滿是厭惡。

莫恩庭不理會張月桃的不滿，拿起傘，帶她們出門了。

三人撐著傘，沈默走著。雨勢不疾不徐，這樣的雨最是無窮無盡，不知會下到什麼時候？

去張屠夫家，走小路比較近，翻過西山就到了，正好會路過莫恩席做工的採石場。由於下雨，採石場停工，幾個石匠待在草棚裡，用鐵錘敲打燒紅的鑽子，將鈍掉的鑽頭敲尖，不停地發出叮叮噹噹聲。

莫恩庭送了把傘給莫恩席，然後隻身跑回來，鑽進洛瑾的傘下。

「我來撐。」莫恩庭接過傘，撩開額前濕髮，轉頭對發呆的張月桃道：「走了。」

張月桃跟在後面，瞪著前面那雙人影，心裡很不是滋味。洛瑾才來幾天，不就是會裝可憐、扮柔弱嗎？那些男人，一個個的眼睛就跟黏在她身上似的。

她不願再看，將臉側向一旁，不明白自己到底差在哪裡？她不禁想起後山大宅，嘴角翹了翹。那裡的公子誇過她，說她是朵漂亮的山杜鵑。

薛予章見過世面，說的肯定是真的；至於洛瑾，那細細的身子，一看便是命薄。

這般想著，張月桃的氣才順了些。

西山並不高，平時爬的人頗多，雖然雨天的路有些泥濘，但莫恩庭和洛瑾還是順利地把張月桃送到家。

張屠夫住在大石村隔壁的張村，蓋的房子是村裡最氣派、寬敞的。因為雨天，他們早早收了攤子，回來後卻找不到女兒，正在發急，不想竟是跑去大石村的姊姊家。

就算再疼愛女兒，這種時候也由不得她胡來，張屠夫的婆娘把張月桃拉進屋裡，好一頓數落。

張屠夫想留莫恩庭吃晚飯，莫恩庭說家裡還有事，推掉了，帶著洛瑾離開。

第三十二章

回去的路上，莫恩庭想起張月桃最近的行徑，對洛瑾搖頭道：「月桃太不受教，總是想做什麼就去做什麼，遲早惹禍上身。」

洛瑾沒接話。以前她待在家裡，不知道鄉下姑娘如何行事，但一個姑娘家獨自亂跑，家人還不知道，實在有些大膽。

「怎麼不說話？」莫恩庭側過臉凝視她。「妳這樣，讓我想起書裡的故事。」

洛瑾好奇了，看向莫恩庭。

莫恩庭一笑。「烽火戲諸侯，君王為博妃子一笑，竟以天下當賭注。不知那妃子是否也如洛瑾這般，清清冷冷，不願說笑，君王沒了辦法，才做盡荒唐之事。」

洛瑾不高興了，他居然拿妖妃和她相比。「紅顏薄命，後人都將亡國罪名推到女子身上，但她們真的有錯嗎？」

莫恩庭沒回答她。有錯嗎？傘下的女子美得不食人間煙火，總給人風雨過後就會消失的感覺。也許就錯在那些女子太美，美得傾國傾城，美得讓人迷失心智，心甘情願把最好的用雙手奉上。

「洛瑾不會命薄。」莫恩庭嘴角微揚，岔開了話。「洛瑾會一生安康。」

雨一直下個不停，兩人出了張村，沿著原路上西山。

林子裡很安靜，只聽到沙沙的雨聲，黑松被雨水沖洗得乾淨，新長的草嫩綠一片。

「好像還早。」莫恩庭抬頭看看天色。「我帶妳去個地方瞧瞧。」

洛瑾還沒開口，就被拉到一旁的小道上。又要看什麼？還非得在雨天看。上次爬亂石賞梅就讓她累壞了，還很冷。

莫恩庭卻不管，拉著她穿過林間。

「二哥，要去哪兒？」洛瑾小跑著跟上。

莫恩庭聽見她的問話，停下腳步，看著把傘撐歪的洛瑾，好心幫她扶正。「真奇怪，就是喜歡洛瑾跟在我身邊。」

他說這些話不是更奇怪？洛瑾看看四周，除了樹還是樹。「這是哪兒？」

「跟我來。」莫恩庭這次走得慢些，帶著洛瑾穿過樹叢。

眼前出現一個洞口，一半已經被草木遮住，黑黑的，看不出到底有多深。

「山洞？」洛瑾問道。她是第一次見到山洞，不過太黑了，有些嚇人。

「嗯，以前三郎喜歡來這裡。」莫恩庭笑了笑。「他呀，最喜歡跑到山裡抓東抓西，有一次晚回家，大家怎麼也找不著他，後來在這裡找到，正在烤兔子。」

「烤兔子？」洛瑾失笑。這的確像莫恩升會幹出的事。

「對！」莫恩庭笑得更厲害。「那小子不知道家裡找他找得快發瘋，爹氣得把剛烤好的兔子直接扔到火裡了。」

「燒了？」洛瑾問道。

莫恩庭點頭，看著洞口。「爹還當場揍了他一頓，那時三郎才十歲呢！到了現在，他愛亂跑的毛病還是沒改。」

洛瑾能想像那情景，莫恩升就是這樣，喜歡到處跑，閒不下來。

莫恩庭走上前，對著洞口大聲喊道：「洛瑾！」

洞裡傳出回聲，飄進靜謐的樹林。

這行為是否太過荒唐？洛瑾撐著傘站在原地，想起昨晚莫恩庭對她說的話，他說要她跟著他，讓她的心又亂了，如細密不停的雨絲，紛紛籍籍。

「妳又發呆。」莫恩庭把洛瑾拉到洞口前。「想什麼呢？」

「沒有。」洛瑾看著山洞，不知道到底有多深？「這洞很深嗎？」

有了樹擋雨，莫恩庭收起傘。「我帶妳進去瞧瞧？」

洛瑾搖頭。「不去。」洞中傳來陰涼之氣，黑漆漆的，她實在沒勇氣一探究竟。

「那就不去。」莫恩庭拂去她髮絲上的水滴。「我想自己是中毒了，總想看見妳，明明妳就在這裡。」

「二哥。」洛瑾往後退。「該回去了。」

「又跑？」莫恩庭把人扯回來，看著那張驚慌的臉，眼睛水汪汪的，當下心軟得一塌糊塗。「我又不會吃了妳。」

「那回去嗎？」洛瑾再問。

他能拿她怎麼辦？這樣靜靜地看著人，他怎麼下得了手？他只是想和她單獨在一起、說說話，或許可以再抱抱她，但這丫頭只想回家。

「走了。」莫恩庭嘆了口氣，撐開傘，帶洛瑾出了林子。

兩人走的不是方才來的路，而是沿著另一條小路繼續往前。

「這條路會繞到後山，從那裡回去就好。」莫恩庭見洛瑾安安靜靜地跟著，連問都不問一句，道：「妳不怕走錯路，或者被我帶去賣了？」

洛瑾抬頭。「二哥不會，你答應過我姑父的。」

莫恩庭無奈。「妳倒是聽妳姑父的話。」

洛瑾看了看四周，覺得眼前景象有些熟悉，正是以前和趙寧娘上山拾柴的地方。山後的湖水籠罩在一片雨霧中，比起去年臘月，這裡變得更有生氣了。

回到莫家時，兩人幾乎全身濕透。莫恩庭讓洛瑾先回西廂房換衣衫，自己去正屋找張婆子說一聲，已經把張月桃送到家。

一會兒後，莫恩庭抱著柴進西廂房，見洛瑾穿上趙寧娘的舊衣，衣裳太大，包裹著她纖細的身子。

「妳的頭髮濕了，趕緊燒水洗一洗，免得著涼。」莫恩庭道，進了裡間換衣服。

洛瑾把濕透的衣裳放進木盆，到灶前生火。柴濕了，不太好點，冒了一屋子煙。

「我來。」莫恩庭聞著煙味，整了整衣衫走出來。「妳去繡花吧！」

男人怎能燒火？洛瑾忙道：「我來就好。」

莫恩庭拉起待在灶前的小身子，自己蹲下引火，抬頭道：「我是怕妳把這屋子燒了。」

洛瑾有些不好意思，轉身把莫恩庭換下的濕衣放進另一個盆裡。

雨聲淅瀝，院門忽然被推開了，有個身影狼狽地跑進來，看了西廂房一眼，竟直奔而去。

「是我看錯了嗎？」莫恩升渾身濕漉漉，頭上只戴著斗笠，沒穿簑衣，神情極為訝異。「二哥，你在燒飯?!」

洛瑾一聽，有些難為情。讓張婆子知道了怎麼辦？

「燒飯？」莫恩庭面不改色，抬頭看了莫恩升一眼。「最近看書，書中講了火如何生成，我有些不解。火藥來自煉丹術，繼而製出爆竹和煙花，我在思索其中的道理。」

莫恩升抬手。「瞎扯，在我看來，火就是煮食、燒水用的。」

「無知。」莫恩庭扔下撥火棍站起來。「看來，我必須講那本書給你聽了。」

「不用、不用！」莫恩升連忙擺手。「我先回屋換衣裳，你繼續燒飯……嗯，思索。」

「三郎，等會兒把濕衣服拿過來。」洛瑾對莫恩升喊了聲。「我幫你洗。」

「他自己會洗。」莫恩庭哼道。憑什麼她要幫莫恩升洗衣裳？

「知道了。」莫恩升笑道，彎著身子鑽回東廂房。

洛瑾撿起撥火棍，灶裡的火已經生好，水也熱了，便用勺子將熱水舀進水桶裡，又問莫恩庭。「要送些給三郎嗎？」

莫恩庭看看洛瑾，又看看東廂房，提起木桶。「妳倒是想著他。」說著，把熱水送去東廂房。

晚飯，張婆子再次咕噥起莫恩升的婚事，說是鄰村那家女兒的父母已經看好日子，想見見他；又說人家有幾畝地、縣裡的親戚多有本事，姑娘家長得跟一朵花似的。

莫恩升抬頭一笑。「萬一人家看不上我，一哭二鬧三上吊呢？」

張婆子臉一僵，想起張月桃，道：「反正我跟人家說好了，到時候，綁也把你綁去。」

「您這更像是賣兒子。」莫恩升表情淒慘。「哥哥、嫂子們，幫忙說句話呀！」

「我覺得三郎的話不無道理。」莫恩庭放下筷子，正經了顏色。「就這樣上門，萬一人家女兒有別的想法呢？」

「對，二哥說得對！」莫恩升連忙附和。「萬一人家不願意，多難為情？還得搭上送的禮物。」

張婆子看向莫恩庭。「你是說，事情不用這麼急？」

「其實，」莫恩庭睨了莫恩升一眼。「直接把人請來家裡就好，讓他們看看咱們家是什麼情況，心裡便能有數。再說，三郎長得好，沒有看不上的道理，到時立刻訂下婚事也成。」

莫恩升傻了，本以為莫恩庭要幫他說話，沒想到是把他推進坑裡。「你這是記恨，記恨剛才我笑話你！」

「我沒有。」莫恩庭撇得一乾二淨。「你我兄弟，我是為你好。」

「娘。」莫恩升看向張婆子。「您別聽二哥的。」

但張婆子想了想，居然點頭。「好像是這樣沒錯，人來看看就行，咱們家也不差。」自家老大勤勞踏實，二郎會讀書，對方絕沒有瞧不上之理。「明天我去跟孟三嫂說。」

莫恩庭見狀，下了炕，道：「難得三郎想看書了，我這就回去找那本關於火的書，等會兒送去給你。」

「你！」莫恩升瞪著莫恩庭，氣得說不出話來。

春雨過後，大石村掩映在一片花海裡，櫻桃花、杏花紛紛盛開，還有各種野花，競相爭奇鬥豔。

洛瑾去地裡挖了幾棵蔥，河岸經過一場雨的沖洗後變得濕潤，草越發茂盛翠綠。

「二郎媳婦，妳怎麼自己出來了？」鳳英摸了摸髮髻走過來，滿臉的笑，彷彿之前的恩怨已煙消雲散。

洛瑾知道鳳英不能惹，只應了聲，想繞開她，趕緊回去。

誰知鳳英卻往不寬的小路中間一站，直接擋住洛瑾。「怎麼老是躲著嫂子呀？以往咱倆可是挺親熱的。」

「我還要回家幹活。」洛瑾小聲說了個藉口，四下看看，並沒有人。

「不急在一會兒。」鳳英笑著，眼中卻發冷。「大宅裡缺人，我還得回去。」

洛瑾一愣。鳳英被孟先生趕出來，怎麼又能回去？是盧管事幫的忙嗎？不過，這些和她沒什麼關係了。

見洛瑾一句話都不說，鳳英心裡冷笑，面上不改。「大宅好像還缺人，妳想不想回去？咱倆再做個伴？」

「不去了。」洛瑾回道。要是在大宅碰上麻煩，以她的能耐，只能任人宰割，她或許笨，但有些事還是看得清。

「可惜了。」鳳英尖著嗓子嘆氣。「那妳忙吧，我還有事，要去張村一趟。」說完，越過洛瑾，扭腰離開了。

鳳英走了五、六步遠後，洛瑾隱約聽見後方傳來的嘀咕聲，說她傻兮兮的，有福不享，留在窮鬼家裡受苦，怕是腦子壞了吧！

洛瑾轉身，望著鳳英的背影。說她傻？那鳳英為何會流落到大石村，嫁給一個軟弱的光棍？不就是因為有了不該有的心思。

姑姑說過，天下沒有便宜的事，姑娘家要安分守己，不要惹是非，也別被是非惹上。這些話，她始終謹記在心。

洛瑾帶著拔好的蔥回到莫家，張婆子正和王伯在正屋裡說話。張婆子滿臉的笑，眼角的褶子全露了出來，一個勁地點頭。

「以後小心點就行。」王伯接過趙寧娘倒的茶水。「第二個孩子，生產容易許多。」

靜。

「還煩勞你來一趟。」張婆子客氣說著，不停瞄趙寧娘的肚皮。過了六年，終於再有動

王伯瞧見洛瑾，熱心地說：「我幫二郎媳婦看看吧說不定雙喜臨門呢！」什麼雙喜臨門？洛瑾不明所以，看向趙寧娘。

張婆子和趙寧娘的臉色頓時有些尷尬，不好明說，其實洛瑾還是個姑娘。

「二郎還要考試。」張婆子低頭整了整袖子。「就不用看了。」

王伯哦了一聲，明白了。「考試是大事，什麼都要以此為先。」

送走王伯後，洛瑾才知道趙寧娘有身孕了，看她一臉喜悅，聽著張婆子的叮囑，想來心裡巴不得立刻告訴莫恩席。

「以後不要搬重的，走路輕些。」張婆子囑咐。「別讓大峪踢到妳，那小子皮起來，沒輕沒重的。」

「知道了。」趙寧娘應道。

「要不，晚上大峪跟著我睡吧！」張婆子又道：「省得他睡覺不老實，踢著妳。」

自己的孩子哪捨得讓別人抱走，就算是婆婆，趙寧娘也捨不得。「不要緊，大峪睡覺挺老實，我也會小心些。」

趙寧娘都這麼說了，張婆子不再堅持，接著雙手合十，閉著眼睛念叨一通，請莫家祖先保佑莫家兒孫滿堂之類的話。

洛瑾向趙寧娘道喜，她是姑娘，不知應該提醒什麼，便說以後會多幫她做活。

張婆子見狀，想著過兩日說不定就能定下莫恩升的親事，然後莫恩庭也考過州試、進縣學，成為秀才。以後的日子可是順心無比，在村裡昂首挺胸，哪家婆娘不羨慕她？

第三十三章

莫恩庭並不是一直待在家裡讀書，有時候出去走走，就會帶上洛瑾。

菜地裡的幾壟蔥和菠菜需要澆水，因為趙寧娘有孕，所以他攬下這活。

春光明媚，飄著清新花香，日頭暖暖的，曬得人有些犯懶。

莫恩庭提水澆菜，水很快便滲進地裡；洛瑾蹲著拔草，手上沾了泥漿。

莫恩庭看著她，心想這樣的日子也不錯，寧靜安穩；可惜不行，他要往上爬，努力讓自己擁有權勢，只有這樣，他才護得住她，護得住這個家。

那邊的人不幹活，老是盯著她瞧幹什麼？洛瑾抬頭瞥了莫恩庭一眼，隨即低下頭，把身子轉過去，背對他。

「洛瑾，這蔥有什麼好看的？」莫恩庭走過去，蹲下身，修長的手在她面前晃了晃。

「二哥才好看。」

「啊！」洛瑾往後一仰，嚇得差點坐到泥裡，幸虧莫恩庭拉住她。

「妳說，沒了我，妳怎麼辦？」莫恩庭搖頭，把洛瑾牽到乾淨的地方。

「你的手。」洛瑾看著莫恩庭的掌心，因為拉她而沾上了泥。

莫恩庭低頭看，忽然伸指往洛瑾臉上一劃。「還不是因為妳？」見白淨小臉也沾了泥水，不由笑了。

洛瑾趕緊擦了擦臉，看看四下。這般樣子，被別人瞧去，如何是好？

「走！」

莫恩庭扔下手裡的活，不待洛瑾抗議，拉著她跑進花海。

洛瑾跟莫恩庭進了櫻桃林，小心閃避著垂落眼前的花枝。

兩旁的樹都開花了，櫻桃樹的枝椏伸展開來，將兩人淹沒在粉白花瓣中。

「這是家裡的樹，等櫻桃熟了，就帶妳來摘。」莫恩庭伸手折下一根花枝，送到洛瑾面前，感嘆一句。「當真不及呀！」

「什麼？」洛瑾接過花枝。

莫恩庭往她靠了靠。「二哥是說，想好好看看洛瑾。」

「回去吧！」洛瑾退後，不想頭髮纏上了樹枝，用力一扯，疼得哎喲一聲。

「我就說吧！」莫恩庭嘆氣。「這麼呆，除了我，誰能幫妳？」

這不是被他嚇的嗎？洛瑾抓著頭髮，不敢亂動。「二哥，幫幫我。」嗓音軟糯，簡直能把人的心給融化了。

「妳別動，我來。」莫恩庭走過去，輕輕折斷樹枝。

因為還纏著一截花枝，洛瑾只得鬆開髮髻，放下頭髮理順。一頭如瀑的黑髮，在斑駁樹影下，被陽光照得耀眼。

「散著吧！」莫恩庭抓住洛瑾的手，撫摸她的長髮，滑滑順順，有種纏住人心的魔力。

「洛瑾真好看。」

他又想幹什麼？洛瑾眼波流轉，像是清澈的山溪，卻夾雜著一絲提防。「二哥。」

「什麼？」莫恩庭問道。她身上又冷又甜的氣味被櫻桃花的香氣蓋住，有些可惜。

「你的……」洛瑾頓了頓，小聲道：「你的手上有泥。」

「不管這些。」有了第一次，莫恩庭便心心念念想著第二次，面前殷紅的柔軟總是蠱惑著他索取占有。

「可……」洛瑾瞪大眼睛，沒出口的話被堵在嘴裡。大白天的，他居然……

纖細的腰身，莫恩庭用一隻手臂就能圈住，竟有著狠狠掐上一把的惡念。相比於生疏的第一次，這次他很溫柔地吻著，嚐到了她的味道，感覺她心裡的驚惶，他喜歡她，不管她躲還是不躲，她都會是他的。

好一會兒，莫恩庭才鬆手，洛瑾別開臉，臉頰上是他噴灑的氣息，燒得她的耳朵發燙，卻不知該說什麼，只能紅著臉，連句無恥都罵不出來。

這下好了，便宜占到，可難題也來了，他要怎麼安撫這隻紅了眼睛的小兔子？

「要不然，妳咬回來？」

洛瑾推開他，轉身想走，但被一把拉住。

「好了，以後不逗妳了。」莫恩庭忙道：「可妳得把頭髮挽成大嫂那樣。」

自己的東西當然應該藏好，別人看上一眼，就會覺得不舒服啊！

兩人回到莫家，正要出去尋他們的趙寧娘瞧見，忙走上前，輕聲對莫恩庭說了兩句。

「段清？」莫恩庭手裡還提著水桶，袍子的下襬別在腰間。「他來做什麼？」

趙寧娘指了指正屋。「說是有事要告訴你，好像挺著急的，現在他正跟娘說話，你快進去看看吧！」

莫恩庭點頭，將水桶放進院子，整了整衣衫，去了正屋。

「妳怎麼了？」趙寧娘看向洛瑾，發現她的臉色不太對，一回來就低著頭。「是不是曬著了？妳的臉皮嫩，日頭一曬就紅，要注意些。」

洛瑾一聽，臉越發紅了，也不知道自己的頭髮亂不亂？要是被人看出不對怎麼辦？

「嫂子，我去換雙鞋。」她說完，逃也似地鑽進了西廂房。

西廂房裡，洛瑾換下鞋子、梳好頭髮，便想支開繡架繡花。

莫恩庭帶著段清進來，段清見過洛瑾，猜出她就是以前那個髒兮兮的姑娘，彎腰行了一禮，隨莫恩庭走入裡間。

「洛瑾，妳燒些水，泡壺茶過來。」莫恩庭說道，神色嚴肅，蹙著眉。

洛瑾點頭，收好繡架，坐在灶前燒水，隱隱能聽見兩人交談的內容。

「你從哪裡聽來的？」莫恩庭的語氣還是一如既往的平靜，只是多了些不確定。

「是村裡人告訴我的，聽說有人去告密。」段清嘆氣。「說你的身分不明，不能赴考，按律法要收回你的功名，還要追究不實之罪。」

莫恩庭坐在炕沿，一語不發。他的確不是莫家的孩子，且本朝對考試之事十分重視，包括考生祖上是否清白、有無作奸犯科之輩，都要查清楚。

「其實，你已經入莫家的籍，又有人擔保，按理說不該出事。」段清有條有理地說著。「莫非，有人故意要為難你？」

冷靜如莫恩庭，聽見這句話，竟不安起來，手指在腿上一下一下地敲著。

這時，洛瑾掀開門簾，端著茶水進屋，動作輕巧地倒好茶，便去了外間。

莫恩庭看著她的背影。如果他不能赴考，就得不到想要的權勢，拿什麼護住她？一個莊稼漢給不了她一生安康，一天、兩天待在山裡還可以，但時日長了呢？她早晚會被盯上，從平縣發生的事便看得出來，女子容顏太盛，不是好事。

「我隨你去縣城看看。」莫恩庭抬頭，表情恢復平靜。「或許能打聽到線索。」

段清點頭。「這事還是提早打算得好。」喝乾手裡的茶。「我去正屋跟嬸子說一聲，你準備一下。」說完便出去了。

一刻鐘後，莫恩庭安靜地換上乾淨衣衫，喚洛瑾進來。

「二哥。」洛瑾進屋，見莫恩庭似乎在想心事，神情看起來有些凝重。

「我要去縣城。」莫恩庭轉頭，面前女子像一朵盛放的花。「妳不要亂跑，留在家裡。」不知道為什麼，心裡竟患得患失，覺得會抓不住她。

「我知道了。」剛才的事情，洛瑾聽見一些，知道是考試遇上麻煩。

她就是這麼聽話，從不頂嘴，讓人不覺心疼。

莫恩庭把洛瑾拉過來，抱住她，淡淡冷香縈繞鼻間。他沒有說話，往常他的話總是比她多，現在卻一句也說不出來。

「在家等著。」莫恩庭聽見外面的腳步聲，鬆開她，邁步走了。

張婆子並不知道莫恩庭有了麻煩，只當他和同窗有事出門，送走他們後，便叫媳婦們做飯，說是午後要去找孟三嬸談談莫恩升的婚事。

飯後，洛瑾將正屋收拾乾淨；趙寧娘有些犯懶，帶著莫大峪回老屋午睡；張婆子則換了件乾淨衣裳，準備出門。

她剛走到院子，便見三個人走進來，認出不是村裡的人，遂問了聲。「你們找誰？」

「老夫人好。」來人上前，滿臉笑地對張婆子彎腰。「我姓盧，是後山大宅的管事。」

洛瑾聽見，從屋裡走出來，看到盧管事帶著兩個小廝站在院裡。

「娘子也在家呢！」盧管事笑著看洛瑾。「妳不聲不響地走了，伙房裡都亂了套。」

張婆子瞥了洛瑾一眼，又打量著盧管事。現在家裡連一個男人都沒有，她不會拿主意，只好請他們進去坐。

盧管事應了聲，看了看這座農家院子，臉上依舊掛著笑，看不出感情，也猜不到用意。

「來，把東西提進屋裡。」盧管事吩咐兩個小廝。「動作輕些，別碰著家什。」

小廝把兩籃禮物放在正屋的方桌上後，便退到外面等著。

盧管事忽然過來，讓洛瑾不安。莫非素萍的事還沒完？這些禮物又是怎麼回事？

「家裡人都忙著？」盧管事搓了搓手，坐上炕沿，臉上笑容讓他看起來多了幾分奸詐。

張婆子應了聲。以前家裡來人，都是莫振邦或兒子們招呼，現在換她出面，有些不自在。「都出去了。」

「是這樣的。」盧管事打量著屋裡擺設，見莫家實在不富裕，遂不再客套，單刀直入。「洛小娘子是你們買來的吧？」

張婆子一驚。難道是惹上麻煩，還是官府裡查出什麼？有些害怕。「是，怎麼了？」

盧管事看人看多了，像張婆子這種沒有見識的村婦，有時候不難對付。「也沒什麼，想知道是多少銀子買的？」

張婆子聽了，心裡更加七上八下，問道：「出了事嗎？」

盧管事笑了笑。「您想想看，洛小娘子的身價是多少，我家少爺想出雙倍的錢。」

張婆子沒想過來，盯著盧管事。「你說什麼？」

「洛小娘子入了我家少爺的眼，想知道老夫人肯不肯放人？」盧管事的笑加深了些。

這下，張婆子弄明白，洛瑾被人盯上了，早就知道那般的模樣會惹來災禍，後山大宅的事，她聽說過，說是有位貴家少爺借住在那裡。

「銀子嘛，不是問題。」

「老夫人，我家少爺大方慷慨，您有什麼要求，儘管提。」盧管事做出一副為張婆子著想的模樣。「獅子大開口也行，這銀子不要白不要。」

「銀子？」張婆子吶吶道。遇到這種事，她根本應付不了。

「對。」盧管事拍了拍大腿。「要兩百兩也不算多。」

「兩百兩?!」張婆子瞪著小眼睛。這輩子沒見過這麼多銀錢，夠給每個兒子蓋間大房子、幫莫恩升娶媳婦了。

「嫌少，您再加。」盧管事在一旁道。自家少爺可不在乎那點銀錢，洛瑾簡直把他的魂都勾走了，心心念念只想趕緊將人弄回去。

「再加？」張婆子傻了，不知該怎麼辦？

盧管事見狀，清了清嗓子。「您把洛小娘子的賣身契給我，銀子就歸您。」

張婆子坐著，一語不發，屋外傳來洛瑾做活的聲響。

「我也看出來了。」盧管事見張婆子猶豫，道：「洛小娘子身材瘦弱，實在不是幹活的料，平日怕是惹您生了不少氣吧？」他聽鳳英說過，張婆子不喜洛瑾，時不時刁難她。

「你家主子看上了洛瑾？想娶她？」張婆子覺得不是滋味。

盧管事笑了笑。「嫁娶還得看門當戶對，您說是吧？不過，主子會好好待她的。」

「就是說，她不會有名分？」張婆子眉間的皺褶加深。

「一個買回去的娘子，會有什麼名分？」盧管事說的也是實話，以後洛瑾真得了薛予章的歡心，最多是做個姨奶奶。

「你們走吧！」張婆子轉開頭，不再看盧管事那張虛偽的面孔。

盧管事一愣，臉上的笑僵住了。「老夫人，這是什麼意思？嫌銀子不夠？這好說呀！」

「拿走你的東西，滾！」張婆子撈起矮桌上的茶碗，啪地摔到地上，將茶碗摔得四分五裂。

「喲，這是做什麼？」盧管事譏諷道，甩袖起身。「好聲好氣來跟妳談，卻不領情，真不識抬舉！」

「好聲好氣？」張婆子的嗓門高起來。「你們就是來欺負我們莫家！告訴你，我雖是個村婦，也是有骨氣的！」

盧管事表情陰冷，不屑地撂下話。「走著瞧！我家主子有錢有勢，還治不了一戶農家？」說完，狠狠地甩開門簾，走了出去。

張婆子生起氣來，誰都不怕，見狀下了炕，提著籃子追上去。

另一邊，洛瑾聽見吵鬧聲，抬頭見盧管事帶著兩個小廝出了院門，張婆子邁著短腿，氣沖沖地在後面追，連忙跟上。

張婆子衝出門，對著盧管事的背影喊道：「把你們的髒東西帶走，咱們不稀罕！」用力把籃子扔出去。

籃子落在盧管事腳邊，裡面的東西全掉出來，是各式果脯蜜餞、精緻點心，還有兩塊綢緞料子，一剎那，泥土路上變得色彩斑斕。

盧管事等人並未停步，直朝後山而去。

張婆子猶不解氣，上前把那些東西踩個稀爛，嘴裡罵著難聽的話。

「婆婆。」洛瑾扶住張婆子。

「有銀子了不起嗎？」張婆子氣得嘴都歪了。「我家二郎是要考功名的，會賣媳婦？還不被人笑死！」

洛瑾一愣。賣媳婦？是說她嗎？

張婆子還在罵，翻了翻白眼。「欺負老娘無知是吧？哼！」

地上已一片狼藉，包括那兩塊綢緞料子，已經被她踩得不成樣子。

「怎麼了？」張婆子見洛瑾盯著地上一動不動，抬手將掉下的髮絲抿好。

「我……」洛瑾吶吶道：「我惹禍了，是不是？」

張婆子氣息不順，被這事氣壞了，覺得洛瑾實在命苦，被家裡賣了不說，又長了張招人惦記的臉，偏偏人還單純，若沒他們護著，不知會落得什麼下場？

「是！」張婆子嘴硬得很，沒說出心裡的話。「女人家的，在家裡好好待著，跑出去做什麼工？家裡是養不起妳嗎？」

「我知道了。」洛瑾應了聲。

「我跟妳說，二郎要考功名，妳不許在外面拋頭露面，壞他名譽！」張婆子又踩了踩地上的料子。「以後他要不要妳另說，現在妳住在他屋裡，就是他的人，別起亂七八糟的心思。」

接著，張婆子對盧管事離開的方向再罵了幾句，才被洛瑾扶回去。

「那大宅的少爺，我勸妳別妄想，那樣的人家，不會真的看上妳。」張婆子轉頭，看著洛瑾安靜的臉，是真的好看，跟樹上剛開的花一樣嬌美。

「我明白。」洛瑾小聲回答，猜出盧管事來這裡的原因，慶幸自己離開了大宅。

「明白就好。」張婆子語氣放鬆了些。「以後妳哪裡也不准去，二郎考試是大事，馬虎不得。」

洛瑾點頭。她看得出張婆子其實不太喜歡莫恩庭，但又真的關心他，有些矛盾。默默想著，張婆子還不知道莫恩庭考試的事出了岔子，現在莫恩庭出門，又能查到什麼呢？

回到家，張婆子依舊生著氣。她的確喜歡占小便宜，但絕不能忍受被人欺到頭上！今天那姓盧的顯然看不起他們莫家，想拿銀兩來壓人，如果她真把洛瑾交出去，恐怕以後再沒人看得起她。

家裡恢復安靜，趙寧娘睡醒，過來正屋，知道剛才發生的事，安慰了洛瑾幾句。長得這般模樣，不被人盯上才怪，希望莫恩庭快些出頭，好護著這個家，不再讓家人被欺負。

第三十四章

一刻鐘後，與張婆子交好的孟三嬸來了，到正屋和張婆子商量莫恩升相親的事。

洛瑾坐在門前繡花，想著盧管事來鬧的舉動，心緒有些不寧。

莫恩升進了院門，較平常回來得早，但開朗的他，看上去有些垂頭喪氣。

洛瑾見莫恩升身上乾乾淨淨，很是納悶。今天是怎麼了，難不成沒批到貨？出了正月，莫恩升終於說服莫振邦，說自己做些小買賣不影響莫恩庭考試，便和蕭五一起到碼頭賣海貨。每晚回來，他總會換下滿是魚腥味的髒衣裳，家裡的女人有空，就會幫他洗乾淨。

莫恩升走到西廂房門前，伸手拿起木盆，喊了聲。「二嫂。」

「回來了？」洛瑾應道：「你把換下的衣裳拿過來，我幫你洗。」

「不用。」莫恩升有些吞吞吐吐。「二嫂，姑娘家不是都像妳這樣輕聲細語嗎？」

「什麼？」洛瑾停下手裡的針，有些不解。

「今天我沒賺到錢，白跑了一趟。」莫恩升無力一笑。「總算見識了，什麼叫母老虎。」

「你碰到麻煩嗎？」洛瑾問道。莫恩升的樣子似乎有些生氣，這可不多見。

「那母老虎衝著我直嚷嚷，死活不給我貨。」陽光照在莫恩升身上，讓他看起來更加俊朗。

「妳說，她是不是傻，有銀子不掙？」

看來莫恩升今天在碼頭受氣了。「你這樣叫人家，人家肯定不給你。」洛瑾搖了搖頭。哪個姑娘家願意被人叫成母老虎？

「我又沒說錯。」莫恩升把簡單束著的髮甩到肩後。「女孩子家就該像妳和大嫂這樣，待在家裡操持家務，拋頭露面還大聲嚷嚷，不就是隻母老虎？」

莫恩升發完牢騷，拿著盆子，回了東廂房。

晚上，莫恩庭沒回來吃飯，除了洛瑾，大家都不知道他遇上了麻煩，直到夜深，還是未曾歸家。

半夢半醒間，洛瑾覺得似有人在摸她的頭髮，睜開眼，看見旁邊坐著一名男子，嚇得坐起來，縮到角落裡。

「是我。」

「二哥？」洛瑾軟軟的嗓音帶著一絲沙啞。「你回來了？」

「洛瑾，我恐怕真要做個莊稼漢了。」莫恩庭坐在黑暗裡，自嘲一聲。「這麼多年的努力，竟是毀於一朝。」

聽這口氣，怕是事情並不順利。洛瑾還有些暈沈的腦袋轉了轉，不知如何安慰他？

「他們說我身分不明，想再赴考，就要找出親生父母，證明家世清白。」莫恩庭嘆氣。「可是我的親生父母是誰，我也不知道，以前的事，我全忘了。」

洛瑾揉了揉眼睛，拉了拉被子，想開口，還是憋了回去。

「其實人家也沒錯。」莫恩庭為洛瑾掖好被角。「誰知道我的親生父母是什麼身分，說不定就是因為家裡不好，我才被遺棄。」

「不會的。」洛瑾開口。「誰家會遺棄自己的孩子。」想起自己，竟不知如何說下去。

「如果考試不成，妳……」莫恩庭想問她願不願意繼續跟著他，但是最後還是沒說出口。讓她受苦一輩子，讓貌若仙子的她變成黑瘦的農婦？他不忍心。

「可以去找找你的親生父母。」洛瑾說道。

「傻丫頭，哪有那麼容易？」莫恩庭輕輕地說了聲。「爹打聽了十年都沒有結果。」

「是去找到你的地方嗎？」洛瑾又問，已經沒了睡意。清冷夜裡，她第一次在自信滿滿的莫恩庭身上看到了失落。

「嗯，我是在五靈澗被爹帶回來的，那裡全是山，當時我躺在一處陡坡上，腳上連鞋子都沒有。」

莫恩庭突然一頓，將縮在牆角的洛瑾拉進懷裡。

「二哥。」洛瑾嚇了一跳，而且她現在只穿著中衣，被他抱了還得了？

「我想到了。」莫恩庭的下巴在洛瑾頭頂上蹭了蹭。「我要去五靈澗一趟。」

洛瑾可沒心思聽莫恩庭說什麼，只覺得背上的那隻手太燙，扭著身子想逃開。

「再動，我就親妳了。」莫恩庭戳著洛瑾的頭。「我發現妳根本不是兔子，而是刺蝟。」

「什麼兔子、刺蝟的。」洛瑾覺得臉上發燙，連心跳都有些亂，腦子更是沒辦法思考。

「好了，現在我沒工夫拔妳的刺，得去找三郎。」莫恩庭鬆開她。「妳睡吧！」說完便逕自出了西廂房。

聽了這番話，洛瑾哪還睡得著，輾轉反側。刺蝟被拔刺，豈不是要死了？

胡思亂想好一會兒，她才迷迷糊糊地睡去。

第二天，莫恩庭和莫恩升對張婆子說要出一趟門；為了不讓她擔心，只說去找位外地的先生，請教考試的事。

張婆子是村婦，不懂這些，便沒多問。昨日盧管事來家裡的事，她怕影響莫恩庭，憋著沒說出來，且光天化日下，她也不信那些人敢進門搶人。

早飯過後，莫家三個兒子全出了門，莫恩庭與莫恩升去五靈澗，莫恩席則像往常一樣到採石場上工，寬厚背上揹著工具。

因為有孕，趙寧娘的身子開始不舒服，胸口憋悶，堵得難受，人更是睏得很，總想睡覺。家裡的活多落在洛瑾肩上，幸好就是做飯、洗衣之類的事，倒不累。

上次張婆子叮囑過後，洛瑾就不出門了，最遠只是去地裡拔些菜回來。

這天又下起了雨，想來天氣不好，沒有出攤，張屠夫便來莫家看姊姊。

想起正月裡的事，張婆子還是有火，滿心歡喜想親上加親，孰料受了一肚子氣回來，所以當著兄弟的面，又嘮叨了兩句。

「姊姊，桃丫頭小，不懂事，我跟她娘說過她了。」張屠夫滿臉落腮鬍，看上去是個性格粗獷的人，但畢竟疼愛女兒，不願聽別人說女兒的不是。「現在懂事多了。」

「真的？」張婆子有些不信，前些天張月桃還跑去鳳英家裡，這叫懂事？

「是，跟人結伴去做工。」張屠夫笑了笑。「我們都說家裡哪缺她掙幾個錢，可她就是要去，還說要學本事回來。」

「出門了？」張婆子道：「姑娘家還是留在家裡好，外面亂呀！」

「姊姊，妳還擔心這種事？」張屠夫滿不在乎。「咱們家的人這麼多，誰敢欺負？」

張婆子點頭。張家的確人丁興旺，成了年的姪子就有七、八個，比莫家強上不少，要是被人欺負，只要打聽一下就知道，張村的張家可是不好惹。

「月桃年紀不小了，總在外面跑，也不妥當。」到底是自己兄弟，張婆子出於好心，還是提醒張屠夫。「早點幫她訂個人家吧！」

張屠夫嘆氣。「那丫頭是妳看著長大的，還不知道她的心思？」

張婆子沒接話。正月鬧過那件事，她實在不想讓這個姪女進門了。

洛瑾在西廂房繡花，莫大峪忽然跑過來，說了剛才在正屋聽到的事。

小孩子什麼都不懂，但學大人說話卻是有模有樣，把洛瑾逗樂了。

「嬸嬸，爹說娘肚裡的是妹妹。」莫大峪見狀，更是口沒遮攔。「我娘罵他盡說混話。」

「大峪。」洛瑾阻止他，再讓這孩子說下去，不知會說出什麼來？「等我的活領了銀錢，給你買糖吃。」

莫大峪忙點頭，嘴巴甜得像抹了蜜。「您買兩塊，我分您一塊。」跳到她身邊坐下。「嬸嬸，您肚子裡是弟弟還是妹妹？」

「小孩子別瞎說。」洛瑾戳了戳莫大峪的小腦袋。「還不回去看看你娘？」

「現在我娘就知道睡覺呢！」莫大峪說著，站起來走出西廂房，冒雨往老屋跑去了。

莫恩庭走的第二天，莫振邦回來了。他去五靈澗瞧過，依然一無所獲，事情過了十年，不好查，也無從下手。

張婆子跟莫振邦說起盧管事來家裡的事，莫振邦氣得直拍桌子，大聲喝斥朗朗乾坤，那些人眼裡還有沒有王法？

其實大家心裡都清楚，這世道弱肉強食，幸虧莫恩庭會讀書，等他出人頭地，家裡境況便不一樣了。

因為懷著身孕，趙寧娘的口味變了，吃不了葷腥，臉色黃黃的，看上去瘦了一圈。

山上經過雨水滋潤，長出嫩嫩的野菜，正是吃的好時節，素萍便過來找洛瑾上山摘野菜。張婆子看了看懨懨的趙寧娘，想著包些野菜包子吃也好，就答應了。

洛瑾和素萍挽著簍子上後山，近處的野菜早被村人摘乾淨，遂去了上次砍柴的北坡。這邊的野菜多些，但大多埋在深深的草裡，得將荒草扒開才找得到。

兩人說著話，不免提起後山大宅，這裡離那邊並不遠，有時候還能聽見狗叫聲。

洛瑾不如素萍手腳麻利，人家摘了半簍，她摘的才將將蓋過簍底。這是沒辦法的事，她的手太細嫩，那些雜草太扎人。

「休息一下吧！」素萍說了聲，指著遠處的大石頭。「那裡乾淨，過去坐坐。」

「嫂子先去，我先摘完這些。」洛瑾道。她簍子裡的野菜太少，別說一頓包子，連炒盤菜都不夠。

素萍捶了捶腰，往石頭走去。家裡的粗、細活幾乎都是她幹的，對女人家來說，身體實在吃不消。

洛瑾搓了搓雙手，手背上有些劃痕，所幸沒有破皮，抬頭看見不遠處有一小片野菜，便提著簍子過去，摘完了，才去找素萍。

「嫂子。」她放下簍子，叫了聲。

「妳看。」素萍指著山澗旁的小道。「那是大宅裡的貴人吧？」

洛瑾看去，山色中，一名男子背對著她們，似乎正在捏面前女子的下巴，像一對有情人。

「那是……」洛瑾看著女子，覺得面熟，但不敢確定是不是認識的那個人？讓她吃驚的是，那女子的雙臂，分明環在薛予章的腰間。

另一邊，莫恩庭和莫恩升先後到了五靈澗。

這裡是一處山澗，地勢險峻，附近都是高大的山石。

莫恩庭站在樹下，打量四周。他在這裡轉了將近一天，可是什麼都記不起來，連十年前是在哪裡被莫振邦找到的，也沒有印象了。

「想起來了嗎？」莫恩升嘴裡叼著一根草葉，倚在樹幹上。

莫恩庭搖頭。本想親自來五靈澗看能不能想起些線索，好像沒用。

「剛剛我去前面的鎮上問了，十年前沒有丟孩子的人家。」莫恩升撓了撓頭，事情不順利，讓他有些沮喪。

以前，莫振邦早就打聽過了，如果能找到，也不會十年都沒有音信。

莫恩庭望著眼前的樹林，帶著春日的生機，一直沒說話。

「要不，回去想別的辦法？」莫恩升提議。「你都入了莫家的籍，怎麼會突然生事？」

應該沒那麼簡單，莫家人向來與人為善，但除了村裡人，還有誰會拿他是養子的事作文章？莫恩庭只想到鳳英，以及後山大宅的人。

「我怕家裡有事，想先回去。」莫恩庭望著漸暗的天色。「有件事，你幫我去辦。」

莫恩升吐掉嘴裡的草葉，直起身。「要我做事可以，先談好價錢。」

「果然是買賣精，算計到兄弟頭上了。」莫恩庭笑了，知道莫恩升想讓他開心些。

莫恩升嘿嘿一笑。「親兄弟明算帳，不過你現在窮得叮噹響，想來出不起，不如……」

「不如，二哥幫你將娘口中那位姑娘娶回來？」莫恩庭搶先道。

「不！」莫恩升搖手。「我這輩子最愛的是銀子，恨不得晚上睡時也抱著，所以……」

「所以，娶回那姑娘，替她改名叫銀子？」

莫恩升語塞，咳了咳。「你怎麼變成這樣？臉皮簡直比我的還厚。我是想，以後你有了功名，當上官老爺，幫我置一處宅子就行。」

「你可真是貪心。」莫恩庭搖頭，曉得這是莫恩升不想讓他放棄才這麼講，心裡感激。

「這些年來，我沒為家裡做什麼。」

「別這麼說。」兩人口才都好，這下換莫恩升打斷莫恩庭。「你也知道，我不是讀書的料，只愛琢磨怎麼掙銀子，你會讀書，家裡人都覺得臉上有光。」

「那你幫我跑一趟吧！」莫恩庭正經了顏色，細細交代要莫恩升辦的事。「我先回去，出來幾天，總是擔心家裡。」

莫恩升聽了，臉上泛起明顯的取笑之意。「是擔心二嫂，想回去幫人家燒火？」

「給你的書，你沒看嗎？」莫恩庭一副恨鐵不成鋼的樣子。「無知！」

「我就是無知。」莫恩升雙臂環胸，滿不在乎。「反正我是不會燒火的。」

「那活該你跟銀子睡一輩子！」莫恩庭轉身離開。

莫恩升連忙快步跟上。「銀子好哇！」

又過了幾天，杏花和櫻桃花相繼凋零，卻在枝頭留下小小的綠色果實。

洛瑾將幹完的繡活摺好，明日就是交活的日子，但莫恩升還沒有回來，她又不能出門，心裡想著，是否要找趙寧娘商量，看村裡有誰要進城，幫她捎去？至於錢，等莫恩升回來，再託他取。

屋頂上的麻雀嘰嘰喳喳，院子裡曬著被褥，安靜極了。

趙寧娘帶著莫大峪回娘家；張婆子去了孟三嬸家，想盡快幫莫恩庭定下婚事。

「姑娘。」院門處探進了一顆腦袋。

洛瑾聞言看去，見有個女子站在那裡。「妳找誰？」

「這裡可是莫恩升的家？」女子有張清秀甜美的蘋果臉，笑著開口，露出兩個酒窩。

洛瑾點頭。「可是他不在家。」

女子臉上的笑一僵，試探地問：「妳是他什麼人？」

「我……」洛瑾看著女子，含糊道：「他叫我二嫂。」

女子重新笑開，從門外走進來。「二嫂好，我叫鶯蘭，家裡姓姜。」

這叫鶯蘭的姑娘看上去性子活潑，還特別愛笑，讓人覺得很舒服。「鶯蘭姑娘，妳來找三叔嗎？」洛瑾搬了張小凳子過來。「先坐吧！」

「謝謝二嫂。」姜鶯蘭說話跟她的人一樣，爽快俐落。「莫恩升去哪兒了？」

「他出遠門，不知何時才回來？」洛瑾看了看姜鶯蘭手裡提的布褡褳，是莫恩升平日出門帶的。

姜鶯蘭有些失望。「他幾天沒去碼頭，還以為他不要這個了，原來是有事。」

「要我幫妳傳話嗎？」洛瑾道。

「二嫂，有水嗎？」姜鶯蘭先問了聲。「走了一路，覺得口乾。」

「跟我進屋吧！」洛瑾帶姜鶯蘭走進西廂房。「妳是從碼頭過來的？」

姜鶯蘭點頭。「找來大石村真不容易，打聽了半天。」

洛瑾倒水給姜鶯蘭。「路上很遠嗎？」來到這裡後，她去得最遠的地方就是金水鎮。

「遠呀！」姜鶯蘭喝了口水。「從大清早一直走到現在，鞋底都要磨破了。」

姜鶯蘭說話挺有趣的，洛瑾摀嘴笑了笑。

「二嫂，妳長得真好看。」姜鶯蘭盯著洛瑾。「好像說書人嘴裡的仙女。」

兩人正說著話，有個人進了院子，直朝西廂房而來。

「二郎媳婦，妳在家嗎？」

聽到有些尖的聲音，洛瑾一愣。鳳英不是跟莫家鬧翻了嗎？今天來做什麼？

「喲，有人呀！」不待洛瑾出聲，鳳英逕自進屋。她瞅準今天莫家沒人才敢來的。

「妳有事？」洛瑾對鳳英沒有好感，想盡快打發她。

鳳英當然看得出洛瑾在提防自己，笑了笑。「瞧妳，我又不是仇人，進門還不給口水喝？」

洛瑾見鳳英胳膊上挽著包袱，道：「家裡沒人，我做不了主，妳等婆婆回家再來吧！」

想起張婆子，鳳英心裡的氣又冒出來，但今兒是有事才上門，以後她會加倍討回。

看了看坐在一旁的陌生姑娘，鳳英招呼了聲，便神秘兮兮地拉住洛瑾，進了裡間。

第三十五章

洛瑾進了裡間，立刻從鳳英手中抽回自己的手臂。「有什麼事妳趕快說吧！」

鳳英笑得親熱，坐在炕沿，將手裡的包袱放在矮桌上。「被妳看出來了。」但心裡可沒有笑，藏著一把刀，打算毀了莫家。

「妳快來看。」她解開包袱，裡面是幾個精緻盒子，又一一掀開盒蓋。「村裡可是沒有的，稀罕著呢！」

洛瑾見狀，心裡有些急。鳳英賴在這裡不走，等會兒張婆子回來瞧見怎麼辦？張婆子要她安分，但鳳英這人……

鳳英看向洛瑾，將一個小盒子推到她面前。「瞧瞧，多精緻，以前我當丫鬟時，那家夫人也沒用過這麼好的東西。」

盒裡躺著一根玫瑰簪子，簪頭是盛放的金玫瑰，垂下絲絲流蘇，簪挺是瑩潤的白玉。

洛瑾覺得不對勁，猜到鳳英的來意。「妳拿回去吧！」

「別急呀！」在鳳英眼裡，沒有哪個女人能抗拒榮華富貴，茶來伸手、飯來張口的日子，不信眼前的小娘子不動心。「妳再看看這些。」這次她帶來的都是首飾，精緻得很。

洛瑾走上前，將盒子一個個蓋上。

鳳英一愣，隨即笑道：「洛瑾，薛少爺對妳也算一往情深了，自妳走後，一直念著，一天不知找我問多少遍。」

一往情深？洛瑾覺得鳳英在說謊，她和素萍明明在山上看見薛予章與另一個女子卿卿我我。「婆婆快回來了，妳還是走吧！」將盒子放回鳳英的包袱裡。

這下，鳳英真覺得洛瑾傻了，腦子沒病的人，都會選薛予章，哪有好日子不過的道理？「妳是不是擔心賣身契？薛少爺有辦法解決。」

「我什麼都不擔心。」洛瑾面色平靜，心裡卻翻起波瀾。鳳英這是讓她以色事人，但她知道色衰而愛馳的道理。

「妳家裡有什麼事，薛少爺也會幫忙的。」鳳英依舊不死心，專揀洛瑾的軟肋戳。「妳一個姑娘家出來多久了，親人會不掛念？」

見洛瑾不說話，鳳英乘勝追擊。「我知道，妳家定是出了事，薛少爺有權有勢，妳跟了他，只要說上一句話，他還不立刻幫妳解決？」

「不用了，妳走吧！」薛予章是見過世面的花花少爺，豈是她這個從未出過門的姑娘家鬥得過的？以前在平縣，也不是沒聽說女子因此被欺負的事。

「洛瑾，」鳳英臉上的笑沒了，取而代之的是看怪物的神情。「不是我說妳，妳跟著莫家，能得到什麼好處？」

洛瑾實在不想跟鳳英多說，她脾氣再好，但卻真的厭惡這女人。「我從未想要莫家的好處。」

「那我講明了。」鳳英嘴角一歪，冷笑出聲。「莫家沒剩幾天好日子了。」

洛瑾掀開門簾。「妳慢走，不送了。」

鳳英沒好氣地拎起包袱，轉頭走了。

鳳英氣呼呼地踏出裡間，瞧見坐在外間的姜鶯蘭，道：「這位姑娘，妳好好勸勸洛小娘子，待在窮酸的莫家，哪比得上住大宅子、有人伺候？」

姜鶯蘭端著茶碗，眨了眨杏眼看看鳳英，又瞧瞧表情羞憤的洛瑾，把碗放到灶臺上，站起身，理了理袖子。

「這位大姨說什麼？」姜鶯蘭的目光明亮中帶著狡黠。「有大宅子住、有人伺候，妳自己去呀！」

「妳叫誰大姨?!」鳳英氣得嘴唇發抖。她自認長得不錯，又是從大宅裡出來的，比一般村姑、農婦強出不知多少，哪受得了這種侮辱的話？

「不叫大姨，難道叫大娘？」姜鶯蘭上下打量鳳英，癟了癟嘴。「這麼老，大宅是別想了，有個狗窩住就不錯了。」

「喲，碰上個嘴尖的！」鳳英見姜鶯蘭還是姑娘，想來臉皮薄，遂惡毒道：「我看妳是欠男人收拾，好撕了那張利嘴。」

「有本事，妳親自撕啊！」姜鶯蘭的聲音比鳳英還高，那可是在碼頭上練出來的，又亮又脆。「什麼事都指望男人，這麼大年紀了，有點出息好不好？」

鳳英被堵得瞠目結舌，氣道：「妳小心點，千萬別落在老娘手裡，否則我讓妳生不如死，啊——」

一瓢涼水忽地從鳳英頭上澆下，洛瑾皺著眉趕人。「妳快走，別在這裡礙眼！」

「叫妳走，聽見沒有！」姜鶯蘭不客氣，上前推了鳳英一把。

「哎喲！」鳳英差點被門檻絆倒，忙扶住門框。「好，算妳們厲害，走著瞧！」說完，一身濕地踉蹌離開。

見人走遠，姜鶯蘭問道：「她是來找麻煩的？」而且鳳英罵得實在難聽，不是正經女人會說的話。

洛瑾手裡的瓢子還滴著水，聞言才回過神。「她很壞，整天做些欺負人的事。」

見洛瑾不願多說，姜鶯蘭笑了，兩個酒窩嵌在香腮上，岔開話。「這裡挺安靜的。」

「嗯，村裡沒什麼外人。」洛瑾回道。

「我們那兒可不一樣。」姜鶯蘭說起碼頭上的情景。「船一回來，整個碼頭全是人，平日說話的聲音根本聽不清，得用喊的。」

洛瑾聽她說著，不由想起莫恩升提過的母老虎。難道是眼前這個清秀的姑娘？可是人家長得甜美，怎麼也看不出是母老虎呀！

臨近中午，張婆子回來，見到姜鶯蘭，極為詫異，聽說她是過來還莫恩升掉的東西，才聊起來，留她吃了中飯。

姜鶯蘭離開時，還帶走洛瑾的繡活，幫她送去繡坊。洛瑾覺得太麻煩人，姜鶯蘭卻不在意，要她別放在心上。

「這姑娘長得俊。」張婆子念叨著。「就是在外面亂跑不好。」她還是覺得女人應該規規矩矩地待在家裡。

洛瑾把矮桌擦乾淨，端水給張婆子喝。

張婆子問洛瑾。「她說她是哪裡的人？」

「鶯蘭姑娘是從碼頭來的。」洛瑾回答。

張婆子搖頭。「不成，從沒聽說過漁家女兒嫁來山裡。」

洛瑾知道，張婆子擔心莫恩升的婚事，但不是已經相中別家姑娘嗎，怎麼扯上姜鶯蘭了？

午後，洛瑾餵了豬和雞，將曬好的被褥送進裡屋，想了想，還是把鳳英來家裡的事告訴張婆子。

「就該那麼對她！」張婆子只恨當時自己不在場，猜到鳳英是看家裡沒人，又知道洛瑾好欺負，才乘機上門。「以後她再來，拿棍子敲斷她的腿！」

這種事，洛瑾自然不敢做，只應了聲好。

晚上，莫振邦跟莫恩庭回來了，張婆子沒見著莫恩升，問他去哪兒？

莫恩庭說莫恩升還有些事，過兩日就回家。

「吃完飯，你跟我去村長家。」莫振邦剛從莫恩庭口中知道考試的事，心裡悶，晚飯沒吃多少。

莫恩庭應了聲。科考歸官府管，找村長沒什麼助益，要是咬定他身分不明，想盡辦法也沒用。

晚飯後，莫振邦和莫恩庭去了村長家。趙寧娘的身子還是不舒服，被這胎弄得精神不濟。

「這回跟懷大峪時完全不一樣，莫非是個丫頭？」張婆子看著趙寧娘還沒有鼓起來的肚皮。「過段時日就好了。」

趙寧娘覺得胸悶，用力喘了口氣。「不管老天爺給兒子還是女兒，咱們就養著。」

「對，平平安安的，比什麼都強。」這是張婆子的第二個孫子，自然看重。「沒事，早點回去歇著吧！」

趙寧娘應下，洛瑾便留下來收拾正屋。

做完正屋的活，洛瑾抱著柴火回西廂房燒水。

莫恩庭進來時，見洛瑾安靜忙著，心想戶籍之事來得蹊蹺，以後不知還會發生什麼事？

「二哥，水好了。」洛瑾發現莫恩庭在看她，往旁邊站了站，小聲說道。

莫恩庭將屋門關上。「我不在這些天，家裡可有事發生？」

洛瑾說了姜鶯蘭跟鳳英的事。

此去五靈澗一無所獲，莫恩庭考慮了許多，如果沒有轉機，以後該怎麼做？帶洛瑾離開這裡？去哪裡？如何讓她一生安定？

「妳都不問我，出去幾天做了什麼？」莫恩庭有些無奈。不管他怎麼做，這丫頭說的永遠是那幾句話。

「二哥做了什麼？」洛瑾問道，瞧莫恩庭朝她走近，腳步不由往後退。

「又躲！」幾日不見，莫恩庭很想她，頓時哭笑不得。「妳能躲到哪兒去？」

洛瑾心跳得厲害，腦子裡又開始混亂，有種羊入虎口的感覺。「水……」

「水什麼？」莫恩庭堵住退到牆邊、再也動不了的洛瑾。「妳是否惦記我？」

「我……」洛瑾說不出話，兩張臉離得很近，能看得到彼此眼中的身影。

「告訴我。」莫恩庭壞壞一笑。「承認，我就放過妳；不承認，我就罰妳。」

這是什麼意思？洛瑾混沌的腦子轉了轉，選擇讓他放過她。「惦記。」

「乖，二哥也惦記洛瑾。」莫恩庭撫摸著洛瑾的臉頰。「所以，應該獎賞妳才對。」她就是這般有趣，做個套子，便老老實實地鑽進來。

莫恩庭挑起她精緻的下巴，那雙眼睛有些迷濛，讓人生出更惡劣的逗弄之心。

「洛瑾說說，二哥該如何賞呀？」

燈火中，那張小臉紅撲撲的，美得惑人心神，讓他不禁呼吸一滯。

「不用了。」洛瑾吐出三個字。

「不行，必須給。」莫恩庭扳回洛瑾想別開的臉，整個人貼上去，覆在她耳邊，低聲呢喃。「不如，把二哥賞給洛瑾吧？」

著。

「啊？」洛瑾耳邊癢癢的，又帶著麻麻的疼，他居然咬她。「你別……」

「小丫頭，我想吃了妳！」莫恩庭把那顆小腦袋按在自己的頸窩上，低頭在她髮間蹭著。

這話是什麼意思，洛瑾哪裡聽不出，僵在原地，越發結巴。「二哥、我一定聽話，你別這樣，好不好？」

這種嬌嬌的女兒家，天生就是要被疼的，那雙眼睛，讓人無法忍心拒絕。

「閉上眼睛。」莫恩庭輕聲道，帶著蠱惑。

洛瑾搖頭。「你放開我。」

「剛剛還說會聽話的。」莫恩庭眨眼，彎腰抱起她。「這麼快就變了？不乖。」

洛瑾小聲驚呼，忙捣住嘴巴。她怕極了，又怕動靜傳到正屋被聽見。

「洛瑾好輕。」莫恩庭抱著她轉圈，衣袂飄飄，在小小的地上轉開。

幾天的陰鬱，在見到她時一掃而空。上天對他不薄，雖然讓他失去兒時的記憶，卻送他一個合心意的小嬌娘。

但小嬌娘顯然被嚇出了哭意，手緊緊拽著莫恩庭的衣襟，能說的只有二哥兩個字。

「以後，二哥就是洛瑾的了。」莫恩庭將懷裡輕巧的小人兒放到炕沿上，雙手捧住她的臉，以指肚輕輕摩挲。「記住，不要丟了。」

裡間沒有燈，洛瑾只能看著莫恩庭的模糊身形。他身上的清爽氣息傳來，夾雜著一絲奔波的風塵。他幫過她，還教她，他是個好人；可是，他……喜歡欺負她，讓她心慌意亂。

「妳在想什麼？」莫恩庭拉起洛瑾的手，眼中恍若落了天上的星辰，閃著微光。「以後都可以跟我說。」

「我……」

「噓。」莫恩庭用手指摁住洛瑾的嘴唇。「現在聽二哥說。」

他的唇印上了她的，廝磨流連。兩隻小手被禁錮，身下是方才因為燒火而變得熱呼呼的炕，身上的人也像一團火一樣，似乎沒有放開她的念頭。

洛瑾嚇得連哭都哭不出來，抓住那隻不安分的大手，覺得渾身的骨頭都要斷了。

「你放開我！」這次她的聲音大了些，饒是這般，語調還是軟軟的。

莫恩庭卻把她拉進懷裡，臉貼著她的頭頂。「以後，我會娶妳。」

洛瑾試著推拒，反倒被勒得更緊。他怎麼能對她這樣？以後她怎麼辦？

「妳看，不該做的，我也做了，妳只能跟著我。」莫恩庭看出來了，這丫頭被一堆規矩束縛著，既然這樣，就替她套上枷鎖，讓她安心跟著他。

「你鬆手！」洛瑾去扳那雙鎖住她的手，聲音顫抖。

她這點力氣哪有用，反被莫恩庭抓住，似是威脅，卻又帶著笑。「妳再動，信不信我把更不應該的事也做了？」

更不應該？洛瑾消停了，突然抽泣起來，覺得委屈。「為何這般欺負人？」

這不是他意料得到的，莫恩庭有些心慌，忙鬆開手，將人扶坐好，抬手拭去她眼角的濕潤。「是二哥錯了，妳別哭啊！」

但洛瑾的眼淚流得更凶，怎麼擦也擦不乾。從到了大石村以後，她就沒有這般放肆過，以往種種湧上心頭，原來她一直憋著，真的好辛苦。

「這……」平時的好口才沒了用武之地，莫恩庭手足無措。「要不，妳罵幾聲？」

洛瑾只是哭，似想好好發洩，漸漸地連鼻涕也流出來，才止住哭泣，忙掏出帕子擦拭。

莫恩庭見狀，將外間的燈拿進裡間，看到這一幕，噗哧一聲笑了。女子到底都愛美，不知她起初扮醜是怎麼忍過來的？

洛瑾的眼睛又紅又腫，用力吸了吸鼻子，從另一側下了炕。

「擦擦吧！」莫恩庭把手巾遞給她。

洛瑾沒有接，想繞過莫恩庭出去，卻被擋住去路，惱怒抬頭。「你！」

「妳想頂著一臉淚水睡嗎？」莫恩庭知道洛瑾生氣了，只是一直在忍。將人拉了過來，用濕手巾輕輕為她擦臉。

「我自己來。」洛瑾去拿手巾，卻摸到莫恩庭的手，嚇得立即鬆開。

「我不在意。」莫恩庭看了看自己的手。便宜是占著了，但得讓這丫頭以後別躲著他。

「我還是會讀書的。」

突然岔開的話，讓洛瑾一呆。

「要是這次考不成，大不了明年、後年再考。」莫恩庭倚著牆壁，坐在炕沿上。「身分的話，我會一直查，如果出身真的不好，那就放棄。」

「我出去了。」洛瑾不想留在這裡。

「我還是會帶妳回平縣。」莫恩庭悠悠道。

這句話很管用，讓洛瑾停下了腳步。「你之前說，是考過了才去。」

「妳這丫頭，腦子只認死理。」莫恩庭無奈搖頭。「妳家人把妳養得這般規矩，也是不容易。」

規矩不好嗎？父親就是因為給他的規矩少了，才在外面染上惡習，所以祖母才會對她和弟弟嚴加管教。

「所以，還可以回去？」洛瑾小聲問。

「可以。」莫恩庭點頭。她有家人，至少要帶她回去看看她母親。

只是，到時她知道真相，是否受得了呢？

一會兒後，兩人各懷心思地清洗完，進了被窩躺下。

「洛瑾。」裡屋傳來莫恩庭的聲音。

洛瑾沒吭聲，拉了拉被子。

莫恩庭沒得到回應，繼續道：「我說的都是真的。」

屋裡再沒有聲音，卻隱隱有了種說不出的曖昧之意。

第三十六章

翌日，莫振邦和莫恩庭一同進城，想再看看考試的事有沒有轉機？

想著莫恩升應該快回來了，張婆子去找孟三嬸，想定下日子，和鄰村那戶人家見面。

趙寧娘的身子越來越懶，但仍勉強和洛瑾去菜地，卻覺得蔥的味道太衝，實在難聞。

趙寧娘捂著鼻子，無奈至極。「當初懷著大峪時，也沒這樣。」

「嫂子，我自己弄就行，妳到旁邊坐。」洛瑾蹲在地上，輕輕將蔥拔出來。前幾天，地裡剛澆過水，水蔥嫩嫩的，拔起來並不費力，再把上面黏的泥土敲乾淨就好。

接著，她又拔了些菠菜，摘掉不好的葉子，用布條整齊地綑起來。

趙寧娘坐在井邊的乾淨石頭上，問道：「洛瑾，妳有沒有想過，以後要怎麼辦？」

以後？其實洛瑾很迷茫，她想回家，是因為她無處可去，無人依靠；可是回去了又能如何？眼睜睜看著母親挨打，自己抱著弟弟躲在角落？

她害怕那樣的日子，有時候想，是不是嫁到周家，一切就會變好？或者，還是一樣？

如今，周家不會讓她進門了，就像莫恩庭說的，她回到平縣，也可能一輩子嫁不出去。

「不如留下來吧！」看著洛瑾不說話，趙寧娘開口。「咱們女人，最重要的就是找個對自己好的人，不指望他給榮華富貴，只求他一心一意。」她雖然生在普通農家，但嫁了個老實忠厚的男人，生活還算順遂，覺得很滿足。

洛瑾看向趙寧娘，沒想到一個農家娘子居然比她明白得多。一心一意？像姑父和姑姑那樣？能奢求嗎？

「妳整天想得太多，其實事情很簡單。」趙寧娘是個直性子，洛瑾這種謹慎脾氣，有時候讓她瞧著都著急。「妳覺得二郎不好？」

「我……」洛瑾看著手上的菜。

「還是覺得他配不上妳？」趙寧娘講話直接。「跟嫂子說，妳到底在想什麼？他對妳多好，又幫過妳多少回？」

「我是害怕。」洛瑾依舊蹲在那裡。

「怕什麼？」趙寧娘笑了，這話聽起來像個孩子。

「父親一直打母親，下手太狠。」洛瑾嘆氣，眼中不覺流出淚水。「他打母親的臉，還用腳踹。」

「沒事了！」趙寧娘走過去蹲下，拍了拍洛瑾的肩膀。這姑娘怕是以為自己會和母親一樣吧！「這裡沒人會打妳，嫂子不問了，咱們回家去。」

洛瑾吸了吸鼻子，點了點頭。

剛進院門，張婆子後腳跟進來，臉上陰沈沈的。

「娘，這麼快就回來了？」趙寧娘搬了凳子給她坐。

張婆子哼了聲。「那是什麼人家，說好的事又推掉，哪有這種道理？」

「怎麼了？」見著婆婆滿臉不悅，趙寧娘忙問道。

「鄰村那戶說不來了。」張婆子有氣。「原先看咱們二郎有出息才想將閨女嫁來，跟著沾些光，現在卻反悔了。」

趙寧娘勸道：「娘，別氣了，又不是只有他們一家有姑娘。」

「哼，當年二郎那樣都活了下來，這點小坎，擋不住他的。」張婆子發著牢騷。「跟著沾光？叫他閨女嫁給燈籠算了。」

趙寧娘忍住笑，張婆子罵人的功夫，誰也比不上。「您別急，說不定時候到了，三郎的媳婦就自己跑來呢！」

張婆子聽見，想起昨日見到的姜鶯蘭，長得俊，嘴又甜，可惜家離得有些遠，是個漁家姑娘。

晚上，村長來了，他只管村裡雜七雜八的事，至於莫恩庭的考試，完全插不上手，但還是上門幫忙想辦法。

「一定是鳳英幹的！」張婆子直接把心裡想的說出來。「說不定，三郎的親事也……」

「婦道人家少說話。」莫振邦斥了聲。

村長盤腿坐在炕上，臉上的褶子皺得更深。「不管誰去說，這都是事實，二郎的確不是莫家的親生孩子。」

莫振邦緊鎖著眉頭。白日他去了當初為莫恩庭擔保的舉人家，得到的回答是，得找出莫恩庭親生父母才行。

現在不論找不找得到人，萬一找到，身分卻不行呢？就算往好處想，是富裕商戶，但朝廷規定商戶子弟不准赴考，怎麼想都頭疼。

「要不……」張婆子看著炕上的兩人，下了決心，開口道：「就說他是親生的。」

「娘！」站在炕下的莫恩庭看著她的背影，叫了聲，心裡五味雜陳。

「你先別說話，聽我說。」張婆子轉頭看莫振邦。「就說二郎是你的兒子，是你那些年在外面跑……」

「胡說！」莫振邦拍桌，想來用了不少力氣，聲音極大，連帶著那張飽經風霜的臉都有些扭曲。「這種話妳也說得出來?!」

「這不是沒辦法了嗎？」張婆子心裡也不是滋味，當年莫振邦帶回這個孩子，她怎麼可能好受？外面的傳言，她都聽過，說莫恩庭是莫振邦在外面的私生子。

她不喜歡莫恩庭，雖然知道莫振邦的為人，可是突然間帶回一個孩子，哪個女人不會亂想？更何況昏迷的莫恩庭一直攥著莫振邦的手，嘴裡喊著爹。

「就說是我一直不想認他，不肯給他養子的身分。」張婆子垂著細小的眼。這是她多年來心裡的疙瘩，今天終於說出口了。

屋裡的人全靜默了。莫恩庭知道張婆子是刀子嘴、豆腐心，現在竟還為他這般忍耐。

「娘！」莫恩庭跪下。「您為什麼……」

「起來！」張婆子斥了聲。「不過年、不過節的，跪什麼？我就是覺得，咱們家不能被別人欺負！」

村長彎著腰，心裡盤算著，道：「這麼做的話，說不定會有轉機，就說二郎是妾生的孩子，只是……」看了看張婆子。「嫂子要揹些罪名。」

村長說得簡單，但誰都知道張婆子到時候會被安上什麼罪名——心腸歹毒，對莫家孩子不管不顧，甚至不承認，以後注定在村裡抬不起頭。

至於莫振邦，雖然養外室最多被詬病幾句，可為人忠厚正直的好名聲，也會跟著毀了。

「不行！」莫恩庭毫不猶豫地開口。「我寧願不要這個功名，也不要爹娘為我揹上這樣的罪！」

「那你一輩子就毀了！」張婆子生氣了。「我們不過被人家指點幾天而已，事情過了，誰會記得？你呢，讀了這麼多年的書，甘心放棄？」

「不甘心。」莫恩庭回答。十年苦讀換來棄考結局，他當然不甘。「可這件事沒有那麼簡單。」

莫振邦聽出他的意思，問道：「你說說看，你是怎麼想的？」

「若按方才所說，我是您的親兒子，那我的母親呢？怎麼證明有這個人？」莫恩庭又道：「就算有，那她是什麼身分？」

三個長輩全愣住了，若是低賤女子生的孩子，同樣不能參加科考，而正經人家的姑娘，怎麼可能願意沒名沒分地跟著一個男人？

「如果有人存心要查，怎麼也瞞不過去。」莫恩庭低下頭，眉頭不覺深鎖起來。

眾人想了想，這的確又是一條死路。

近日，因為鳳英的關係，莫家和牛四斷了來往，與張婆子交好的孟三嬸經常過來說，鳳英在外面如何中傷莫家，說莫家買回一個喪門星，以後注定沒有好日子。

喪門星指的是洛瑾。她進了莫家門，莫家便大事、小事不斷，現在更連莫恩升的親事都被毀了，這樣的女人，就該趕出去。

這些本是鳳英興風作浪，但最近家裡的確多事，讓張婆子不免多想。

燈火微微晃動，映照著幾張發愁的臉，屋裡頓時只剩下嘆氣聲。

三日後，莫恩升回來了，風塵僕僕，頭髮亂得不得了，一句話都沒說，直接跑到水缸旁舀了半瓢水，咕嚕喝個乾淨。

「會喝壞肚子的！」張婆子上前奪下水瓢。「又跑哪兒去了？」

莫恩升擦乾嘴，叫了張婆子一聲，道：「等會兒爹就回來，我先去找二哥。」說完便出了正屋。

「欸！」張婆子沒跟小兒子說上幾句話，人就跑了，嘴裡不由嘟囔著，抬頭看了看升得老高的太陽。「這才剛過中午，他爹還在糧鋪，哪能回來？」說完便去舀水，替他熱飯了。

莫恩升跑到西廂房，叫了洛瑾一聲，直接走進裡間。

「二哥。」莫恩升扔下包袱，往炕上一坐。「你知道我查到什麼嗎？」

莫恩庭看著他，緊了緊手裡的書卷。「你吃飯了嗎？」

「你怎麼老是這樣？」莫恩升挑眉。「真覺得自己已經到了坐懷不亂的境界？」

「那不叫坐懷不亂。」莫恩庭糾正。「而是處變不驚，泰然自若。」

「得！」莫恩升抬手制止，不想聽讓他頭疼的話。「你不想聽，我就不說了。」

「不說，你去正屋吃飯吧！」莫恩庭重新翻開書看起來。

莫恩升氣得笑了。「你真行，我連覺也不睡地跑回來，你就不問問發生什麼事？」

「辛苦你了。」莫恩庭盯著書，卻一個字也看不進去。「說說，查到什麼了？」

「我照你說的，拿著你的銀鎖去一些銀樓裡打聽。」莫恩升把矮桌上的水拿起來喝。「原來銀鎖後面刻的『千庭』兩字，真不是你的名字，而是州府的銀樓──千庭寶號。」說著，從包袱裡掏出銀鎖，還給莫恩庭。

莫恩庭摩挲著那兩個小字。這麼多年來，他一直以為這是自己的本名，不想竟是銀鎖的出處。

「州府？那裡離五靈澗可不近，銀樓也不會只打一副銀鎖，過了十年，誰還記得是哪些人買走？」

「是差得老遠。」莫恩升接道：「我幫你打聽銀鎖時，也問了有沒有丟孩子的人家？」

莫恩庭了解莫恩升，這個兄弟向來藏不住話，既然說了，肯定是查到線索。

「只是，不是很確定。」莫恩升欲言又止。「但的確是十年前發生的事，位置離五靈澗很遠，有近百里路。」

莫恩庭聽了，放下銀鎖，面色不變，心裡卻有了波瀾。

「十年前，有一家人途經黑石山，遇到山裡的賊寇。」莫恩升沈下聲音。「一行九人全被賊寇所殺，他們遇害時，差不多是爹撿到你的時候。」

「賊寇、黑石山？」莫恩庭皺眉。「九人？」

「那是州府的人家。」莫恩升道：「至於那九人是誰，事情過去太久，打聽不出來。」

接著又跟莫恩庭說，回來時已繞到糧鋪和採石場，把事情經過告訴了莫振邦跟莫恩席。

莫恩庭點了點頭，讓莫恩升先去吃飯，準備晚些再跟父兄商議此事。

第三十七章

莫振邦聽完莫恩庭查到的線索，便向東家告了幾天假，匆匆忙忙地牽驢子趕回家。

家裡的大事一般都是男人拿主意，平日裡喜歡插話的張婆子，此時只坐在一旁聽著。如果莫恩庭能找到親生父母，便沒人會再說他是私生子，她多年的心結也會解開。

「二郎，你把小時候的衣裳和銀鎖交給我。」莫振邦盤著腿，手習慣地搓著膝蓋。「明天我跟你大哥去州府。」

「我去吧！」莫恩庭開口。「路遠，太勞累了。」

「不用。」莫振邦搖頭。莫恩庭不能去，關己則亂，難免不冷靜，萬一失望，是否能承受得住？莫恩席做事沈穩，比較適合跟他跑這一趟。

「可您和大哥都要上工，東家可願意？」

「幾日工錢與你的前途，哪個重要？」莫振邦訓道：「你在家好好讀書；還有三郎，這幾天別亂跑，地裡的活不用幹了嗎？」

「爹，我知道了，您老教訓得是。」莫恩升連忙點頭。「我這就老老實實聽你們的話，去見見鄰村的岳父。」

張婆子撇了撇嘴。「別胡說，什麼人都能當你岳父啊？」

莫恩升眼珠子一轉。「當然不是，娘說的才行。」

「好了，甭扯別的。」莫振邦發話。「大郎，今晚收拾一下，明兒就走。」

「嗯。」莫恩席剛趕回來，身上還沾著碎石，頭上也落了層灰。「我回屋跟寧娘說。」

莫恩席出去後，洛瑾掀簾進來，對莫恩升道：「三郎，鶯蘭姑娘來了。」

「什麼？」莫恩升皺眉。「她還找上門？」說完便氣呼呼地衝進院子了。

院裡的梨樹含苞待放，姜鶯蘭一身石青色衣裳，看到莫恩升，笑出兩個酒窩。

莫恩升快步上前，回頭看向正屋那幾雙好奇的眼睛，低聲道：「母老虎，妳來做什麼？」

「我幫二嫂送繡活。」姜鶯蘭抬手晃了晃包袱。「本想早些來，但家裡有事；再說……」

「再說什麼？」莫恩升雙手抱胸，一副不耐煩的樣子。

「再說……」姜鶯蘭對他一笑，酒窩更深了。「我覺得今日你會在家。」說著，撓了撓臉頰，似乎有些難為情。

「好了，東西送到了，妳回去吧！」莫恩升一把抓住包袱。「快鬆手。」

姜鶯蘭卻往回拽。「是我帶來的，我幫二嫂送去。」

莫恩升覺得好笑。「妳臉皮真厚，誰是妳二嫂，不要亂叫。」

姜鶯蘭睨了他一眼，側過身子，對正屋叫了兩聲。「大娘、二嫂！」

「進屋坐吧！」張婆子咳了兩聲。被外人看見自家兒子和女子拉拉扯扯，成何體統？

姜鶯蘭繞過莫恩升，對屋裡的人福了福，大方地走進去。

莫恩升站在梨樹下，瞪著姜鶯蘭的背影皺眉。這母老虎對他家的人倒是會裝，一副小綿羊的樣子。

莫恩庭走出來，站到莫恩庭旁邊，搖頭嘖嘖兩聲。「惹桃花債了吧！找到家裡來了，我看你怎麼辦？」

「別胡說，我和母老虎什麼都沒有。」莫恩升忙撇清。「你們別被騙了，她可厲害呢！」

「遠來是客，怎能這麼說人家？」莫恩庭上下打量莫恩升。「還有，你一定要撐住，別讓母老虎吃了。」

「三郎。」張婆子對著院子喊道：「你進來，看看你布褡褳裡的東西對不對？鶯蘭姑娘幾天前幫你送回來了。」

「啊？」莫恩升趕緊進去。布褡褳不是在碼頭上被人偷走了嗎，怎麼到了母老虎手裡？

正屋裡，洛瑾倒水給姜鶯蘭喝，又道了謝，將新的繡活放到一旁。

「跑這麼遠，父母不擔心嗎？」張婆子問姜鶯蘭。

「我跟大哥過來的。」姜鶯蘭站起來，把茶碗送到張婆子面前，有禮地請她先喝。「嫂子娘家在前村，大哥要送魚給岳父，我還帶了一條給您，放在院子的水盆裡。」

「這怎麼好意思。」張婆子客氣道。她就是這樣，占了點便宜便開心得不得了。

「我挑最大的拿來了。」姜鶯蘭笑著，模樣可愛至極。「肉多刺少，快二十斤呢！」

張婆子樂了，不由搓了搓大腿，想瞅瞅那條魚。「這麼沈，妳提了一路，真不容易。」

「起初還行，後來就提不動了，本想找木頭從魚鰓穿過去，好扛上肩，又怕破了賣相，所以還是提來了。」姜鶯蘭說著，對翻揀布褡褳的莫恩升道：「裡面的東西少了嗎？」

「沒有。」莫恩升提著布褡褳，搖了搖頭。

「三郎，你把魚收拾一下，晚上留鶯蘭姑娘吃飯。」待客禮數，張婆子還是有的。

「我去幫忙。」姜鶯蘭道：「魚肚裡一定要弄乾淨，不然味道會差不少，我不留下來吃飯了，我哥還等著我呢！」

姜鶯蘭說完，見莫恩升走出正屋，趕緊跟上去了。

一刻鐘後，張婆子從窗外看著蹲在院子裡的兩人，好像起了爭執。

莫恩升指著盆裡的魚說話，姜鶯蘭卻從他手中直接拿走剪子，俐落地剖開魚腹。

「這姑娘是不是瞧上咱們家三郎？這麼看的話，倒也相配。」

洛瑾站在旁邊，不似趙寧娘會給張婆子意見，只往外瞥了一眼。

「不過，我喜歡她的脾氣，人機靈，有眼色，不會受欺負。」張婆子問洛瑾。「妳覺得怎麼樣？」

這應該是張婆子第一次問她的意思，洛瑾一愣，道：「鶯蘭姑娘心眼好，那日鳳英來，她幫過我。」

張婆子聽了，看了看洛瑾，道：「妳始終和我們不同。」她們是農婦，整日為生計忙活，而洛瑾風一吹就倒的樣子，只能嬌養，人的命，的確不一樣。

於是，張婆子回去裡屋，想問問莫振邦對姜鶯蘭的印象。這麼遠跑來，姜鶯蘭鐵定是瞧上莫恩升了。

沒一會兒，姜鶯蘭把魚收拾好，洗淨雙手，進屋向張婆子告辭。

張婆子看著切得整整齊齊的魚塊，心道這姑娘幹活索利，不拖泥帶水，說起話來也乾脆，有她年輕時的影子。

張婆子年輕時，性子急，有些潑辣，但幹活卻是細心；趙寧娘雖然勤快，但做事不仔細；洛瑾更不用說，大戶人家出來的嬌娘子，只怕以後生孩子也要遭罪。

「妳看妳，帶魚來不說，還幫忙收拾。」張婆子說著，打量姜鶯蘭的身形。腰是瘦了些，但看起來好生養；一張蘋果臉，似有滿滿的福氣。

「這是小事，我在家裡天天做。」姜鶯蘭笑起來，眼睛彎彎的。

「帶點東西回去吧！」張婆子不是白吃的人，包了些去年曬的辣蘑子給她。

姜鶯蘭也不扭捏，對張婆子道了聲謝，收下了。

送走姜鶯蘭，張婆子想向莫恩升打聽姜家，沒奈何他一個字也不說，逕自回了東廂房。

第二天，莫振邦和莫恩席去州府，張婆子在門前目送許久。這件事，除了村長，村中沒有其他人知道，怕再橫生枝節。

臨行前，莫振邦囑咐莫恩庭，在家裡好好讀書；但這種情況下，他哪裡看得了，一直想著黑石山，總想去看看。

眼看到了三月，離州試只剩一個多月，莫恩庭便跟張婆子說？打算去黑石山。

「你爹都去了，你在家等吧！」張婆子坐在炕上。「來回得花好幾天，怎麼溫書？」

「黑石山也不算太遠，我趕快些便可。」莫恩庭回道：「我帶著書，晚上歇腳時看。」

張婆子想了想。「叫三郎陪你一塊兒去。」

「不用，家裡總得留個男人照看。」莫恩庭想來想去，家裡全是女人，實在讓他放心不下，遂道：「讓洛瑾跟著我去吧！」

張婆子點了點頭。洛瑾留在家裡，招人惦記，不如跟莫恩庭出去，還省心些。「考完，把親事辦了吧！」

莫恩庭看著張婆子，有些驚訝。當初買下洛瑾，張婆子心疼銀子，看洛瑾不順眼，他又是她心裡的疙瘩，以為她不會管這些。

「等你爹回來，再商量一下。」張婆子低著頭。雖然她表面上不管西廂房的事，心裡卻是明明白白。「反正她是花銀子買回來的，還不清，就得當你媳婦，由不得她不願意。」

「可是家裡……」莫恩庭欲言又止。

「你別管了，一路上小心些，世道不太平。」張婆子叮囑著，像以前叮囑莫恩升一樣。「沒事了就快回家，別在外面逗留。」

莫恩庭點頭，心如明鏡，知道張婆子怕他再受打擊，讓他明白還有別的事情可以做，比如娶妻生子，遂回了西廂房。

洛瑾一如往常，坐在外間繡花，見莫恩庭回來，張口叫了聲二哥。

「洛瑾。」莫恩庭搬了凳子坐在洛瑾對面。「已經到了三月，妳掙了多少銀子？」

「我……」洛瑾盯著繡花針。「連一兩都不到。」

「不用急，慢慢來。」莫恩庭看著繡架上盛放的合歡花，心裡想著，她整日繡這些，卻是穿在別人身上。「妳跟我出門一趟。」

「去哪兒？」洛瑾問道。因為他剛才的話而有些沮喪，就算她再怎麼繡，也不可能掙到二十兩，到時候，真的要留下來嗎？

「黑石山。」莫恩庭起身。「妳幫我收拾行李，明早就走。」見洛瑾坐著不動，猜出她在想什麼，頓時哭笑不得。「放心，我不會動妳。」現在這丫頭防他跟防賊似的。

「好。」洛瑾猶豫了一下，答應了。

翌日，兩人出門上路。

天氣很好，和風宜人，揚起垂下的腰帶，輕盈春衫凸顯洛瑾原本的身形，她走得慢，不時得快跑幾步才能跟上莫恩庭。

兩側的田地裡，農人開始勞作，把寂靜一冬的土地全翻了一遍，孩童則在旁邊玩耍。

「若是走累了，妳就說話。」莫恩庭停下腳步，等著洛瑾。

洛瑾搖頭，實在不明白，她走得這麼慢，為何莫恩庭要帶著她？她什麼忙也幫不上的。

「路上有人說話真好。」莫恩庭自顧自地說：「就算洛瑾不開口，至少可以聽，我也不至於憋死。」

洛瑾聽了，瞥了莫恩庭一眼。陽光下，他那般有朝氣，不像出門尋親，更像遊山玩水。

突然，莫恩庭那張好看的臉沈下來，嘴角浮上一絲冷意。

「二郎。」前面的人打著招呼走過來，正是段九。

「天氣好，九哥出來蹓躂？」莫恩庭看著段九，以及他身後的兩個人。

段九笑得露出牙齒。「帶小嫂子進城？」邊說邊瞟向後面的洛瑾。

「是有事。」莫恩庭很不悅。他討厭別人看洛瑾，還是用那種肆無忌憚的眼神，他的東西豈能讓別人肆意打量？遂側身擋住她。

段九見狀，又是一笑。「我去莫鐘家瞧瞧，過了三個月，總得知道他有什麼動靜。」

「那九哥直接去鐘哥家就行。」莫恩庭面色不變。「至於我家，和鐘哥惹的事沒關係了，還請九哥高抬貴手。」

「這是什麼話？」段九道：「以後你進了縣學，就是秀才，以後說不定會當官老爺，到時候我們這些人還得仰仗你。」

莫恩庭聞言，心裡發冷。最近件件事情都找上莫家，再以為是巧合，就是愚蠢了。覬覦他的人，想都別想！

「九哥忙，我們先走了。」莫恩庭說完，拉著洛瑾離開。再留下去，他大概會摳了段九的眼珠子。

莫恩庭步伐大，洛瑾被拽著小跑，肩上包袱滑下來，忙抬手揹回去。

「我來拿。」莫恩庭接過兩個包袱。「到城裡後，妳換件衣裳吧！」

「啊？」洛瑾道：「這套是剛換上的。」

莫恩庭站住，低頭看著洛瑾。「妳知道自己長什麼樣吧？願意一路被人家盯著看？」

洛瑾搖頭。她實在不好意思，這種時候，她只能低著頭，飛快走開。

「洛瑾長得瘦，扮成小書僮應該方便不少。」莫恩庭說道，順手捏了捏她粉嫩的臉蛋。

洛瑾應了聲，如果是趕路，扮成男子的確方便些。

到縣城後，莫恩庭買了一套最樸素的男孩衣裳給洛瑾，在衣鋪外等著她換上。

一會兒後，門簾掀開，莫恩庭瞧見洛瑾，只有一個念頭——錢，白花了。

穿男裝的她，束起頭髮，露出漂亮臉蛋，誰也看得出是姑娘，想藏住她，真不容易。

「戴著這個。」莫恩庭從架上拿了氈帽，罩在洛瑾頭上，寬深帽子將她的臉擋住大半。

洛瑾抬了抬帽簷，這氈帽太大，恐怕會被風吹走。

這樣，他也放心不少。

「走了。」莫恩庭說了聲，拉著她離開衣鋪，走進人來人往的街市。

第三十八章

天黑前，兩人沒能趕到下個鎮，遂找農家借宿。

屋主在放雜物的小屋裡簡單搭了床板，送來被子，只說句怠慢了，請兩位兄弟早些休息。

屋子太小，床板幾乎占據全部的空位，四周亂七八糟的。

「出門在外就是這樣。」莫恩庭點起蠟燭，在門旁的水盆洗手腳，靠在洛瑾耳邊笑了聲。「剛才人家叫妳兄弟。」

洛瑾覺得臉頰發燙。就那麼一點位置，晚上……

「走了一天，快洗洗睡吧！」莫恩庭洗好，先上了床。

洛瑾背對著莫恩庭，將走了一天路的腳泡在水裡，她從沒走過這麼多路，腳又脹又熱。洗完，她苦惱了，真要跟莫恩庭睡在一張床上？可是又沒有別的地方。

「妳發什麼呆？」莫恩庭問道：「想站著睡？」

洛瑾看見雜物堆上有一扇舊窗扇，走了過去，踮起腳，想伸手拿下來。

「妳做什麼?!」

莫恩庭看洛瑾踩上床板，一雙小腳踮得高高的，想阻止已經來不及，稀里嘩啦一陣聲響，牆邊堆的雜物倒下，紛紛朝洛瑾砸來。

「啊！」洛瑾抱住頭。

莫恩庭跳下床，擋在洛瑾面前，把她護進懷裡，傾倒的雜物盡數砸在他的背上。小小的屋裡飄著灰塵，雜物掉了滿地，徹底埋住了床板。

「我……」洛瑾結巴，她又闖禍了。「我只是想拿那個。」在地上找著舊窗扇。

「傷著沒有？」莫恩庭抓起洛瑾的手瞧。「是不是被砸到了？」

「沒有。」洛瑾看了看地下。要不是他擋住，她已經被雜物埋住了。「二哥，你沒事吧？」

「有事。」莫恩庭揉著自己的肩膀。「剛才被砸到，現在渾身都疼。」

「謝謝你。」洛瑾小聲道謝。

「只是嘴上說說嗎？」莫恩庭揮去身上的塵土。「給妳個機會，以身相許。」

洛瑾愣住，傻站著不敢動，兩隻手揪在一起。

「好了，先幫人家收拾好。」他是隨口逗她的。莫恩庭蹲下身，收拾地上的雜物，不覺一笑。

洛瑾舒了口氣，也蹲下幫忙。

「如果妳真的願意，我也不介意。」莫恩庭又補了一句。

這樣的話聽得多了，洛瑾似乎不像剛開始那般無所適從，她沒有回應，拿起被子走到門外，想拍掉上面的灰。

「我來吧！」莫恩庭接過。「妳那點力氣，能幹什麼？」

洛瑾無言了，她確實力氣小，但一床被子還是拿得動吧！

收拾好後，莫恩庭坐到床板上，看著舊窗扇。「妳要這東西做什麼？」

洛瑾將窗扇放在床板中間，莫恩庭那邊留的位置大些。

「好，就這樣。」莫恩庭知道洛瑾在想什麼，也不管，躺在自己那側。「早些睡！」

直到莫恩庭沒了動靜，洛瑾才輕輕躺下。

忽然，莫恩庭抬起窗扇，與洛瑾四目相對。他想看她，一扇窗哪能擋住？「冷不冷？」

「不冷。」洛瑾扯著謊，雖是春天，但晚上還是很冷。

「哦。」莫恩庭放下窗扇，扯了扯身上的被子。「睡吧！」

洛瑾翻身，面朝雜物，窗臺上的蠟燭即將燃盡。

「洛瑾。」這次，莫恩庭戳破窗扇上的油紙，透過小小孔洞看她。「妳一定冷吧？」

「不冷。」洛瑾沒轉身。

「以前妳哄大峪睡覺，講什麼故事呢？」莫恩庭問道：「他在妳那裡，倒是聽話。」

「小時候聽的。」因為冷，洛瑾蜷了蜷身子。走了一天，她實在累，眼皮開始無力。

「妳說來聽聽。」莫恩庭枕著雙手，凝視破舊的屋頂。「說不定我小時候也聽過，能想起些線索。」

「就是……」洛瑾閉上眼睛講著，最後蠟燭燃盡，她也睡著了。

或許是太累了，這晚她睡得很好，感覺窩進熟悉的懷抱，一夜無夢，覺得安心。小時候每次她害怕，都會鑽進母親單薄的懷裡，沈沈睡去。

清晨，薄霧瀰漫，窗外傳來鳥鳴。

洛瑾悠悠醒轉，眼前是昨晚的舊窗扇。她坐起來，窗扇另一邊並沒有人，低頭看了看身上，被子蓋得嚴實，十分暖和。

門開了，莫恩庭走進屋裡，手裡拿著吃食。「起來了？我借他們的廚房熱好這些，梳洗完就來吃吧！」

「二哥，什麼時候了？」洛瑾跪在床板上，將被子摺好。

「不早，村人都下地了。」莫恩庭把盤子放在床邊坐下。「昨晚的故事，妳沒講完。」

「啊？」洛瑾想了想，她不知不覺地睡著，實在不記得講到哪裡。「我忘了。」

「迷迷糊糊的。」莫恩庭伸手揉了揉她有些蓬亂的頭頂。「今晚換二哥講。」

洛瑾搖頭。她不想聽故事，她已經長大了。

兩人吃完飯，向農家主人告辭，去了黑石山。

黑石山比五靈澗近些，山勢卻一樣險峻，土路上有前幾天因為下雨留下的車轍痕跡。

到了這裡，莫恩庭好不容易才打聽到十年前那場禍事的位置，那夥賊寇實在猖狂，受害的人不少，劫掠之處也不一樣。

天氣陰沈，雲壓得很低，周圍的林子也有些暗。

莫恩庭沿著土路往前走，洛瑾跟在後面。

「妳在這裡等我吧！」莫恩庭停下來，為洛瑾理好氈帽，露出精緻的臉蛋，清清秀秀。

「我去前面看看。」

洛瑾點頭，在路旁找了塊石頭坐下，目送莫恩庭離去。

路上有一隊人趕車前行，想來是做買賣的行商，騾車上坐著一個比莫大峪大些的孩子。

驀地，天上傳來一聲悶雷，轟隆從頭頂滾過，緊接著是第二聲，天色瞬間黑下來，閃電劃破雲層，照亮林間草木。

車隊停下了，幾人開始在車上蓋草褥子，又搭上簑衣，怕大雨突然落下，淋濕貨物。

下雨了，洛瑾解下背上的油紙傘，跑向莫恩庭。

雨來得急，眨眼工夫便淋濕了土路。車隊的人忙把車趕到路旁，孩子熟練地鑽到車下躲避。

「二哥！」洛瑾喊了聲。為何莫恩庭呆站在那裡看他們，任由雨水打濕身子？

洛瑾將油紙傘撐在他頭頂上，他依然望著前方，可四周只是一片雨簾，又看向躲在車下的孩子。

土路上有了水溝，污黃泥水淌向兩旁，飄著一絲土腥味。

洛瑾想挽起褲腳，怕被泥水濺濕，但莫恩庭仍然不動。

「這裡……」莫恩庭的外衫早已濕透，卻恍若未覺，抬頭盯著路旁的山丘。

雷聲越發響亮，似有穿雲裂石之勢，震得人耳膜發疼。雨嘩嘩落下，油紙傘被雨滴擊得搖搖欲墜。

「二哥？」洛瑾又叫了聲。

莫恩庭沒說話，拉著洛瑾上山。

車隊的人奇怪地看著他們。下大雨不躲，還往山上跑？

腳下沒有路，只有野草和亂石，但莫恩庭仍倔強地往上爬，完全不顧濕透的身子。

洛瑾被拉得踉蹌，在樹間穿梭，忽然一腳踩滑，跪倒在地。

莫恩庭聽到她的痛呼，終於回過神。雷電交加，忽明忽暗，雨水流淌在他臉上，他將地上的人拉起，緊緊抱住。

「對不起。」

洛瑾撐住傘。「我沒事，不疼。」

莫恩庭拉著她繼續往山上走，穿過荊棘，面前出現一座石洞。

「去那裡躲雨。」

石洞不大，不到兩丈深，閃電照得洞壁發亮。洛瑾全身濕透，坐在洞口，冷得直打哆嗦。

莫恩庭從包袱裡找出她的衣裳，幸虧濕得不算厲害。「洛瑾，換上吧！」

「這裡？」洛瑾打量著石洞，有些猶豫。

「妳到裡面換。」莫恩庭把衣裳遞給她。「不換會著涼的，快去，等會兒換我。」

雷聲小了些，石洞裡很乾淨，洛瑾躲在角落換好衣裳，朝洞口喊道：「二哥，我好了。」

莫恩庭應了聲，提著包袱走進洞裡。

洞外電閃雷鳴，加上嘩嘩雨聲，讓人聽不見別的聲響。洞裡一片安靜，洛瑾呆坐著等了許久，莫恩庭沒有過來，她又不能轉身，只能盯著掛滿水簾的洞口。

腳上的鞋濕了，被雨水浸著，讓她覺得難受，外面的雷聲隆隆，好似天兵、天將在追趕逃走的妖魔，久久不曾停息。

天漸漸亮了，雨勢不像剛才那般急，這場雷雨不像以往，來得急，卻走得慢。

「應該快停了。」洛瑾道，沒聽見莫恩庭回答，只好回頭看向洞裡。「二哥？」

莫恩庭站著，還是穿著那身濕衣，他盯著角落發呆，連洛瑾的叫聲都沒聽見。

「二哥。」莫恩庭這樣，讓洛瑾有些害怕，走過去扯了扯他的袖子。

莫恩庭回頭，有些失神。「洛瑾？」

「雨快停了。」終於回應了，洛瑾鬆了口氣。「二哥，你怎麼知道這裡有石洞？」

「我……」莫恩庭再次看向角落。「我瞧見那孩子躲在車底下，便想趕快跑上山，不知怎地，就來到這裡。」

莫恩庭說著，衝出石洞。雨停了，樹上的水滴滴答答，四周是被雨水沖洗後的清新。

「二哥，你去哪兒？」洛瑾提起包袱追上去。

依舊沒有路，兩人在山上胡亂走著，莫恩庭彷彿在找什麼，卻說不清，只想緊緊抓住腦海裡模糊的情景。

「二哥，我走不動了。」洛瑾的腳很疼，被雨水沖過的山路不好走，扶著一棵小樹，彎腰喘息。

聞言，莫恩庭停下腳步，眼前是一片莽莽山林，回頭看，那嬌弱的身影似乎已經用盡力氣。

「是我不好。」莫恩庭跑到洛瑾身邊，用濕漉漉的手為她擦臉。「我們下山。」

「我休息一下就好了。」洛瑾看出莫恩庭的不對勁，莫非十年前的案子真與他有關，或是他想起什麼來？「我在這裡等，你想做什麼就去吧！」她體力不濟，會拖累莫恩庭。

莫恩庭思索片刻，道：「洛瑾，妳等我，我到山頂看看。」一邊說邊將包袱放到地上，要她坐下。「山頂很近，我很快就回來。」說完，往山上跑去，似乎有什麼在等著他。

洛瑾看著莫恩庭跑遠，撿起包袱，用手拍了拍，好在地上有草，沒被弄得太髒、太濕。日頭重新鑽出雲層，透過枝葉照到地面上，但已近傍晚，過不了多久，天色便會暗下。洛瑾望了望莫恩庭跑走的方向，一點動靜都沒有，無聊地從石縫中摘了一枝野花，一片一片地數著花瓣。花朵素雅，淡淡的白色，卻獨有一股清香，沁人心脾。

林子變暗了，莫恩庭還是沒有回來，洛瑾想著要不要去找，可兩人因此錯過怎麼辦？在山裡走散，不是開玩笑的。

撲！樹上傳來聲音，洛瑾抬頭，見有個黑影飛過，抱緊包袱，嚇得不敢動。

一會兒後，莫恩庭依然沒回來。洛瑾急了，難道他迷路了？那她怎麼辦？遂走上山頂找人。

天開始黑了，洛瑾艱難地往山上走，到處灰濛濛的，樹林深處好像更黑，她很害怕，加上衣裳有些濕，身子冷得發抖。

「二哥。」洛瑾小聲叫著，怕聲音太大引來山裡的野獸，可是沒有人回應，四周昏暗，看不清自己走到哪裡？

突然，腳邊的草叢裡躥出東西，洛瑾嚇了一跳，腳下一滑，摔在地上。

「啊！」洛瑾疼出眼淚。她扭到腳了，又不敢大聲呼喊，倚在樹下小聲抽泣，腳踝鑽心地疼，根本沒辦法走路。

四周太靜了，靜得讓人心慌，偶爾傳來野獸嗚叫，嚇得洛瑾縮起身子。

此時，靜謐深林傳來一聲聲呼喚，忽遠忽近，洛瑾抬起臉，尋找聲音的主人。

「洛瑾！」

是莫恩庭，他來找她了！

「二哥！」洛瑾帶著哭腔，因為太過害怕，嗓音顫抖。

莫恩庭瞧見樹下那縮成一團的小小身影，無助可憐，不禁埋怨自己，她的膽子那麼小，不該將她獨自留下。

「妳沒事吧？」莫恩庭趕了過去。以往洛瑾見了他，都會規矩地站起來，現在卻坐在地上一動不動，越發覺得不妙。「妳傷到了？」

「我的腳……扭了。」洛瑾使勁憋住哭聲，說話變得結結巴巴。

「是我不好，不該丟下妳。」莫恩庭伸手碰她的臉，手上一片水漬，就算看不清，也知道她現在有多狼狽。她那般嬌生慣養，卻被他拉著爬凶險的山，想了想，轉身蹲在她面前。

「二哥？」

「上來，我揹妳。」莫恩庭拉住洛瑾的手，讓她趴到他背上。

洛瑾碰到腳踝，痛得哼了一聲，卻抿著嘴不讓眼淚掉下來。莫恩庭沒有丟下她，他回來找她了。

「以後，想哭就哭，不必憋著。」莫恩庭揹著她往山下走。這丫頭雖然柔弱，卻倔得很。「妳本就是女兒家，有些事，不必硬撐。」

洛瑾聽了，眼淚再也止不住，如顆顆珠子掉落。「我以為，你把我丟下了。」剛才她真的很怕、很怕，原來沒有人護著，她根本活不下去。

「二哥怎麼會把洛瑾丟下？」莫恩庭一步一步地走著，在黑暗中尋找下腳的地方。「只要妳不亂跑，二哥永遠護著妳。」

「我總是惹禍。」洛瑾有些自責，她不應該亂跑。

「我不覺得。」莫恩庭穩穩走著，覺得背上的人太輕。「洛瑾沒有惹禍，只是害怕。」

天色已晚，下山找人家投宿是不可能了，莫恩庭揹著洛瑾回到石洞，又在附近找柴枝，費了一番工夫才生起火。

「我幫妳看看腳。」莫恩庭見洛瑾一直用手摸著腿肚，知道她腳踝疼，但是不敢碰。

「明日就好了。」要把自己的腳交到男子手裡，洛瑾總覺得難為情。

「萬一腳廢了呢？」莫恩庭見她糾結，嚇唬道：「以後得瘸著一隻腿了。」

說完，他不再問洛瑾，直接把她的腿抬放在他腿上，伸手除去濕透的鞋襪，小聲跟她說著話。「我不該撇下妳，只是忽然迷了心神，想快些離開那裡。」

原本因為腳被握住而不自在的洛瑾，聽到這些話，轉移了心思。「你想到了什麼？」

「下雨了，那孩子鑽到車底下，我好像也這麼做過。」莫恩庭在腦海裡拚命尋找模糊的記憶。「我跑到石洞，跑去山頂，又翻到另一座山。」

「你記起來了？」洛瑾問道。如此看來，十年前那場禍事確實跟莫恩庭有關。

莫恩庭搖頭，嘆息一聲。「我在山上找了好久，可是什麼也想不起來，腦子裡一片模糊，什麼也看不清，只有個聲音一直在喊，讓我快跑。」

說完，打量洛瑾的腳踝腫得並不厲害，想來只是扭到筋，他鬆了口氣，放下她的腳。

「今晚在這裡暫住一宿，明日我揹妳去找大夫。」

洛瑾點頭，往火邊靠了靠，穿著濕衣實在難受，遂將胳膊伸直，想烤乾衣裳。

莫恩庭打開自己的包袱，拿出自己的衣服。「洛瑾，換上這件。」知道她會拒絕，又道：「妳不換，我就動手幫妳換。」

洛瑾連忙接過衣裳，火光映照中，莫恩庭面如美玉，卻帶著無盡心事。「你呢？」

莫恩庭笑了笑，帶著一絲疲憊。「我沒關係。」

洛瑾扶著石壁站起來，想往洞裡走，但腳疼，實在不敢踩地。

莫恩庭走過去，伸出手臂扶她。

「二哥，我自己來。」洛瑾想抽回手，她換衣裳，怎好讓他跟著。

「別推開我，好不好？」莫恩庭的手指插進洛瑾半濕的頭髮裡。「我的心好空，我真的想看清楚，可是根本看不清。」

「你會記起來的。」洛瑾試著安慰他，卻不知道自己說得對不對？

莫恩庭笑了。「小丫頭，妳才是最真實的。」看著這張恬靜美好的臉，就會忘卻煩惱。

「二哥？」洛瑾微微掙扎，莫恩庭抓疼她了。

「別動，讓我看看妳。」莫恩庭伸指一寸寸劃過她的臉。她是他的，從上到下都是。

如此親暱的動作，讓洛瑾依舊想躲避，可是她沒有動，直到他的吻落下來，仍然沒動。

洛瑾的舉動讓莫恩庭的吻一滯，就這樣霸占著她的嘴唇，睜開眼睛看著她。

洛瑾眼裡滿是迷茫，見他看她，終於開始推拒，卻被抱得更緊，再也動彈不得。

如白日裡突如其來的雷雨，莫恩庭的吻又急又密，貪婪地掠奪著，想將空盪盪的心填滿。

洛瑾緊緊握著雙手，心裡很亂，直到脖子間傳來刺疼，才顫抖著叫了聲。「二哥？」

莫恩庭點著細嫩脖子上的紅痕，那是他留下的痕跡，證明她是他的。

人感到失落時，都想得到慰藉，洛瑾就是他最大的慰藉，抱著她，就像擁有世間最好的一切。

第三十九章

火堆一直燃到清晨，莫恩庭掐了掐洛瑾的臉，叫醒半睡半醒的她。

天還沒有大亮，林子裡霧氣濛濛的，莫恩庭揹著洛瑾下山，沿土路走到山腳的村子。

兩人找了戶農家借住，莫恩庭把洛瑾放到炕上，她小小的身軀穿著他的袍子，怎麼看怎麼讓人心疼，她跟著他，似乎沒過過一天好日子。

「讓我看看妳的腳。」莫恩庭小心地碰觸洛瑾搭在炕沿上的腿。

不知是因為莫恩庭的好意，還是已經習慣他的自作主張，洛瑾不像以前一樣閃躲，只輕輕道：「好些了。」

「妳留在這裡，我上山挖些藥草來。」她的腳踝已經泛青，得用藥草熬水泡腳才行。

莫恩庭認得一些藥草，之所以認得，全拜莫恩升所賜。莫恩升從小頑皮，用張婆子的話說，就是膝蓋上從來不長皮，若跌傷、摔傷，便挖藥草來治，他在旁邊看，就記下了。

「不回去嗎？」洛瑾問道。在外面要花銀錢，而且離州試的日子已越來越近。

「過兩日再說。」莫恩庭將包袱內的濕衣晾在屋裡，似是怕洛瑾自責，又道：「我還想回黑石山看看，說不定能想起什麼。」

一會兒後，莫恩庭挖回藥草，煮好熱水，扶洛瑾坐在凳子上，再把泡腳水端來。

哪有男人幫女人端洗腳水的道理，洛瑾越發覺得不安。女子地位低下，何曾聽說過這種事，被人知道了，莫恩庭哪能抬得起頭。

見洛瑾低頭盯著盆子，莫恩庭蹲下，歪臉看她。「以後不准說出去，聽見沒有？」

洛瑾乖巧地點頭，把腳泡進水裡，用手掬起水，往腳踝上淋。

「我再去山上一趟，妳洗完就休息，水不用倒，放著便行。」莫恩庭理了理自己的頭髮。

「我會上鎖，出門在外，防人之心不可無。」

「知道了。」洛瑾應了聲。

「可以說些別的嗎？」莫恩庭揉亂洛瑾的髮。「總是惜字如金，見妳笑更是不容易。」

洛瑾摸了摸自己的頭，低頭抿唇。「二哥，你小心。」

「會的。」莫恩庭仰頭一笑，少了昨日的失落，多了些溫暖。

在村裡待了兩天，莫恩庭大部分時候都在山裡，回來時會帶著藥草。

洛瑾的腳踝已消了腫，但走路還是有些費勁，不敢用力。

莫恩庭幫她做了一根枴杖，每次回來，見她小心行走的樣子，總忍不住把她抱到炕上，用臉蹭蹭她。

「二哥，什麼時候回去？」洛瑾問道：「我的腳可以走路了。」

「再過兩日，養好才行。」兩日找尋，莫恩庭腦海裡模糊的印象依舊不曾清晰，反倒越來越亂，有時候甚至覺得根本不想記起以前的事。

「可是，你還有銀子嗎？」洛瑾又問。他們出來好幾日，想必已經用了不少銀錢。

「花光的話，二哥去做苦力，不會餓著洛瑾。」莫恩庭笑了。「所以，妳是在擔心我？」

洛瑾大窘，捏著自己的手指，支支吾吾，不知如何回話了。

幾天後，兩人回到大石村，那裡漫山遍野開滿桃花，恍若紅霞，微風輕拂，花枝亂顫。

莫恩升看見他們，跟著從地裡跑回家，挽著褲腿，露出沾了泥土的小腿肚。

莫恩庭和洛瑾去正屋見過張婆子，才回西廂房。

莫恩升後腳跟進來，想問他們有無查到線索？莫恩庭要他到裡間再說，轉頭囑咐洛瑾注意腳傷。

莫恩升聽莫恩庭說完這幾天的經過，有些失望，無精打采地坐在炕上，看了看外間，小聲道：「後山大宅來過人。」

莫恩庭眼神一冷。

「我把他們趕出去了。」莫恩升搖頭。「那群人真敢明目張膽地欺辱人。」

「說了什麼？」莫恩庭淡淡地問：「是關於考試的事，還是鐘哥的事？」

莫恩升睜大眼睛。「你怎麼知道？」轉而搖了搖頭。「紅顏禍水呀！」

「變成禍水，只能說明那人沒本事護住她，讓她受苦。」將心愛的人拱手相讓的事，莫恩庭不會做。「那人的身分，你打聽出來沒有？」這是之前出門託莫恩升辦的另一件事。

莫恩升拍了拍手上的灰土。「他是州府的紈袴子弟，因為惹了麻煩來這裡躲避，至於是誰、惹上什麼事，就打聽不到了。」

另一邊，兩兄弟還在說話，莫恩席卻回來了。

他走得急，滿頭大汗，先進正屋跟張婆子報平安，連口水都沒喝便跑去西廂房。

「二郎。」莫恩席向來沈穩，今日卻很急躁，連洛瑾叫他都沒聽見，直接掀簾進了裡間。

「大哥，你回來了。」莫恩升下了炕。「坐吧！」

「不坐了。」莫恩席擺手，喘著粗氣。「二郎，快跟我進城！」

「進城？」莫恩庭納悶。「爹呢？沒跟你一起回來？」

「爹在城裡，有人等著你。」莫恩席嘴拙，只催莫恩庭快跟他走。

「大哥別急。」莫恩庭猜到，定是有事發生。「你趕了一路，先歇著，我和三郎去。」

莫恩升放下褲腳，抬頭應道：「是啊，你去看看大嫂，我跟二哥進城。」

雖然莫恩席不太放心，但出門幾天，的確掛念懷有身孕的趙寧娘，便答應了。

莫恩庭和莫恩升進了城，整晚未歸，直到第二日中午後才回來。

洛瑾把熱好的飯菜端到裡間矮桌上，見莫恩庭低著頭想事情，道：「二哥，吃飯吧！」

莫恩庭抬頭。「洛瑾，我記起一些事了。」眼神痛苦。「原來，是我真的不願回想。」

洛瑾第一次在他臉上看到這種表情，帶著些許悲傷。「是嗎？」

「妳就是話少。」莫恩庭笑得悲涼。「黑石山的事，當年一行九人，只活了我一個。」

洛瑾默默地把筷子擺到莫恩庭面前。難怪在黑石山時，莫恩庭的行徑與往常迥異。

「我只有零碎的印象，記得自己在荒野裡不停地跑。」莫恩庭望向窗口，外面春色正好。

「我躲著所有人，在沒路的地方跑掉了鞋，完全不知道自己怎會跑到遠處的五靈澗？」

洛瑾站在一旁，她拙於言辭，只能安靜地傾聽。

「後來，爹發現了我，他叫我，我以為是被賊寇追上了。」莫恩庭嘆氣。「但我再沒有氣力，倒下了後，爹便把我帶了回來。」

矮桌上的飯菜已經涼透，但思及州府來人告訴他的事，莫恩庭實在吃不下。

「找到親人了？」洛瑾想了想，小聲問道：「那你可以繼續考試，是不是？」

莫恩庭收回目光，看向洛瑾，笑著對她勾手。「妳過來。」

洛瑾猶豫了一下，還是邁開步子走到炕前。

莫恩庭愣住，眼中隨即閃過一絲驚喜，拉起她的手。「如果是空歡喜怎麼辦？或許人家根本不想認我呢！」

洛瑾不曉得怎麼回答。「我不知道。」

「妳這丫頭怎麼這樣單純？」莫恩庭坐直身子，腿放在炕沿下。「不會說句妳會一直跟著二哥的話嗎？」

這時，莫恩升在西廂房外喊了聲，說是有人來了，讓莫恩庭去見。

莫恩庭鬆開洛瑾的手。「我不會讓人欺負妳的。」替她抿起碎髮。「妳不必變得像別人一樣，察言觀色，七竅玲瓏，妳就是妳。」說完便帶著她出去了。

洛瑾跟莫恩庭走到外間，見院子裡站著兩個人，一個是三、四十歲的中年男子，穿著得體，後面跟著一個年輕小廝。

莫振邦也回來了，一群人一起到正屋裡。

進了屋，小廝把手裡提著的禮物放到方桌上，恭敬地退到男人身後。男人看了看燒火煮水的洛瑾，捋了捋稀疏的山羊鬍。

莫恩庭站在莫振邦身後，臉上看不出表情。

「已經派人回去說了。」男人名叫謝顯，對莫振邦道：「本來想直接帶二郎回去，可是您說他要考試，來回的路上，的確會耽擱。」

「如果能確定就好了。」莫振邦似是去了一件心事，疲憊的臉上，眉頭是鬆開的。「這孩子也是苦，這些年來，什麼都不記得了。」

謝顯看向莫恩庭。「都說那次無人活命，不想這孩子竟是逃了出來，老天開眼。」又輕輕搖頭。「可憐我嫂子就……」

「謝先生，眼下這孩子的戶籍出了差池，怕是不能順利赴考。」莫振邦問道：「離州試沒剩多少日子了，可有辦法？」

「放心吧！」謝顯理了理袖子。「咱們家祖上是開國功臣，與京城的定原伯府謝家是同宗，雖說已過去許多年，但逢年過節還是有書信往來。」

莫振邦舒了一口氣。「孩子苦讀好幾年，如果因戶籍放棄，實在委屈。」當初為莫恩庭尋親，只希望找到就好，不想莫恩庭竟為功勛之後，家世清白，不必放棄科考，這下他總算放心了。

謝顯看著已經長大成人的姪子，心中感慨萬千。「考試是大事，考完後，回家看看吧！當年你祖母聽聞噩耗，差點哭瞎眼睛。」

莫恩庭彎腰點頭。其實此事並未完全定下，父親謝敬沒有過來，須他承認才行。

「大哥想過來，只是最近不在家中。」謝顯是見到人後，依著母親的記憶，在莫恩庭肩上找到那顆豆大的胎記，否則僅憑一把銀鎖、一件褪色的衣衫，根本不會認他。

莫家家境差了謝家很多，如果回到謝家，對莫恩庭的前途極為有利；雖說州府謝家不能和京城謝家相比，但想要的一切都會有，比窩在山裡好多了。

如此想著，莫振邦心裡為兒子高興，也有些不是滋味。他看著莫恩庭長大，實在捨不得。

「這樣吧，先別聲張。」謝顯懂得待人處世之道，好話要說，但事情也要做得嚴謹，否則認個假姪子回去，到時候謝家便會淪為笑柄。「讓二郎安心考試。」

莫振邦也這麼想，眼下最重要的是州試，既然謝顯說了放心，表示莫恩庭的身分不會再被官府為難。

又說了一會兒話，謝顯才帶著小廝回去。

這幾天，趙寧娘的身子舒服了些，近傍晚時，還與洛瑾去了果園，想摘桃花釀酒。

「這桃花酒，生完孩子後用最好。」趙寧娘小心走著。「臉色差，就喝一點。」

「我沒聽過桃花酒。」洛瑾拿著小布袋，摘下含苞初放的桃花。「以前姑姑倒是做過桃花粉，拿來塗臉，皮膚會很光滑。」

「要不多摘些，也做點桃花粉。」趙寧娘有點累，撐著腰站在一旁，看著洛瑾嫩滑的臉蛋。「到時候分給嫂子。」女人都是愛美的。

「應該還要加別的東西。」洛瑾看著滿樹桃花。「花摘多了，桃子不就結少了嗎？」

趙寧娘聽見，笑出聲。「還是要摘掉一些果子，結得太多，桃子長不大，味道也不好。」

洛瑾想了想，這或許跟修剪樹枝是同樣的道理吧！

趙寧娘又問起莫恩庭的事。雖然莫恩席不說，但她看得出最近來家裡的人不簡單，想著能不能從洛瑾這裡打聽到消息，可是洛瑾向來話少，根本問不出來。

這時，果園裡響起幾聲狗叫，兩隻大狗躥過來，直撲摘花的兩人。

「嫂子，這是誰家的狗？」洛瑾嚇得不敢動。

趙寧娘剛想開口，卻見兩個人闖了進來。「你們找誰？這裡是我家的地。」

洛瑾看過去，竟是薛予章和他的小廝。

「洛瑾，妳回來了。」薛予章用摺扇格開眼前花枝。「我聽說了，特意過來瞧瞧妳。」

「我不在宅子裡做工了。」天色已暗下來，洛瑾往趙寧娘那邊靠。

趙寧娘猜到了，這就是三番兩次派人來莫家的貴人，不由將洛瑾擋在身後。「你們出去，別留在我家地裡。」

薛予章走到兩人面前，抬起手裡的摺扇晃了晃，小廝會意，上前一把拉開趙寧娘。

「嫂子……」洛瑾想過去，卻被薛予章抓住。

「小娘子，妳知道我找了妳多少日子？」薛予章將洛瑾扯到眼前，用摺扇挑起她的下巴，一雙眼睛笑得好看。「還是那般招人疼。」

「你鬆手！」洛瑾用力掙扎。

薛予章笑了聲。「難怪讓我心心念念，太容易到手的，的確沒什麼意思。」

那聲笑讓洛瑾覺得毛骨悚然，而趴在身旁地上的兩隻大狗，正狠狠盯著她。

「放開她！」趙寧娘喊道，伸手拍打小廝，看著山下，想喊人來。

「對了，大嫂有身孕了吧？」薛予章凶狠的眼神投向趙寧娘。「發脾氣對孩子不好。」

趙寧娘一驚，再不敢動彈。若小廝踹上一腳，肚裡的孩子怎麼保得住。

「你要幹什麼？」洛瑾被薛予章拉著往果園深處走，出聲哀求。「你放了我吧！」

「好！」薛予章鬆手，用摺扇敲打手心。「我依妳。」

洛瑾想跑，卻見兩隻狗跟著她，怕得連抬腳都不敢，眼淚直流。

「別哭！」薛予章幫她拭淚，卻被洛瑾擋開。「妳看看，哭得我心肝都碎了，跟我回州府吧！」說著，手心接了朵落下的桃花。「我要回去了，而妳是我最想帶回去的。」

「我不去！」洛瑾搖頭拒絕。「我是莫恩庭的媳婦，你不能奪人妻子。」

薛予章笑了，鬆開手心，桃花已成殘泥。「別說妳還是個姑娘，就算我搶了，又怎麼樣？」

邊說邊逼近洛瑾。「我也佩服他，放著這麼個天仙都不動，是有多珍視？」

洛瑾往後退，腿碰到大狗身上，嚇得身子又僵住了。

「妳呢，我早看透了，是被嬌養著長大的吧？」薛予章走到洛瑾面前，眼神志在必得，看著一張梨花帶雨的臉，只想將人狠狠制住，揉捏一番。

洛瑾害怕。若莫恩庭欺負她，最後仍會放手，但薛予章讓她覺得，自己會死在他手裡。

「妳跟我回去，我幫妳修座園子，種滿最好看的花。」薛予章很滿意自己的想法。「再把妳養在裡面，像妳這樣的女子，不該被別人看見。」

洛瑾聽了，牙齒打顫，竟用盡力氣推了薛予章一把，轉身便跑，再不管那兩隻大狗。不想，她立刻被狗追上，想死的心都有了。

「妳能跑到哪裡？」薛予章只被推得踉蹌而已，邊說邊整了整衣襟。「還是，這是妳的情趣？」

「放開我！」洛瑾被他抓過去，拚命捶打，頭髮散開，纏在樹枝上。

「乖。」薛予章扣住她的雙手，從腰間掏出一粒紅丸。「吃了這個，我就放了妳。」

「我不吃！」洛瑾伸腳踢著。

「不聽話，是要吃苦頭的。」薛予章沒了耐心，竟捏住洛瑾的下頷，強逼她吞下紅丸。

洛瑾眼裡染上絕望，頹然地癱在地上。她不知道自己吞下的是什麼，但一定不是好東西，她恨恨地瞪著蹲在眼前的薛予章，看那張臉變得模糊，然後伸手抱起她。

「少爺，快走！」小廝忽然喊了一聲，接著傳來慘叫。

薛予章看過去，哼了聲。「沒用的東西。」低頭看著昏睡的洛瑾，把人放在樹下。等會兒離開果園後，把她送出金水地界，莫家的人去哪裡找？

至於是不是搶人，他不在意，反正他有錢，弄死一家農戶也不難，以前是顧忌著洛瑾，怕她恨他，才沒有下狠手。

另一邊，趙寧娘擺脫小廝的箝制，對山下大喊。「快來人呀！」從採石場下工經過的村民聽見聲音，紛紛趕往果園，制住了小廝。

「別動她！」

薛予章皺眉，陰冷地抬頭，只見在漸暗的天色中，有人向他走來，臉色極不好看，帶著殺意。

「莫恩庭？」薛予章站起身，猜著眼前人的身分。

「不准動她。」莫恩庭瞇眼，手裡攥著棍子。

好不容易得來的人，薛予章怎麼肯鬆手。「要多少銀子，你開口。」

「笑話。」莫恩庭冷笑，上前兩步，舉起棍子。「我莫恩庭不是賣妻之人。」

薛予章聽了，吹了聲口哨，兩隻大狗立刻衝向莫恩庭。

莫恩庭往前快跑兩步，手中棍棒用力朝一隻狗的腦門敲下，那狗來不及叫，耳朵裡便汩汩冒出血，一命嗚呼了。
另一隻惡犬撲上去，咬住莫恩庭的左臂，死死不鬆口，似乎想將那隻手臂咬斷。巨痛之下，莫恩庭直接倒地壓住牠，拾起石塊，狠狠地砸牠的頭，直到腦漿噴濺在地。
薛予章大驚，他精心養的狗就這樣被打死，而莫恩庭的臉上沾了血，表情更顯得猙獰，目光裡有讓人不寒而慄的陰冷。
莫恩庭扔掉手裡的石頭，跳起來踹翻了薛予章，薛予章滾了一圈，摔進地下的草溝，莫恩庭跟過去，揪住他的衣襟，拳頭朝他臉上砸落。
「二郎！」村民跑來拉住莫恩庭。「不能打，快停手！鬧出人命被送官怎麼辦？」
莫恩庭不想停手，若非沒因天晚不見人回去而來果園看看，洛瑾是不是就被帶走了？
「快瞧瞧洛瑾。」趙寧娘趕緊道。如果真惹出事來，莫恩庭就毀了，還怎麼考試？
莫恩庭瞪著滿臉血的薛予章，嘴角殘忍一挑。「敢動我的人？你以為你是誰？」
薛予章頭腦暈沈，眼中一片血紅，痛苦地摀住臉，小廝瘸著腿趕過來，想扶起他。
桃花樹下，洛瑾靜靜地躺著，花瓣落了滿身，頭髮沾染著泥土，好像髒了的玉像。
「妳看，叫妳別亂跑，乖乖待在我身邊的。」莫恩庭單腿跪下，輕輕抱起她，拂開她的頭髮。「總以為我欺負妳，可我何曾真的傷過妳？」
守在園外的小廝也聽到吵嚷聲，慌慌張張地將薛予章揹回去，還不忘惡狠狠地咒罵兩句。
「還有沒有王法了?!」村民心中不忿。有些人就是仗著自己勢大，欺負窮人。

莫恩庭把洛瑾交給趙寧娘，向村民道謝。臉上已經沒有方才的凶狠衝動，變回以前的謙和，唯有衣裳上的血跡證明他剛才有多瘋狂。

「嫂子，回家不要說了。」莫恩庭轉身揹起洛瑾。「最近事多，別讓兩位老人擔心。」

趙寧娘應下，明白莫恩庭是在護著洛瑾，怕家裡人嫌她惹來麻煩；其實，說到底還是家裡勢弱，不然誰敢欺負？

幾個村民幫忙收拾了惡犬屍體，便與莫家人一起下山回去。

第四十章

回到家裡，莫恩庭直接把洛瑾揹回西廂房，只對張婆子說，在果園裡遇到惡犬，洛瑾扭了腳，先讓她歇著，雖然知道這事瞞不了幾天，還是等洛瑾醒了再說。

晚飯沒吃多少，莫恩庭就回了西廂房。炕上的人還睡著，一點動靜都沒有，眉頭微蹙，眼角掛著淚。

莫恩庭打濕手巾，將洛瑾的臉擦乾淨，倚著牆壁坐下，想了許多事。原以為考得功名就好，但現在看來，只靠考試一條路，根本不行。

「洛瑾，妳起來呀！」莫恩庭摸了摸她的額頭。「那個混蛋對妳做了什麼？」

沒有回應，只有燈火孤寂地晃動，莫恩庭在一旁躺下，把洛瑾抱進懷中，握住她有些涼的手。

「以後洛瑾一定會安定幸福。」莫恩庭的神情變得柔軟。「因為妳值得擁有最好的。」下一瞬，又變得冷硬。「誰敢欺負妳，我幫妳加倍討回來！」

「嗯。」洛瑾覺得悶熱，想轉身掙脫束縛，又被拉了回去。

「妳沒事了，對吧？」莫恩庭一喜，表情依舊緊張，直到懷裡的人發出輕咳才鬆開手。

孰料，洛瑾轉個身，竟蹭到牆邊，頭靠著牆壁，彷彿這樣才安心，又睡了過去。

莫恩庭哭笑不得，他居然比不上一堵牆？無奈搖頭，手臂發疼，被惡犬咬傷的地方還沒有上藥。

他下了炕，脫去衣衫，手臂上的傷口極深，血還在往外滲，便先用冷水清洗傷口，打算等明日洛瑾醒了，再去王伯那裡看看。

將燈火熄滅，黑暗中又響起喃喃的傾訴聲，莫恩庭幾次將洛瑾摟到懷裡，但她也幾次推開，重新蹭到牆壁旁。

一夜過去，洛瑾醒來，頭很疼、很暈，用手拍了拍腦門想讓自己清醒些，可有一隻手制止了她。

「喂，想把自己拍傻？」莫恩庭支著腿在一旁笑道。她的手腕太細，彷彿他一用力就會折斷。

「二哥？」洛瑾有些遲鈍，晃了晃腦袋，低頭看身上蓋著的被子，愣住了。「這……」

「這什麼？」莫恩庭歪頭看她，唇角一勾。「妳忘了昨晚對我做了什麼？」

「我？」洛瑾睜大眼睛，轉著混沌的腦袋。她怎麼跑來炕上了？而且還跟莫恩庭蓋一床被子，怎麼會這樣？

「妳看，怎麼解決？」莫恩庭的手指勾上她的頭髮。「妳毀我清譽，只能嫁給我了。」

洛瑾低下頭，揪著手，半晌不說話。「我是怎麼回來的？」想起昨日果園裡的事，最後只記得自己落在薛予章手裡。

「被我搶回來的。」莫恩庭掀開被子，拽了拽身上縐巴巴的衣裳。「救命之恩，洛瑾當以身相許。」

「我不知道他餵我吃了什麼，他摀住我的嘴，我吐不出來。」洛瑾抓住被角。「我是不是很沒用？」

「誰說的？」莫恩庭攬住她，將她抱進懷裡，撫摸她滑順的髮絲。「我覺得洛瑾很好，不管別人怎樣說，我都喜歡妳。」

洛瑾的耳朵有些熱，兩隻手不知往哪裡放，最後顫抖著，輕輕環上莫恩庭的腰。

莫恩庭翹起嘴角，內心的歡喜難以言喻。等了這麼久，這丫頭總算回應他了！不管是她心裡的歉意也好，報答也罷，都無所謂，喜歡的女子願意跟著他，他才不會推開。

「妳的手在幹什麼？」莫恩庭故意問了一句，果然見那張小臉紅得像櫻桃，讓人忍不住想啄上一口。

洛瑾趕緊收回手，想溜下炕。

莫恩庭哪肯，將人制在身下，那蝕骨勾魂的柔軟，讓人想狠狠碾碎；無措又帶著幾分羞澀的眼神，當真是毀去理智的毒藥。

「以後，不能亂吃東西。」莫恩庭靠在洛瑾的耳邊道：「二哥給的才行。」

洛瑾伸手推他。「我知道了。」發現莫恩庭的眼神變得不一樣，不像以往那般明亮，深深的，讓人看不清。

「洛瑾真聽話。」又涼又甜的氣息往鼻子裡鑽，讓莫恩庭的喉結不由滾動。「真是妖精。」

「我知道了，我知道了。」不管莫恩庭說什麼，洛瑾都這樣回應，希望他放開她。
「那妳說，知道什麼？」莫恩庭笑著用鼻尖蹭她。
「只吃二哥給的。」洛瑾忙道，伸手抓住腰間的那隻手，阻止他為非作歹。
「還有呢？」他吻著她的睫毛，輕聲問著。
還有？洛瑾躲避著脖子間的癢，那實在太難受，像被羽毛拂過一樣，忍不住想蜷起身子，哪裡還記得起？
「洛瑾會跟著我嗎？」莫恩庭盯著她的眼睛。「這一輩子。」
「我……」洛瑾哪說得出口，心慌意亂。「啊，是是是！」用力按住掐她腰的賊手。
「洛瑾這麼怕癢？」莫恩庭伸指刮她的鼻子，看著她因為癢，眼角沁出淚珠，用舌頭輕輕地舔去。「剛才，妳答應了。」
哪有這樣的？洛瑾揉了揉自己的腰。「二哥，你放開我。」
「不放。」他就賴皮，她能拿他怎麼樣？「我還沒有親親洛瑾。」
這時，莫恩升忽然在外面吆喝一聲。「二哥，你起來沒有？」
「沒有！」莫恩庭吼了回去。
洛瑾連忙乘機爬下炕，逃也似地去了外間，拾起木梳，開始梳頭。
人跑了，莫恩庭氣得掄起拳頭捶炕上的被子，但心裡已被喜悅塞滿。洛瑾總算回應他了！

早飯吃得有些晚，張婆子以為昨日洛瑾傷了腳，動作才會慢些，沒多說什麼，只道：「老屋後長的草可以泡腳消腫，妳去挖些回來煮水泡腳。」

洛瑾應了聲，猜出昨日之事應該是被莫恩庭壓了下來。

「我看地瓜苗長得差不多了，今兒天氣好，去種上吧！」張婆子轉頭對莫恩升道：「早些種完，也好騰出你的炕。」

「娘啊，您終於記起我了？」莫恩升佯裝一臉委屈。「人家炕頭上有媳婦，再不就養隻貓趴著，您看看我，抱著一炕地瓜苗睡了一春。」

飯桌上的人聽了，全憋住笑。莫恩庭偷偷對洛瑾挑眉，洛瑾連忙低頭，耳根發紅。

張婆子拍了拍莫恩升的手臂。「越來越管不住嘴了，幫你找媳婦，你又不去看，現在問我要，沒有，自己想辦法！」

「唉！」莫恩升用筷子戳碗底。「老娘不管我了，只能收拾收拾，去當入贅女婿嘍！」

「你敢?!」張婆子眯著小眼睛瞪他。「我打斷你的腿，看你怎麼入贅！」

飯後，莫恩庭去了鎮上。薛予章的事還沒完，但坐以待斃不是他的作風，本來只希望謝家證明他的出身，現在看來，一個有力的身分對他更有幫助。

另一邊，莫恩升仔細地把地瓜苗裝進簍子裡，擔去昨日刨好的地裡。

種地瓜的地是排水比較好的沙地，多在山坡上，村裡不少人也在這幾天種地瓜，莫恩升和誰都能聊上幾句。

洛瑾紮了頭巾，坐在旁邊將地瓜苗分開，莫大峪則在一旁的杏樹上爬著玩。

莫恩升和人聊幾句後，便回到自家的地。他聽說了昨天的事，不知怎麼對洛瑾開口？

「二嫂，二哥的手臂沒事吧？」莫恩升還是問了，昨天晚上到今兒早上，他都沒看出莫恩庭的手臂有異，是剛剛跟村人說話才知道的。

「什麼？」洛瑾抬頭。「二哥的手臂怎麼了？」

莫恩升聽了，暗罵自己一聲笨，當時洛瑾是昏迷著被送回來的，哪會知道莫恩庭受傷。「說是左臂被狗咬傷了。」

洛瑾手裡一抖，地瓜苗掉在地上。莫恩庭定是被薛予章的狗攻擊，她早上怎麼沒看出來？

這下好了，莫恩升本來打算問問昨天之事的來龍去脈，現在還得再跟洛瑾解釋一次。

趙寧娘來地裡送水，洛瑾不放心莫恩庭，又問了昨日在果園發生的事。

「我從沒見過二郎那樣。」趙寧娘想起莫恩庭當時的樣子，全身是想置人於死地的殺氣。「他打死了兩條狗，傷了下人和後山的貴人，貴人被小廝帶走時，還是暈的。」

洛瑾越聽越心驚。早上什麼也看不出，莫恩庭就像以前一樣，會戲弄她幾句再出門，薛予章的狗那麼凶，發起狠來，是可能咬死人的。

中午後，莫恩庭回來了。到鎮上前，他先去了王伯家裡，王伯用灸火去掉了他手臂上的惡血，又說了幾種藥草的名字，讓他回家拔了，搗爛敷上。

洛瑾把留在鍋裡的飯端上矮桌，看著莫恩庭的左臂。「二哥，你的傷好些了嗎？」

「小傷而已。」莫恩庭忍著疼甩了甩手臂，扯到傷口也沒有皺眉。「要抱洛瑾，也沒問題。」

「我能做什麼？」洛瑾問道。她覺得欠他的實在太多，多得好像不是三十兩銀子就能解決。

「那以後換藥的事交給妳。」莫恩庭不是有便宜占還往外推的人。「還有，我沒辦法做的事，就會叫妳。」

「你打了薛公子，他會不會回來對付你？」洛瑾擔心薛予章報復，到時莫家怎麼抵抗？

「誰叫他欺負妳？」他說過，不會讓人欺負她，他會做到。「就算他想報復，也不敢明著來，別怕。」

「為什麼？」洛瑾不解，薛予章看上去就不好惹，身邊還有僕從，怎麼忍得下這口氣？

「妳不用管，只要記著，沒事別出門。」莫恩庭把王伯給的藥方放在矮桌上。「他不敢來村裡鬧事。」

飯後，莫恩庭開始溫書，又讓莫恩升幫他去山上挖藥草。最近耽擱了不少功課，需要抓緊工夫趕一趕了。

過了兩日，謝顯帶了一個陌生男人來莫家。

莫恩庭和洛瑾被叫進正屋，莫振邦示意道：「二郎，你看看，是否記得這位先生？」

男人正是謝敬，身著竹色素面錦鍛袍子，四十多歲，面貌堂堂，有一股儒雅氣度，但看起來深沈，心思難測。

謝敬也不動聲色地上下打量著眼前的莫恩庭。十年過去，他對兒子的印象早已淡去，想在那張年輕的臉上尋找亡妻的影子，才發現她的影子也淡了。

「你可記得小時候的事？」謝敬問道。他的確在十年前失去了兒子，但官府說過，九人全部被殺了，現在怎會冒出一個年輕人說是他的孩子？

莫恩庭抬頭。「不記得了。」就這樣說出口，不贅述，不辯解。

一句話，戳到了謝敬的傷口，低頭藏住眼中的哀傷。當年要不是他沒跟去，那行人也不會走錯路，繼而遇上賊匪，因此讓他內疚了十年。

「當年我帶著孩子回來時，他發燒昏迷了好幾日才醒來，醒來後什麼都不記得了。」莫振邦在一旁解釋。「不過，書讀得特別好，學得也快，很聽話呢！」

謝敬微微點頭，看向站在莫恩庭身後的洛瑾。「這位姑娘是？」

「原本是給二郎當媳婦的。」莫振邦道。如果莫恩庭被謝家認回去，洛瑾這樣的身分，恐怕不能進謝家的門，大家族怎麼可能讓子孫娶個買來的媳婦？

謝敬沒說什麼，又看向莫恩庭。「聽說你要考試了，有把握嗎？」

「事在人為。」莫恩庭回道。他一定會過，他有想要守護的人，他需要權力。

「帶我去看看你的書。」謝敬站起來，對莫振邦微微頷首。「莫先生，可以嗎？」

莫振邦忙道：「二郎，陪謝先生去西廂房。」說完轉頭吩咐洛瑾。「燒水泡茶送過去。」

洛瑾應下，轉身去準備了。

看著謝敬和莫恩庭出去後，謝顯和莫振邦又談起莫恩庭來。說他是謝家的孩子，但卻什麼也不記得，不免引人懷疑；可要真是謝家子孫，也不能任由他流落在外。

這幾天，謝顯在金水鎮走動，自是很容易打聽到。莫家是一戶老實人家，當初的確撿回了一個孩子，關鍵是這個孩子不一般，才學在同窗裡，可是佼佼者。

謝家這一輩的孩子中，沒有特別出色的，大多資質平庸，以後在仕途上難有建樹；倒是莫恩庭，如果真是謝敬的孩子，可以好好培養，將來擔起整個家族的興榮。

「還有十幾日就考試了。」謝顯開口道：「但家裡也有事，不能在金水鎮耽擱太久。」

莫振邦在外行走多年，與人說話自有分寸。「家裡的事要緊，現在孩子考試的事也安排好了，實在不宜再耽擱。」

謝顯聽出，莫振邦是擔心莫恩庭考試的事再有差池。「這次回城，我叫人去找處院子，讓二郎先住著，再找個書僮照顧他，等考完了，就帶他回州府看看。」

莫振邦點頭。以前他沒有能力給莫恩庭的，謝家卻輕而易舉就做到了。只是，莫恩庭是不是就要搬出去了？多年感情讓他捨不得，可他明白，莫恩庭回到謝家，要比留在莫家好得多。

洛瑾送茶進去時，見謝敬正與莫恩庭討論一本書，謝敬看起來很欣賞莫恩庭，眼神中透著滿意。

「二哥，茶來了。」洛瑾在矮桌上擺好茶水後，便退出裡間。

「有勞妳了。」莫恩庭對洛瑾笑了笑，目送她出去。

謝敬微微皺眉。他也年輕過，自然知道莫恩庭心裡的想法，只是，女子長得太過並非好事。

「考試只是第一步，以後走上仕途，還有更多事要做。」謝敬看著茶碗，幾片茶葉沈在碗底。「第一步必須走好，不要有太多雜念，一心一意才行。」

十年了，莫恩庭已經記不起謝敬的模樣，覺得有些陌生，但長輩的話還是要聽的。「這些天，我會靜下心來溫書。」

有那樣的女子在，少年兒郎怎能靜下心？謝敬看著莫恩庭，逐漸在那張臉上找到熟悉之感，他的眼睛像極了亡妻，只是多了幾分男兒的凌厲。

「你肩上有顆痣，每回你母親幫你洗澡，總說那痣會越長越大。」雖仍有懷疑，但謝敬還是擋不住想找回兒子的意願。「這樣說有些失禮，可是……」

「我明白。」莫恩庭伸手鬆開衣襟。

謝敬看到了記憶中那顆豆大的痣，有些激動，隨即穩下心緒。

「要不，你跟我回去吧！等縣試過了，我安排你去州府，在那邊上學。」回到謝家，說不定莫恩庭能記起什麼，虧欠了兒子十年，怎能繼續讓他留在外面？

「州府？」莫恩庭的目光瞥向門簾。「我的戶籍是莫家。」

「這好辦，只要你想起以前的事，我就帶你回族裡，把名字填上族譜。」謝家雖已沒落，但瘦死的駱駝比馬大，有些事辦起來還是輕而易舉。「到時候，用你的本名參加考試。」

莫恩庭不想答應，莫家養他十年，是莫振邦供他唸書，他怎能換回自己的本名考試？「我留在金水鎮考吧！」莫恩庭回道：「如果走上仕途，才不會被抓著這事做文章。」

謝敬想不到，莫恩庭年紀輕輕，考慮得卻長遠。「你說得也是，等你考過再說。」

天快黑時，謝家兄弟離開了莫家，坐上停在村外的車；莫恩庭也跟著他們離開，一夜未歸。

家裡少個人吃飯，以往不覺得有什麼，現在卻有些彆扭。一群人圍著飯桌，就是沒人開口，包括平時話最多的莫恩升。

吃完飯，莫恩升出聲道：「明天我會去碼頭，梧桐花開了，正是海魚最肥美的時候。」

「最近鶯蘭怎麼沒來咱們家？」張婆子問莫恩升。「上次我還叫她再來呢！」

「她老往咱們家跑幹什麼？」莫恩升笑道：「又不是您閨女。」

不是閨女，可以是媳婦。張婆子是這麼想的，要是姜鶯蘭再上門，就套套她的話，省得還得出去求別人幫莫恩升找媳婦，找來了，也未必如那丫頭入她的眼。

第四十一章

翌日，天氣陰沈，院子裡瀰漫著梧桐花的香氣，滿樹紫色花朵，煞是好看。

王伯忽然推開院門跑進來，對屋裡喊了聲。「莫二嫂，莫鐘的娘不行了！」

張婆子驚得走出門。「你說什麼？」

「趕緊叫人回來吧，莫大嫂怕是撐不過今天了。」王伯搖頭。「過完年後，她的身子一直不見好，吃藥也沒用。」

張婆子慌了，對王伯道：「那請您讓村長找人把大郎他爹叫回來。」

王伯應下，匆匆出了院子。村裡有人去世，每家都會出人幫忙料理，更何況莫鐘那德行，不幫忙，老人怎麼走得安心？

「娘，怎麼了？」趙寧娘從老屋走過來。

「妳大伯母怕是不行了。」張婆子低頭看了看身上，見沒什麼紅色東西，遂吩咐趙寧娘。「妳有身子不能過去，留在家裡，我帶二郎媳婦去看看。」

於是，張婆子帶洛瑾出了院門，路上碰見兩個婆子，都是領著媳婦去莫鐘家幫忙的。

「也沒個徵兆，就這麼急。」

「人不都是這樣嗎，誰能說得準？」

婆子們說著話，幾個媳婦跟在後面，彼此點頭招呼。

她們到時，莫鐘家已經來了不少人，可就是不見莫鐘人影，全是外人幫忙打理。

素萍跪在炕前，炕上的老人睜著無神的眼看屋頂，嘴巴半張，吃力地喘氣。

「嫂子，妳再等等。」張婆子走上前，抹了把眼淚。「大鐘快回來了，有人去叫了。」

素萍低著頭，眼淚滴在黑泥地上，滲了進去。

正屋裡，村長已經和幾個男人開始佈置靈堂，知道莫鐘還沒回來，氣得罵他畜生。

西間，女人們將壽衣準備好，老人一走，便可以馬上替她換上；又有人撕開白布，做著孝衣，屋裡一時間全是布料撕裂的聲音。

突然，東間傳來號哭聲，婆子們知道人走了，立即過去幫莫鐘的母親換壽衣。

「嫂子呀，妳怎麼就不等等大鐘！」張婆子哭聲大，大家聽了，俱是嘆息。

素萍跪在地上哭著，一個婆子上前道：「媳婦大聲哭，越大聲越好。」

素萍一愣，隨即嚎啕大哭，把以往憋的、受的委屈，統統哭了出來。

這時，莫恩席趕來了，裡外幫忙操持著。

村長見還是沒找著莫鐘，把張婆子叫去西間，道：「莫二嫂，辦喪事是要花錢的。」

張婆子擦乾眼淚。「等會兒我讓大郎回家拿些來，先用著。」

村長沒想到，村裡人都說張婆子小器刻薄，沒想到會為自己的妯娌出錢。

「人都去了，總得讓她走得安心吧！」張婆子說著，淚水又流出來。「年輕時，我跟她置過氣，占了不少便宜，這輩子，她過得不容易。」

「行，那我叫人去置辦東西。」村長嘆氣。「來幫忙的人，也要請他們吃飯的。」

下。

「讓媳婦們多烙些餅。」張婆子喊洛瑾過來。「這裡人多，去家裡拿些碗盤來。」

洛瑾應下，走出莫鐘家。東間的哭聲依舊，只是不像剛才那般悲慟，多了些疲憊。

後來，村民在山上找回莫鐘，一看就是去蹓躂。村長忙叫他穿上孝衣，拉他到正屋跪下。

正屋的方桌已經抬走，去世的老人靜靜地躺在門板上。

莫振邦和兩個兒子也趕回來幫忙料理，村民在院子裡搭起簡單的鍋灶，用來做飯。

忙了一天，總算將喪事該準備的都弄好，洛瑾便先回莫家，幫趙寧娘幹活了。

洛瑾要進門時，聽見身後有人叫了聲，回頭一看，是鳳英。

「從莫鐘家回來的？」鳳英皮笑肉不笑。「白天見到莫鐘，人還好好的，怎麼下工回來就聽到傷心的事。」裝模作樣地嘆了口氣。

洛瑾沒說話，伸手開門。

「別急呀！」鳳英一把拉住洛瑾。「妳就不想知道，莫恩庭闖了什麼禍？」

鳳英說的人，自然是薛予章，洛瑾看了她一眼，道：「二哥沒有錯，是薛公子欺人太甚。」說到這裡，她覺得恨，更是後怕。

「薛少爺還不是因為在乎妳。」鳳英笑得奇怪。「換成月桃，她早巴不得自己貼上去了，也就妳看不開。」

「別胡說！」洛瑾氣道。鳳英整日說莫家不是就算了，現在連張月桃也帶上了。「妳怎麼能這樣說一個姑娘？」
「姑娘？」鳳英立刻笑了起來，像是聽見天大的笑話。「這要我怎麼說？成了媳婦的，不一定是媳婦；姑娘的話，也不一定是清清白白的。」
鳳英簡直越說越不像話，洛瑾直接進屋，砰地把門關上了。
「妳跟誰說話呢？」趙寧娘從正屋裡出來，問了聲。
洛瑾回頭看著院門。「是鳳英，盡說些不好聽的。」
「這個半斤粉就是不知道消停。」趙寧娘想了想，還是擔心莫恩庭打傷薛予章的事，知道洛瑾膽小，便不再提。
兩人做好飯，招呼著莫大峪吃完，各自回屋歇息。
洛瑾坐在外間，用石臼搗爛藥草，好讓莫恩庭回來上藥，接著支開繡架繡花。
直到亥時，莫恩庭才回來，莫振邦跟莫恩席、莫恩升還留在莫鐘家，因為他快考試了，先讓他回來溫書。
「二哥，我把藥草搗好了。」洛瑾指著石臼。「水也燒好了。」
「今天辛苦妳了。」莫恩庭把人拉到跟前。「那邊的事，還需要妳去幫忙。」
「也沒做什麼。」洛瑾低下頭。「只是幫忙洗洗菜。」
莫恩庭抬起她的手，依舊小巧細滑，實在不適合做粗活。「以後我走到哪裡，妳就跟到哪裡。」

「二哥要去哪兒？」洛瑾問道。

「去妳該待的地方。」莫恩庭溫柔一笑，眼中浮現柔情。「二哥許洛瑾此生安康。」

這種話讓人無所適從，難道是所謂的情話？如此一想，洛瑾更不自在了。

「我去舀水給你。」洛瑾抽手轉身離開，把盆子端到灶臺上，掀開蓋簾。

「妳呀！」莫恩庭失笑搖頭。「我還沒說完呢！」拿起裝藥草的石臼，進裡間上藥了。

在莫振邦等人的幫襯下，莫鐘的娘總算入了土，大家又各自忙起自己的營生。

這日，姜鶯蘭來了，還帶了些墨魚。

正巧，莫恩升上了山，張婆子把人請去正屋，更加仔細地打量起姜鶯蘭。

姜鶯蘭被看得有些不自在，笑出兩個酒窩。「大娘，莫恩升的東西掉在碼頭，這兩日他沒過去，我就幫他送來了。」從包袱裡掏出一件外褂。

「我這兒子總丟三落四，真怕哪天把自己給丟了。」張婆子無奈。「勞妳跑一趟。」

「不要緊，今天爹和哥哥沒出海，家裡沒什麼事。」姜鶯蘭看著盆裡的墨魚。「等會兒我幫您洗了，您看想留幾條吃，剩下的曬起來。」

「不用妳做，家裡有人。」張婆子看了看洛瑾，猶豫了下，知道她不會做這些活。

姜鶯蘭有眼色，忙道：「我和二嫂一起洗吧！」便和洛瑾出去了。

洛瑾把裝水的木盆端到院子裡，姜鶯蘭捋起袖子，坐在她旁邊。

「二嫂，我來吧！」姜鶯蘭看著洛瑾的水蔥嫩手，知道她應該不怎麼幹活，好奇農家院子裡怎麼會有這樣的嬌姑娘？「墨魚滑得很，不好洗。」

洛瑾還真不知道怎麼下手，以前在家裡，只知道墨魚羹好吃，連墨魚的樣子都沒見過。

「莫恩升上山了？」姜鶯蘭低著頭問道。

洛瑾應了聲。「昨日三叔也上山拾柴。」看了看天上的日頭。「中午就會回來。」

「這人真奇怪，老是掉東西。」姜鶯蘭抽出墨魚背上的硬殼。「真該雇個人幫他撿。」

眼前的姑娘愛說也愛笑，怎麼看都不像是母老虎，洛瑾道：「三叔曾提起過妳。」

姜鶯蘭抬頭。「我就知道，他說我壞話吧？」好像並不在意。「不過，他是個好人。」

莫恩升的確是好人。洛瑾道：「三叔喜歡幫人，性子也開朗。」

「對，我很感激他。」姜鶯蘭忽地對著洛瑾一笑，眼睛亮亮的。「我從小在碼頭長大，所以性子有些強。」

洛瑾搖頭，姜鶯蘭長得嬌俏可人，實在瞧不出來。

姜鶯蘭看出洛瑾沒見過世面，解釋道：「碼頭魚龍混雜，得有本事，不然會被欺負。」

「有一天，我碰上兩個醉鬼，想對我動手動腳。」說起這些，姜鶯蘭不像別的女子那般遮掩。「當時，我正準備拿棍子狠狠修理那兩個混蛋一頓，哈哈哈哈！」

看著忽然笑個不停的姜鶯蘭，洛瑾滿臉不解，這有什麼好笑的？

姜鶯蘭抬起袖子，擦了擦笑出來的眼淚。「當時，莫恩升擋在那兩個醉鬼面前，想出手，他剛說『快跑』，就被我一棍子敲倒在地上。」

這件事，怕是莫恩升想英雄救美，結果被美人失手打了吧！洛瑾想著。難怪莫恩升說姜鶯蘭是母老虎了，一個瘦瘦的姑娘，誰知道會有這把力氣？

「結果，他就記恨了，說我恩將仇報。」姜鶯蘭無奈。「我跟他說話，他不理我，我只好扣下他的貨，不給他。」

洛瑾看著姜鶯蘭。所以她是看上莫恩升了？雖然不很清楚男女之情，但張婆子也這樣說過，或許是真的吧！

沒一會兒，院門開了，姜鶯蘭扔掉墨魚站起來，喊道：「莫恩升！」手指上沾著墨汁，笑得耀眼。

莫恩升揹著帶灰色皮毛的野獸，抬頭看向她。「妳怎麼又來了？」

張婆子走出來。「還不是幫你送東西的？一天到晚丟三落四。」待看到莫恩升肩上的東西，一雙小眼立刻發光。「這是打到什麼了？」

莫恩升走到院中，把東西卸到地上。「一隻獾。」晃了晃肩膀。「昨兒上山挖了陷阱，今天去看，就逮到了。」

「難怪昨天只揹回一小捆柴火。」張婆子低頭看那隻獾，身上被扎出了窟窿，已經死透。

莫大峪聽到動靜跑過來，蹲下身，用小手指戳著獾，又拉拉牠毛茸茸的腿。

「這有三、四十斤吧？」張婆子估量著。「可惜皮子有洞了。」

「我來收拾牠。」莫恩升挽起袖子，把獾吊在梨樹上。花枝一顫，片片白色花瓣落下。

「我幫你。」姜鶯蘭跑上前。

洛瑾傻了，低頭看著黑漆漆的水。姜鶯蘭不是要洗嗎，怎麼跑了？她不會洗墨魚啊！

「我來。」趙寧娘走過來坐下，瞧著梨樹下的人。「這姑娘伶俐，看三郎以後怎麼辦？」

洛瑾也看過去，姜鶯蘭正笑咪咪地盯著莫恩升的一舉一動，莫恩升黑著臉說她一句，姜鶯蘭卻笑得更甜。

這時，莫恩庭也從西廂房出來，瞥了梨樹那邊一眼，和張婆子說了兩句，叫洛瑾過去。

「拿個簍子，跟我來。」說完，便往老屋走了。

待洛瑾提著簍子跟上，莫恩庭伸手去牽她，在她手心裡一劃。

洛瑾回頭看了看前院，心跳得厲害。萬一被人瞧見，如何是好？

「臉皮這麼薄？」莫恩庭湊到洛瑾耳邊，笑了聲。「妳該學學姜姑娘。」

洛瑾不理他，小聲問道：「二哥，要做什麼？」

「娘要招待未來的小兒媳。」莫恩庭的手與洛瑾的十指相扣。「叫我出力。」

這是想撮合莫恩升和姜鶯蘭吧！洛瑾跟著莫恩庭繞到老屋後面，這裡有棵香椿樹，有些年歲了，長得很高大。

莫恩庭卷起衣袍，掖在腰間，搓了搓雙手，回頭看洛瑾。「等會兒，我把妳拉上去。」

洛瑾搖頭。「我不會爬樹。」這種事，她想都沒想過。

「不會就算了。」莫恩庭沒有勉強，她本就是嬌養長大的。

莫恩庭爬上樹，接過簍子，掛在樹杈上，掰下剛長出的嫩芽放進簍子。春天是吃香椿的季節，過了這季節，香椿芽就會變老，不好吃了。

莫恩庭從這邊挪到那邊，樹枝晃晃悠悠的，洛瑾看得提心弔膽。萬一腳踩滑了怎麼辦？

「洛瑾，妳真不上來瞧瞧？」莫恩庭扔下嫩芽，掉到洛瑾頭上。「能看見前院的好戲。」笑得不懷好意。

前院有什麼好看的，不就是莫恩升在收拾那隻獾嗎？洛瑾抬頭盯著莫恩庭，他正望向梨樹那邊，邊看邊搖頭。

微風拂過，莫恩庭把簍子遞給洛瑾，然後輕盈地從樹上跳下來。

「妳真該上去瞧瞧。」莫恩庭整理好衣裳。「平時三郎挺機靈的，今天怎麼看不透呢？」

「不知道。」洛瑾隨意回了一句。

「妳什麼時候知道過？」莫恩庭攬住她的腰，把人帶向他。「總是事不關己的樣子。」

「二哥，回去了。」洛瑾警惕地張望四周。

「就是為了出來看看妳，不然妳以為我真願意爬樹？」莫恩庭雙手捧住那張如花的臉蛋。

「總是不開竅，到底要我怎麼做才好？」

洛瑾深吸一口氣，下了決心般，看向莫恩庭，目光有些飄忽羞澀，隨即便躲開。

「不許躲。」莫恩庭扳回她的臉，低頭道：「剛才妳看我，我心裡……」

見莫恩庭沒說下去，洛瑾的眼睛眨了眨。

莫恩庭噗哧一聲笑出來。「剛才妳一副豁出去的模樣，像是要慷慨赴義。」頓了頓。「那我要不要成全妳？」

洛瑾越聽越不懂，發現他打算緊緊地靠上她，趕緊鑽出身去。

「回去吧！」她提起簍子，往老屋旁邊走。

「沒良心的丫頭，給我回來！」莫恩庭氣得笑出聲，話中帶著些許哀怨。

洛瑾哪裡敢回頭，三步併成兩步走遠了。

洛瑾走得急，碰到從前院過來的趙寧娘，說要在這邊摘香椿芽。

洛瑾點頭，放下簍子，見趙寧娘手裡拿了裝雞蛋的小筐，便伸手接過來。「我去撿。」

趙寧娘找了凳子坐下，拿出簍子裡的香椿，一根根掰開。

洛瑾到雞籠裡撿了五顆蛋，放進筐裡，回來坐在趙寧娘旁邊，與她一起把香椿揀完。

「我先回屋，妳把這些拿給娘吧！」趙寧娘有點累，把東西交給洛瑾，回了老屋。

洛瑾看了看屋後，莫恩庭還沒出來，是怎麼了？只好先將菜和雞蛋送去正屋，再回去瞧。

莫恩庭坐在樹下，拿著樹枝，有意無意地敲著。聽見聲響，抬頭看過去，頓時笑得兩眼彎彎。

「二哥，你怎麼不回去？」洛瑾走上前。

莫恩庭拉住她，丟掉樹枝。「洛瑾，我擔心。」

「什麼？」洛瑾想到了薛予章。難不成後山那邊要來對付莫家了？

莫恩庭站起來，臉上沒了剛才的笑。「萬一三郎比我先成親怎麼辦？我是他哥，豈不是很沒面子？」

這個和她剛才想的不一樣，洛瑾不知道怎麼回答。「我回去燒飯了。」

「妳，」莫恩庭揪住洛瑾的耳朵。「到底有沒有聽進我的話？」

「二哥，你鬆手。」洛瑾猜想，自己的耳朵肯定紅了。「我聽進去了。」

「我才不信。」這丫頭就知道打馬虎眼，以為每次都能成功？

但最後，莫恩庭還是鬆手了，不是洛瑾打的馬虎眼成功，而是他不忍心啊！

前院，莫恩升被姜鶯蘭盯得不自在了，頓時覺得今天的日頭太曬，讓他口乾舌燥。

「你是怎麼逮到牠的？」姜鶯蘭坐在凳子上，雙手托腮，跟莫大峪的動作一模一樣，看上去十分可愛，目光好奇得很。

莫恩升瞅了姜鶯蘭一眼。「就沒看過妳這樣的姑娘家，見了血，都不害怕嗎？」果然是母老虎，自家二嫂瞧見這種事，總是躲得遠遠地。

「為什麼要躲？」姜鶯蘭納悶。「我殺魚時，也會見到血啊！這樣就躲，早餓死了。」

「挖個坑，在裡面插上兩根削尖的竹子，等野獸跑過去時，就會掉進坑裡。」莫恩升耐著性子解釋。

姜鶯蘭點點頭。「果然是好辦法。」

莫恩升懷疑，這世上沒有姜鶯蘭害怕的東西，哪有半點女兒家的嬌弱？於是不再說話，將剝了皮的獾扔進盆裡，拾起地上的毛皮，掛到屋簷下。

午飯，姜鶯蘭是留在莫家吃的。莫家為她加了兩道菜，有香椿雞蛋餅、香椿豆腐；姜鶯蘭也試了試手藝，做了墨魚湯。

張婆子喜歡這個伶俐的姑娘，比不省心的姪女張月桃強。看著低頭吃飯的莫恩升，一筷子敲在他胳膊上。「等會兒去摘些香椿，再切塊獾肉，讓鶯蘭帶回去。」

「不用！」莫恩升看了看姜鶯蘭。「碼頭那麼遠，她拿不動的。」

「那你送人家回去。」莫恩庭頭也不抬地道。

姜鶯蘭連忙推辭。「不用，在這裡吃過，就不帶了。」說著，偷偷瞅莫恩升。

最後，還是莫恩升提著東西，送姜鶯蘭回去，嘴上雖說不樂意，卻沒有拒絕。

第四十二章

轉眼，州試將至。謝敬和謝顯回到州府，在縣城幫莫恩庭找了一座小院，也選好了書僮。莫恩庭很少過去，留下書僮小七看屋子，自己依舊留在大石村。謝家來認孩子的事，瞞得可謂滴水不漏，根本沒傳出絲毫動靜。

趙寧娘的肚子隱約顯露出形狀，沒了剛懷孕的不舒服，能吃得很，臉上胖了一圈，以前忙慣了，儘管有身孕，也做了不少的活。

州試比縣試嚴格，由朝廷派人監考，連考三場。考生俱做足準備，這是魚躍龍門的開始，只要考過，就可以參加更高一級的鄉試。

州試這天，張婆子在家裡準備著，想做些好吃食。不管怎樣，這場考試過後，住在西廂房的莫恩庭，可能就要離開這個家了。

另一邊，趙寧娘和洛瑾坐在豬圈旁邊的槐樹下，莫恩升折下樹枝，扔在地上，讓她們摘槐花。

「現在吃槐花，正是時候。」趙寧娘動作快，摘下花，扔掉樹枝。「還沒開的最好。」

四周的槐花傳來絲絲甜香，洛瑾小心地避開樹枝上的尖刺。「是要包包子？」

「有很多種吃法，以後我教妳。」趙寧娘直起腰。「不知道考場那邊怎麼樣了？」

兩人說著話，在樹上的莫恩升看向前院，道了聲。「月桃怎麼來了？」

張月桃沒去正屋找張婆子，直接朝這邊走過來。

「妳來一下，我有話問妳。」張月桃繃著臉，睨了洛瑾一眼。

洛瑾看了看張月桃，站起身，跟著她去了老屋旁邊。

「表小姐有事？」

張月桃看了看槐樹，把洛瑾拉到牆下，避開趙寧娘和莫恩升的目光。

「妳有事就說。」洛瑾抽回手，張月桃的臉色不太好看，比前些時候瘦了些。

「妳說，二表哥為什麼要打薛少爺？」張月桃盯著洛瑾那張如花似玉的臉。洛瑾就會裝嬌弱、扮可憐，她恨不得拿把剪子劃了。

洛瑾一愣。莫恩庭打薛予章，張月桃跑來做什麼？「他該打，誰叫他欺負人。」

「二表哥是不是太過分了？」張月桃皺著柳眉，看洛瑾的眼神越發不善。「把人打成那樣，心真夠狠的。」

洛瑾越發納悶。張月桃是來替薛予章討公道？莫恩庭是她表哥，她怎能幫著外人說話！

「過分？沒有二哥，現在我不知道是死是活。」至今想起來，那日之事仍叫洛瑾害怕。

「到底誰心狠？心狠的是薛少爺，是他仗勢欺人！」

沒想到平時罕言寡語的洛瑾會這般回嘴，張月桃不屑地撇了撇嘴角。「護起表哥來，倒是伶牙俐齒，要不是妳，薛少爺也不會挨打，妳就是個掃把星，狐狸精！」

「妳講道理好不好？」洛瑾不知道張月桃跑過來發哪門子火，再說莫恩庭並沒有錯。

「後山的那些人可不是好人。」

「妳才不是好人！」張月桃張口罵道，看著那張臉，怒火中燒。如果不是這個狐狸精，薛予章怎會對她忽冷忽熱，整日從她嘴裡套消息，三句話不離洛瑾？

「我是不是好人，也不關妳的事。」洛瑾咕噥一句，轉身就走，不想再跟張月桃糾纏。

「妳還敢裝！」張月桃恨極。洛瑾先搶了莫恩庭，還讓薛予章也對她念念不忘，竟用力推了洛瑾一把，想讓她摔倒，最好摔得毀掉那張臉。

「啊！」洛瑾不防，硬生生被推了兩步，差點撲跌在地。

「張月桃！」莫恩升聽到動靜趕過去，看見張月桃動手，暴喝一聲。「妳瘋了是吧？」

趙寧娘上來扶住洛瑾。「這是怎麼了？為什麼吵起來了？」

「你們全都幫著她！」張月桃大聲喊道，面孔因生氣而扭曲。「她有什麼好？就是個買回來的賤蹄子！」

「妳罵誰？」莫恩升想教訓她，卻被趙寧娘拉住。

「我就罵她！」張月桃嚎啕大哭，不知是因為生氣還是委屈？「不過是個奴才而已！」

「她是什麼，還輪不到妳來說！」這邊的吵鬧終於擾了張婆子，她沈著臉走過來。這些話被外面的人聽見，她的臉往哪兒擱？「妳怎麼不看看自己？無緣無故跑來這裡大吵大鬧。」

「姑姑。」張月桃滿臉眼淚，委屈地看張婆子。「您把她趕走吧！」

「妳還知道我是妳姑姑？」張婆子忍住怒氣。「今天妳二表哥考試，我們安安靜靜地待在家，希望一切順遂，妳來做什麼？搞得莫家雞犬不寧，不想讓莫家好過？」

「別以為我稀罕來！」張月桃舉袖擦了擦臉，表情冰冷地離開了莫家。

「越來越不受教了。」張婆子望著張月桃的背影，畢竟是自己姪女，還是擔心，回頭對莫恩升道：「跟著她，別出什麼事。」

莫恩升應了聲，出了院子。

「怎麼樣？」張婆子看了看站在一旁的洛瑾。「沒事的話，不要計較了，家以和為貴。」說完便走去槐樹下，提起簍子回正屋。

晚上，莫振邦和莫恩庭一起回來了，吃飯時說了些考試的事後，就各自回屋休息。

洛瑾坐在西廂房燒火，不明白白日張月桃為何發了那麼大的脾氣，居然還向著薛予章？

「洛瑾，改天帶妳去縣裡的小院看看。」莫恩庭蹲在洛瑾旁邊，火光映著兩人的臉。

「妳又在想什麼？」手指劃過她的臉頰。「是不是沈迷二哥，無法自拔？」

「二哥，後山那邊，真的不會來找麻煩嗎？」過了好幾天，薛予章一點動靜都沒有，真是吞下這口氣了？

「三郎說，那邊的人已經開始收拾行李，想來是州府的禍事已經解決了，那混蛋要回去了。」莫恩庭從洛瑾手裡拿過撥火棍，挑了挑灶裡的柴火。「妳別怕，有我。」

洛瑾想抽回撥火棍，莫恩庭不鬆手，對著她挑眉。「我就不給。」

洛瑾垂下眼。「你說過，考完試，會讓我回平縣。」

「沒說讓妳回去。」莫恩庭敲著撥火棍。「我是說帶妳回去，區別很大的。」

這晚有些潮濕，熄燈時下起了雨，雷聲隆隆，讓人不由想起在黑石山的時候。

洛瑾在外間鋪好被子躺下，枕頭邊放著趕完的繡活。

屋裡忽明忽暗，閃電不斷閃過，隆隆雷聲彷彿要將屋子震塌，外面一片雨聲。

裡間的門簾被掀開，莫恩庭叫了聲。「洛瑾。」

洛瑾坐起來回應，莫恩庭走到她的床板邊坐下。

「雷聲很大，妳怕不怕？」

「不怕。」洛瑾搖頭。

明明什麼都怕，怎麼不怕打雷？莫恩庭賴著不走，往洛瑾靠了靠。「這裡會漏雨，妳跟我去裡間。」

「我不去。」洛瑾心裡一跳，忙拒絕。

「去吧！」莫恩庭抱起她。「二哥害怕打雷，妳過來陪我。」

這話誰信？洛瑾剛要開口，一滴水便滴在額頭上。這屋子真的漏雨了?!

「我就說吧！」莫恩庭放下洛瑾，把盆子擱在滴水的地方。「等天氣好時，就修一修。」

最終，洛瑾還是被莫恩庭抱到裡間炕上，中間豎起矮桌隔開，看起來誰也不礙著誰，卻又能感覺到彼此。

屋外的風雨不停，矮桌另一邊的人也不消停，或是伸手過來拽一綹頭髮，或是說上兩句話，擾得洛瑾不得安眠。

「洛瑾，妳怎麼不說話？」莫恩庭撐著腦袋，敲了敲矮桌。「不說，我撓妳癢了。」

「我想睡覺。」洛瑾輕聲說道，邊說邊用被子把自己卷起來。

「我很慘。」莫恩庭嘆息。「妳覺得世上有沒有守著魚睡覺的貓，有沒有拿骨頭當枕頭的狗？」

被子裡的人安安靜靜，莫恩庭消停了，無奈地轉身鑽進自己的被子。這種時候，對他簡直是種折磨。

考試後的第四天放榜，不出意料，莫恩庭榜上有名，還考了第一，以後他便是秀才，可以參加更高一級的考試。

莫家人很高興，莫振邦寫了信去州府謝家，村裡人皆來道賀，這是大石村第一位秀才呢！

莫恩庭變得忙碌，身分今非昔比，可以免除徭役，就算上公堂，也不必對縣官行禮。

前兩天，家裡不斷來人，今日終於靜了下來。男人們出去幹活上工，女人們依舊操持著家務。

這日得空，莫恩庭與同窗去先生家，感謝先生的栽培之恩。

這時，有村人來莫家，對張婆子說，素萍有事，想找人過去幫忙。

素萍還在守孝，不能隨便出門，所以才託人過來。趙寧娘帶著身子不能去，張婆子便讓洛瑾去瞧瞧。

「嫂子！」洛瑾站在莫鐘家門口叫了聲，她怕那隻黑狗，不敢進去。不過，院裡的黑狗蔫蔫地趴在牆角，不像以前那樣，喜歡圍著別人轉。

莫鐘走了出來。「二郎媳婦，進來吧！」

洛瑾走進門。「鐘哥，是素萍嫂子叫我過來的。」看了看屋裡，並沒有素萍的影子。

莫鐘的表情有些奇怪，瞥了西間一眼，支支吾吾地道：「她在那間。」

西間的門簾被掀開，出來的卻是鳳英，咧嘴一笑。「二郎媳婦來了。」

「妳怎麼在這裡？」洛瑾轉頭，發現莫鐘已經關上了門，似是心虛，不抬頭看她。「鐘哥？」

「叫誰都沒有用！」鳳英扯住洛瑾，直接把人拖進了西間。

西間裡，洛瑾一個不穩，摔在地上，發現素萍也在，被捆得結實，嘴裡塞著東西，發出含糊不清的聲音。

「你們要做什麼？」洛瑾的腳往後蹬。

鳳英有些不耐煩，去拍站著不動、有些猶豫的莫鐘。「還愣著做什麼？動手呀！」

「這……她畢竟是我弟媳婦，我怕……」莫鐘躊躇不前。「被知道了怎麼辦？」

「你傻呀！」鳳英狠狠掐著莫鐘的胳膊。「你欠段九的銀子不還了？他是什麼人，你不清楚？送出這小娘子，要多少銀子沒有，不能心軟！」

這下洛瑾明白了，鳳英是想聯合莫鐘綁走她，遂從地上爬起來，拚命往門口跑。

「往哪裡跑？」鳳英抱住洛瑾的腰，回頭對莫鐘狠道：「快動手！讓她跑出去，你就等著蹲大牢吧！」

莫鐘去摀洛瑾的嘴，欲出口的呼叫被徹底堵住，洛瑾不停地踢打手腳，但根本沒用。

啪！一記響亮耳光搧在洛瑾臉上，打飛她掉下的淚水，半邊粉面瞬間腫了起來。

鳳英甩了甩手。「小蹄子，瘋什麼瘋？」眯著眼，陰冷無情。「嫂子是送妳去享福。」

洛瑾臉上火辣辣的，被打得暈暈沈沈，像素萍一樣，被堵上了嘴，綁了起來，看見素萍的淚和愧疚。

「你去我家把馬車趕過來。」鳳英拿鑰匙給莫鐘。「再拿兩個麻袋。」

「我二叔知道了怎麼辦？」莫鐘握著鑰匙，有些不安。「肯定饒不了我。」

鳳英看莫鐘一副不成器的樣子，怒道：「這座破山，你還沒待夠？」見他不動，心裡著急。好不容易才說動他，哪能半途而廢？更何況她和莫家積怨已深，巴不得莫家不好過。

「薛少爺說了，把人送去，可以得兩百兩銀子。」鳳英往莫鐘身上靠了靠，溫柔地為他整理剛才被洛瑾扯亂的衣襟。「有了那些銀子，去哪裡不快活？我也會跟著你的。」

莫鐘好吃懶做，又欠了段九銀子，鐵定還不清，但還是顧念親情，所以下不了決心。

「都做到這一步，就由不得你了。」鳳英軟話說完，接著來硬的。「你也知道誘拐罪名是何等地重，如果小娘子跑回家告狀，你那有了功名的堂弟能放過你？」

聽到罪名兩字，莫鐘腦袋一震。坐牢和銀子，傻子才會選前者，到時候拿了錢，帶著鳳英遠走高飛，沒人證明，誰能治他的罪？

「妳看著這裡，我這就去辦！」莫鐘眼裡已沒了糾結，取而代之的是冷漠。

素萍不停掙扎，瞪大眼睛看著莫鐘，想要撕碎他！這個男人已泯滅了人性，她想靠著牆站起來阻止他，卻趴倒在地上。

鳳英的一隻腳踩在素萍背上，居高臨下，如看螻蟻般，殘忍地說：「消停點吧，等出了村子，就為妳尋一處風水寶地。」

素萍想掙脫，卻被鳳英無情踩碾。「嘖嘖嘖，妳看妳，一輩子活得這麼窩囊，自己的男人都不幫妳，真不如去死。」

鳳英挪開腳，扭著腰，走到炕上坐好，手裡端著水，像掌握生死的上位者。「二郎媳婦，妳也別怨我，誰叫妳長得這麼招搖，被人惦記，也沒辦法。」

洛瑾想去扶素萍，聞言狠狠地瞪向鳳英，她這輩子恨的人不多，鳳英和薛予章就在其中。

「喲，生氣了？」鳳英一笑，滿是不屑。「等妳被關起來，跑不掉、死不了，有得是時候生氣。」她知道某些富貴人家的怪癖，有的玩法是別人想不出的，以後洛瑾有罪受了。

彷彿嫌對角落裡的兩人折磨得不夠，鳳英半垂著眼，抿了口茶。「村裡丟了兩個人，還是兩個媳婦，可是大事。」嘴角一撇。「不如就說，是素萍將二郎媳婦拐走了。」

這時，莫鐘拿來兩個麻袋，把洛瑾跟素萍裝進去，自始至終未發一語，紮緊了袋口。

莫鐘把麻袋扔進馬車，又搭上幾張草褥子，便趕車去縣城；鳳英則是分開走，她一向小心，萬一莫鐘出了事，她可不想跟著栽進去。

洛瑾很害怕。薛予章果然不打算放過她，那樣的人怎能吃啞巴虧，一定會回來報復的。

莫鐘作賊心虛，趕車趕得飛快，碰到熟識的人打招呼，也不曾注意，流了一身的汗。

縣城邊有一座不大的院子，位在大路旁，並不起眼。

莫鐘駕著馬車停在門口，兩個男人走出來，把車上的東西扛進去。

洛瑾被放在地上，無法動彈，蜷縮在麻袋裡，有心叫素萍，也沒辦法張口。

「少爺，人送來了。」莫鐘道。

屋裡很靜，有杯蓋輕輕滑過杯沿的聲響，緊接著是薛予章慵懶的嗓音。「知道了。」

這聲音讓洛瑾寒毛直豎，知道真是薛予章指使後，更加害怕。

「銀子？」莫鐘搓了搓雙手，現在他只想帶著銀子趕緊走，去一個誰也找不著的地方。

薛予章看著地上的兩個麻袋，又看了看莫鐘，面無表情，從小廝手裡接過荷包，朝莫鐘的方向一扔。

荷包掉在地上，發出啪嗒一聲，莫鐘忙彎腰撿起，打開來看，沈甸甸的銀子讓他心中最後的一絲愧疚徹底消失。他來回數著，卻皺起眉頭。「少爺，數目不對，這才一百兩！」

「對了。」薛予章坐在椅子上，蹺著二郎腿，轉著摺扇，看都不看莫鐘一眼。

「那日說好的，是兩百兩。」莫鐘大急，彷彿怕薛予章忘了，提醒道：「是我老娘走的那天，我去大宅，您親口允的。」

「是嗎？」薛予章輕輕展開摺扇，看著上面的秀麗山水。「要不，你回家等等，過幾天我叫人送去。」

莫鐘哪敢回大石村，被村裡人知道，豈不打死他，把他送去官府？「少爺，我不能回去，您看，是不是現在就給我？」

薛予章正是吃定了莫鐘不敢久留此地，當然不會再給銀子。他想要的人已經到手，只要帶去州府，誰能奈何得了他？至於莫家，以後他定會收拾，現在只是不想再惹麻煩而已。

「真的沒有辦法。」薛予章連應付他都懶。「你回去吧！」

鳳英來了，瞧見莫鐘手裡的荷包，猜到事情大概，想奪過來。

莫鐘不鬆手，在錢財面前，哪還有往日的嬉笑柔情。

鳳英見狀，變色道：「姓莫的，你這是想獨吞？」

「我只拿了一半，剩下的，妳向少爺要！」莫鐘把荷包塞進懷裡。

「我這不是怕你弄丟了嗎？那以後咱倆的日子怎麼過？」鳳英軟下聲音。

見鳳英的態度變軟了，莫鐘抬起頭。「還能沒有妳吃的？」

薛予章可沒閒工夫看他們在眼前晃，開口趕人。「想郎情妾意，先跑遠一點。」

一句提醒，讓莫鐘再不糾纏，立刻出了院子。

鳳英忙起身追上。做了這件事，她也沒有後路，只恨走得慢，銀子先被莫鐘搶了去。

屋裡又靜下來，洛瑾沒辦法動彈，身子僵硬。

薛予章盯著地上的麻袋，蹲下解開一個，裡面是蓬亂著頭髮的素萍。

「什麼人也往我這裡帶？」薛予章嫌棄地轉身，看著另一個麻袋，笑了聲。「小娘子，受委屈了。」

洛瑾動了動，瞬間眼前一亮，不由瞇起眼睛，樣子狼狽卻好看得要命，柔弱得能任人欺負。

「瞧瞧，把妳弄成什麼樣了。」薛予章滿臉心疼。「那糙男人真不懂憐香惜玉。」

洛瑾想逃又動不了，絕望在心裡蔓延，別開眼，不去看那張厭惡的臉。

薛予章不在意，反正人落到他手上，以後他說了算。一個女人能做什麼？最後還不是得看他的臉色過活？

「少爺，要不要把這個處理掉？」小廝上來，伸手指著素萍。

薛予章拿摺扇敲他的頭。「混帳東西，這是嫂子，要好生招待著。」留素萍牽制洛瑾，免得她尋死。

薛予章沒在這裡久留，吩咐小廝駕車，趕上孟先生等人。這次藉著回州府的理由，他暗中買通鳳英和莫鐘，又偷偷到這裡等著，才成了事。

於是，洛瑾被扔到馬車上，素萍則留在這院子，關進地窖裡。薛予章盤算著，帶上兩個人始終不方便，待洛瑾死心，就不必留下素萍了。

第四十三章

中午，天氣有些熱，一行人停在一處樹林休息。

洛瑾憋悶得很，越發心亂。車簾忽然被一柄摺扇挑開，薛予章伸手扯住她，將她拖了出去。

這次薛予章只帶了三個小廝，怕人太多，引起注意。三人正在準備吃食，架起火堆燒火。

薛予章拽著洛瑾的手臂往前走，眼角處有一道傷疤，是上次莫恩庭打他留下的。到了小溪邊，薛予章才鬆手，拿下堵在洛瑾嘴上的布。「說好了，別喊啊！」像哄別的女人一樣哄著洛瑾。

洛瑾很安靜，就算喊，荒山野地的，根本不會有人來救，走了一路，她明白哭沒有用。見洛瑾沒有哭鬧，薛予章玩起摺扇，歪著腦袋。「想通了？」他從沒對哪個女人這般上心，因為到手得都很容易。

本以為洛瑾也會這般容易得手，畢竟他長相出眾，家裡又有錢，女人斷無看不上他之理；但凡事都有例外，眼前這個女人就是。

洛瑾往後退著，直到背撞上樹幹，再無可退。

薛予章突然有些好笑。「那個窮鬼有什麼好的，就算考上秀才又怎樣，真能給妳一輩子榮華富貴？」

「他對我好。」洛瑾開口，一路顛簸，讓她很不舒服，頭也有些疼。

「哈哈。」薛予章用摺扇敲著自己的肩膀。「妳還小，哪裡懂得什麼是對妳好？真對妳好，就該把最好的留給妳，而不是讓妳跟著他受苦。」

洛瑾低頭，繩子勒得她很疼，試著動動手臂，深深嘆了口氣。

美人秀眉微蹙，臉上有淡淡的哀傷，羸弱的樣子楚楚可憐，讓人想上前安撫呵護。薛予章心裡一軟。這嬌嫩的身子還是別勒壞了，留下瑕疵可不成。

「其實我不曾告訴妳，我家在州府也是大戶。」既然想叫人安心跟著自己，薛予章自然會許下些好處。「大半個城的買賣都是我家的，妳跟了我，想要什麼東西，都缺不了。」

洛瑾看了薛予章一眼，目光澄明，隨即低下頭。

薛予章往前一步，歪頭盯著洛瑾。「就算妳要天上的月亮，我也會幫妳摘下來。」

這種鬼話誰信？洛瑾小聲委屈道：「我的手動不了了，你是不是想廢了它？」

「不會、不會！」薛予章將摺扇別在腰間，伸手為洛瑾鬆綁。「我哪捨得傷了妳，還不是怕妳不聽話。」

洛瑾揉著又僵又痠的手臂，四周一片樹木雜草，根本看不出身在何處。

「以後乖乖跟著我，什麼好的都會給妳。」心心念念的人就站在面前，看樣子似乎是認命了。女人就是這樣，不斷她的後路，就會繼續鬧。

洛瑾的頭髮全亂了，抬手輕輕梳著，不曾說話，見薛予章離她越來越近，手越來越抖。

「真是美得讓人連碰都捨不得，這次沒白來。」薛予章這樣說，但手並不安分，挑起了洛瑾的下巴。

眼前之人眼角的傷疤提醒著她上次的屈辱，這些話怎麼能信？洛瑾只覺下頜上的手是條毒蛇，負在後面的手緊了緊。

美人如花，櫻唇嬌豔欲滴，勾得薛予章色迷心竅，想一親芳澤。美人已經在他手裡，逃不了了。

「啊！」薛予章摀住自己的脖子，雙眼難以置信地瞪得老大。

洛瑾慌忙跑出兩步，看他跪倒在地，痛苦地摀著脖子，卻發不出聲音。

她身上沒什麼東西，只有一根尋常簪子，方才狠狠扎進了薛予章的脖子，陽光下，簪子閃著亮光。

薛予章無法言語，恨恨地瞪著洛瑾。這個讓他當成寶貝的女人居然傷了他！他不敢動簪子，只能抬起手指著洛瑾。

洛瑾回神，望著遠處升起的炊煙，再也不管，轉身跑向深林。

洛瑾選了沒有路的野地，不停地跑，怕被抓回去，就像當年莫恩庭在荒野裡竄逃一樣。她雙腿發軟，終於跑不動，手上猶帶著簪子刺入人肉的感覺，坐在地上哭起來。

天黑了，洛瑾不知道往哪裡走？她明明想離開大石村，真離開了，卻發現無處可去。

她不敢回平縣，當初姑姑和姑父話語中的閃躲，其實是想告訴她，回不去了吧？

於是，她把自己弄得髒兮兮，頭髮亂成一團，像剛到莫家時一樣。她就是個禍害，走到哪裡，那裡就會出事，平縣是，莫家也是。

山風吹過，冰涼刺骨，穿過石壁時發出嗚嗚聲，像有人嗚咽，又像野獸捕獵的低鳴。單薄春衫難以抵禦寒冷，洛瑾瑟縮在兩塊山石的縫隙裡。大石村在東面，她憑著記憶往東走，突然好想見到那個總喜歡戲弄她的人，他說他會護著她。

挨到天亮，洛瑾已經快凍僵，伸手接住一縷晨光。她還活著，她靠自己逃出來，她不再是以前那個懦弱的洛瑾！

待身子舒緩些，洛瑾扶著石頭慢慢站起來，望向太陽升起之處，那是東方，大石村的所在。她要回去叫人救素萍，看看那邊的人是否安好，再去官府認罪，畢竟她殺了薛予章。

洛瑾很累，又走了好一段路，終於找到莫恩庭帶她去過的石洞，尋了塊乾淨地方坐下，滿身疲倦襲來，昏睡過去。

洛瑾醒來時，天已經暗了，一個黑影跑進洞裡，圍著她轉，吐著舌頭趴在她腳邊。是素萍養的黑狗，怎麼跑來這裡？以前她都躲著牠，總覺得牠會撲上來咬人。

洛瑾沒了力氣，摸了摸黑狗的背。「我走不動了，要是你會說話該多好，可以去救你家主人。」

黑狗的頭抬起來，兩隻耳朵一豎，隨即跑出去，往洞口外面叫了幾聲。

洛瑾支撐著起身，她要去找人救素萍。扶著洞壁走到洞口，她愣住了，以為自己眼花。

「二哥？」她試探地叫了聲，嗓子啞得不成樣子。

沒人回應，洛瑾低下頭。的確是眼花了，下一瞬卻被一個懷抱包裹住，有些頭暈，鼻間是熟悉的氣息，清爽中帶著一點墨香。

「妳跑去哪裡了？」不敢相信眼前所見的不只洛瑾，莫恩庭也是，感受到懷裡人兒的真切，才深深舒了口氣。

「二哥。」洛瑾環上莫恩庭的腰。「救救素萍嫂子。」

「沒事，妳別怕。」莫恩庭輕輕拍著洛瑾的背，懷裡的人卻沒了聲響。

洛瑾染上了風寒，一直昏睡著，徹底醒來，已是兩天後的事。

這其間，她渾身都疼，睜不開眼，嘴裡好像被餵進東西，但昏昏沈沈，吃不出是苦是甜？

還有人總是喋喋不休，不厭其煩地在她耳邊嘮叨，以前母親也沒對她說過這麼多話。

「二嫂，妳醒了？」姜鶯蘭爬上炕，將洛瑾慢慢扶起來。

「鶯蘭？」洛瑾出聲，才發現自己的嗓子啞了，咳了咳。

姜鶯蘭從矮桌上端來水碗，遞給她。「妳先別說話，喝口水潤潤喉。」

洛瑾乾燥的嘴唇碰上茶碗，把水喝得乾淨。「妳怎麼會在這兒？家裡的人呢？素萍嫂子呢？」心裡依舊掛念著素萍。

「家裡都好，素萍嫂子也沒事。」姜鶯蘭知道洛瑾擔心，連忙回道：「二哥去了縣城，大嫂有身孕，我沒什麼事，就過來幫幫忙。」

洛瑾點頭，還是有些暈沈，心裡壓了太多事，有無數的問題想問，卻不知要先問什麼？「二哥沒事嗎？」萬一薛予章的人來報復怎麼辦？莫恩庭怎麼應付？

「也沒事，他囑咐我好好照顧妳。」姜鶯蘭有些羡慕，被人時時刻刻記掛在心上真好，哪像莫恩升，一直不冷不熱，對她愛理不理。

「我要走了。」洛瑾想動，卻渾身無力，但她殺了人，留在這裡，必定連累莫家。

「二嫂，妳要去哪裡？」姜鶯蘭扶住洛瑾。「妳睡了兩天，先吃些東西吧！」

也是，吃了東西才有力氣走，洛瑾倚在牆壁上，無神地看著屋頂。

姜鶯蘭去了正屋，換趙寧娘過來，穿著寬鬆的衣裳坐在炕沿上。

「娘讓我過來跟妳說。」趙寧娘看著洛瑾蒼白的臉，本來就瘦，現在更像風一颳就倒似的。「叫妳安心養病，外面的事，有男人們在。」

「嫂子，家裡怎麼樣？」洛瑾始終不放心。「找到素萍嫂子了？」

「她不要緊，只是沒有回來，留在二郎縣城裡的院子。」趙寧娘道。這丫頭在莫家待了好些日子，如今掛記這個家，是個有良心的。「衙門那邊，還要問她一些事。」

一聽衙門兩字，洛瑾一慌。「為何要審素萍嫂子？鐘哥和鳳英才是……咳咳！」說話太急，引來一串咳嗽。

「不知道鐘哥怎麼會聽半斤粉的挑唆，幹出這種糊塗事。」趙寧娘嘆氣。「咱們待他不薄，平日也照顧他家，大伯母走時，哪件事不是咱們幫忙操持？」

「他們跑了？」洛瑾啞著嗓子問道。

「抓回來了。」趙寧娘知道洛瑾擔心，慢慢把事情說清楚。「多虧了鶯蘭，鐘哥帶著半斤粉逃走時，想從海路出去，在碼頭找船被鶯蘭瞧見，告訴了三郎。」

「我和素萍嫂子被帶走時，沒人看見，你們怎麼找到她的？」洛瑾又問。

「那日二郎回來得早，要大峪去鐘哥家叫妳，才發現家裡根本沒人。」趙寧娘回想起那日，一家人可是心急如焚。「後來一路打聽去縣城，但沒找著妳，只找到素萍。」

那時她已經被薛予章帶走了，洛瑾低下頭。「是我的錯，連累你們。」

趙寧娘見狀，有些不忍。洛瑾有錯嗎？如果有，也只是因為長得太過。「當時二叔猜到妳可能被帶走，便什麼也不顧地追去了。」

「嫂子，我殺了人。」洛瑾想起自己把竹簪插進薛予章脖子的模樣，手不停地抖。「我要去衙門認罪。」

趙寧娘一愣。「妳殺了誰？」眼前姑娘一直是軟弱的，連點力氣都沒有，怎麼殺人？

「我殺了後山的貴人。」洛瑾緊緊攥著雙手，嘴唇也發起抖來。

「怎麼會？」趙寧娘滿臉疑問。「後山沒有動靜呀，二叔也沒說。」

洛瑾抬頭。「沒有衙門的人來查嗎？」

趙寧娘搖頭，伸手摸了摸洛瑾的額。「妳是不是作噩夢了？」

洛瑾確定不是夢，她親眼看著薛予章跪倒在草叢裡，眼神如利刃般，想將她千刀萬剮。

這時，姜鶯蘭端粥過來，放到矮桌上，用勺子攪了攪，讓洛瑾先喝粥，再吃藥歇息。

吃完粥，喝下藥，洛瑾又睡了過去。

洛瑾睡得迷迷糊糊，感覺臉上癢癢的，不由去拂，卻被人握住手，輕輕地抬起。她睜開眼，昏黃的光線裡，人影漸漸清晰。

「二哥？」

莫恩庭把那隻小手貼在臉上，輕輕理著洛瑾額前的碎髮，眼神中有自責和心疼。「妳受苦了。」

洛瑾坐起來。眼前是平日愛戲弄她的人，眉眼熟悉，好看得讓人難忘，一張薄唇總是堵得她說不出話。

「你怎麼找到我的？」聽趙寧娘說，莫恩庭去追薛予章，可最後為什麼會出現在石洞？

「我沒有追到妳，但知道薛予章受傷了。」眼前的丫頭又瘦了，臉蒼白得讓人疼惜，莫恩庭把她攬入懷裡。「我就曉得妳跑掉了。」

以前一直想推開的懷抱，此刻如同帶著魔力，讓洛瑾不安的心靜下來，聽莫恩庭說話。

「我讓人去找妳，然後自己先趕回村子。」莫恩庭伸指纏著洛瑾的髮絲。「我總覺得妳會回來，找我去救素萍嫂子，便在附近尋妳。」

他就這麼了解她？洛瑾輕咳兩聲。「我還病著，別過了病氣給你。」

「不怕。」莫恩庭的手滑過洛瑾的臉頰。「他們敢這麼對妳，我不會放過他們。」

「他們？」洛瑾知道莫恩庭指得是莫鐘和鳳英，但他現在只是秀才，有何能力去處置別人，況且莫鐘是莫振邦的姪子，說到底還是一家人，莫振邦會同意嗎？

「不管是誰。」莫恩庭口氣平淡，卻無端讓人發冷。「敢動妳，定要付出代價。」

洛瑾身子不由一抖。她是不甘被害，可莫恩庭的話分明是想置人於死地，那豈不是要搭上他自己？再說，還不知道薛予章是不是被她殺死了？

「二哥，我沒事，你還要考試，別惹上麻煩。」萬一出事，莫恩庭豈不是被她毀了？

「我就說洛瑾關心我。」莫恩庭笑了笑，雙手緊了緊。「放心，我心裡有數。」

洛瑾很不放心，又問：「薛少爺是不是死了？」

「真是妳幹的？」當日莫恩庭追上薛予章時，只知道那混蛋受傷了，幾個小廝正慌張地帶著他去找大夫。「他沒死，不過不知道去了哪裡。」

「我總覺得他會回來殺了我。」洛瑾低聲道：「我拿簪子刺進他的脖子。」

「別怕，我不會讓妳有事。」莫恩庭皺眉。這世道本是弱肉強食，沒有能力，便注定被欺辱。他要成為高高在上的強者，他所在意的、關心的，誰都別想打主意。

另一邊，莫鐘和鳳英被關在縣衙牢房裡，莫振邦去過兩次，恨鐵不成鋼地罵了莫鐘一頓。莫鐘跪在地上不停磕頭，說自己鬼迷心竅，被鳳英騙了。

知道莫振邦會心軟，莫恩庭跟在後面，冷冷地看著莫鐘。這隻沒有良心的白眼狼，留著可是禍害，一個男人連自己的女人都不顧，基本上就是個廢物。

「二叔，您救救姪子吧！」莫鐘堂堂七尺男兒跪在地上，一點骨氣都沒有，又爬到莫恩庭面前。「二郎，你是秀才，你跟縣太爺說一聲，我是被騙的。」

莫恩庭淡淡地道：「鐘哥，你不用擔心，我會去說。」

莫振邦聞言，看向莫恩庭。「你肯原諒他了？說到底，都是外面的人壞，拉他下水。」

莫恩庭聽出莫振邦的意思，但莫鐘做出這種事，他不想留著這人繼續禍害莫家，當下臉色不變，只道：「這事不是那般簡單，國有國法，如果莫家壞了規矩……」

下面的話沒說完，莫振邦卻懂了，以後莫恩庭走上仕途，若這事被扒出來，後果嚴重。

莫振邦低著頭不言語，但他也不能眼睜睜看大哥留下的獨子去死。

瞧出莫振邦的心思，莫恩庭道：「我看看，還有沒有別的辦法？」

莫振邦點頭。現在的二兒子已經不是莫家二郎，謝家是大族，做什麼事都方便。

「二郎，救救哥哥！」莫鐘滿臉鼻涕、眼淚，雙手抓住牢門，身上滿著血水，進了這裡，挨板子是少不了的。

莫恩庭應下，不再看那張厭惡的臉，和莫振邦出了牢房。

父子倆離開縣衙，莫振邦道：「大鐘做錯了，可你們畢竟一起長大，是手足。」知道這樣說對莫恩庭不公平，但就是不忍心。「給他留條生路吧！」

莫恩庭點頭。「我知道了。」

第四十四章

幾天後，莫恩升帶著身體好些的洛瑾去了縣城。

「這就是謝家替二哥尋的院子。」莫恩升走進巷子深處，在門上輕拍了兩下。

「素萍嫂子在這裡？」洛瑾從沒問過莫恩庭到底是什麼身分，只知道上次去莫家的兩名男子，可能是他的親人。

莫恩升應了聲。「出事之後，便沒再回去。」

一個十三、四歲的少年來開門，面龐有些圓，對莫恩升道：「三公子，您來了。」

「說過了，不要叫我三公子，叫三哥。」莫恩升敲了敲他的腦袋，轉頭跟洛瑾說：「這是小七，二哥的書僮。」

小七看著洛瑾，拽了拽莫恩升的衣角。「這是誰家的姑娘？」

莫恩升笑了，又敲了他一記。「回頭問你家公子，讓他告訴你。」

洛瑾有些不好意思，咳了咳。「嫂子呢？」

小七摸了摸腦袋，帶他們進去。

知道素萍待在西屋，洛瑾走到門前敲了敲，喊道：「素萍嫂子。」

房門很快被打開了，素萍急急打量洛瑾，喜道：「妳沒事，太好了！」說完便拉她進屋。「都是我的錯。」

洛瑾搖頭，這件事根本不能怪素萍。「嫂子，我沒事，這不是妳的錯。」

「莫鐘這個天殺的，居然想對妳下狠手！他到底有沒有良心？」素萍咒罵著。她跟了莫鐘這些年，不是挨打就是挨罵，這次還差點死在他手裡。

「他已經被關起來，沒辦法再害人。」洛瑾拉著素萍坐下。幾日不見，瘦小的素萍幾乎只剩下皮包骨。「以後他不會再打妳了。」

素萍卻不這麼想，多年來，她被打怕了，莫鐘像討債鬼一樣黏著她，怎麼都擺脫不了。

「二叔肯定會救他出來，我還是逃不掉。」素萍嘆氣。「他一日不休棄我，我就得跟著他。」

世道對女子不公平，一輩子都要遵從男人。嫁人後，若丈夫不休妻，妻子只能一輩子跟著他，就算過著人不人、鬼不鬼的日子，也只能告訴自己，這是命，要認命。

「但他犯的是拐人的大罪。」洛瑾不希望莫鐘被放出來，素萍這麼好，不應該過得那麼慘。「妳怎麼不回家？」

「那不是我的家，我厭惡那裡。」素萍帶著恨意道，她的大好年華全浪費在莫鐘身上。「這麼多年來，我什麼都做了，可他怎麼對我的？」

「以後會好的。」洛瑾不知道怎麼安慰她，只能說些別的話，轉移她的心思。

「我養條黑狗，牠還會衝我搖尾巴。」素萍平靜下來。「但莫鐘就是個沒良心的。」

「對了，薛少爺沒再回去嗎？」洛瑾問道。這幾天一直沒聽到薛予章的消息，不知到底是死是活，讓她提著心放不下。

素萍搖頭。「那日，是二郎帶著村人救出我的。」她仔細回憶著。「這幾天，衙門也派人來問過，但他們都沒有提起姓薛的。」

「他到底是什麼人？」洛瑾總覺得不安心。「會不會買通了官府？」

兩個女人越說越擔心，愁得不知道怎麼辦才好？

半天以後，莫恩庭來到小院，拉著洛瑾站到有陽光的地方。

「吃飯了嗎？」莫恩庭問道：「身體還沒好全就跑出來，以為自己是鐵打的？」

屋簷下，小七好奇地朝兩人張望。

洛瑾抽回手。「二哥，這件事會怎麼樣？」

「妳說呢？」莫恩庭坐在凳子上，重新拉住洛瑾的手，絲毫不在意小七的目光。「妳覺得莫鐘和鳳英該怎麼處置？」

「理應按律法來。」洛瑾回答。「只是不知，拐人是如何定罪的？」

「誘拐之罪。」莫恩庭臉色溫柔，輕聲細語。「本朝律法，掠賣人口與群盜、盜殺傷人等罪並提，應受凌遲之刑。」

明明是春日暖陽，凌遲兩字卻讓人發寒，覺得毛骨悚然。

「是他們自尋死路。」見洛瑾不說話，莫恩庭便知膽小的她又怕了。「鳳英那種人，留著只會害人。」

「那素萍嫂子怎麼辦？」洛瑾問道。若莫鐘被定罪，素萍是不是就能自由了？

「她依舊是莫鐘的妻子，不管是死是活，沒有一紙休書，就算入土，也要跟著莫鐘。」

莫恩庭把洛瑾拉到身邊坐下。「這也是本朝律法。」

洛瑾覺得不公平。「素萍嫂子明明是好人，為何要受這些罪？」

「從我見到妳，妳一直說別人，都沒問問我。」莫恩庭捏了捏洛瑾的臉頰。「小沒良心的，我跑了一天呢！」

「你別掐我！」洛瑾搗住自己的臉，看著遠處的小七。「被人瞧見怎麼辦？」

「妳說小七啊？」莫恩庭提高聲音。「要是再看，我就把他的眼珠子摳出來。」

這話一出，屋簷下哪裡還有人影？只剩幾根搖動的花枝。

「所以，鐘哥和鳳英會被判凌遲？」洛瑾問道，覺得身上有些冷。

「會！」莫恩庭毫不遲疑地說：「不過，我替莫鐘準備了一條更好的路。」

「以往他們沒做過其他惡事，單憑這次，真的能判刑？」洛瑾又問。

「縣衙先判，再往上報，便可定罪。」莫恩庭道：「就算被放出來，村裡的長輩也饒不了他們，尤其是鳳英。」

「會怎樣？」洛瑾對外面的事一直是一知半解。

「那種毒婦，不守婦道，背著男人偷走家產，又與外男私逃。」莫恩庭一字一句地說：「會被施以火刑，直至灰燼。」

「官府不管？」洛瑾覺得恐懼。雖說鳳英這般害她，罪無可逭，但火刑委實太過殘忍。

莫恩庭覺得洛瑾很天真，這種私刑，有時官府也是睜一隻眼、閉一隻眼。

「行了，妳想跟我一直討論火刑跟死人？」

洛瑾搖頭，這樣的豔陽天，說這些話實在太辜負美景了。

幾日後，正如莫恩庭所說，鳳英被定了誘拐之罪，而他幫莫鐘準備的路，則是流放塞外，到苦寒之地做苦工。

莫鐘的罪名，按說並不重，但他已經收了銀子，便坐實了掠賣人口之罪。

莫恩庭留莫鐘一命，一來是不想讓莫振邦親眼見姪子死去，莫家對他有養育之恩，他要報答；二來，他可為素萍換回休書；最後，想從那苦寒之地活著回來，幾乎不可能。

不過，直到這件事結束，都沒有薛予章的消息，他好像憑空消失了一般。

素萍從洛瑾手裡接過休書時，跪在莫恩庭面前，滿臉淚水。

「嫂子，快別這樣。」洛瑾扶起她。「別哭，妳自由了。」

「二郎，他真的會走？」素萍不認得幾個字，攥著紙的手顫巍巍的。「再不回來？」

「按理說，過些日子他會被送走，終生留在塞外。」莫恩庭道：「你倆已無瓜葛。」

素萍擦乾眼淚，再次道謝：「我已打擾許久，收拾好便離開。」她現在是自由身，再無人可以打罵。

「嫂子，妳要去哪兒？」洛瑾問道。

素萍愣住，她一直想擺脫莫鐘，可等到真的擺脫，卻變得迷茫。「我回老家看看，過了這麼多年，說不定當年逃難的村人都回去了。」

「有多遠？要走多少日子？」洛瑾又問：「萬一沒人回去，怎麼辦？」

素萍一愣，莫恩庭遂開口道：「嫂子，留下來吧！」看著洛瑾。「以後我會進縣學，還有別的事情要做，妳和洛瑾待在一起，說說話也好。」

「那怎麼行？你上學需要銀子；再說，我現在已經不是莫家的人了。」素萍搖頭。「沒道理還賴在這裡不走，白吃飯。」

不知何時出現在門邊的小七聽了，嘴一撇。「大嫂太小看我家公子了吧？」他年紀不大，脾氣倒是來得快，哪能見自己主子被個婦道人家看扁。「別說妳，就算再來十個莫家，現在公子也養得起！」

「小七！」莫恩庭喝斥一聲。「去做你的事。」

這下，不但素萍滿臉困惑地看著莫恩庭，連洛瑾眼中也帶著疑問。

「是這樣的。」莫恩庭不慌不忙地解釋。「考上秀才後，每月朝廷都會給貼補銀子。」

「可是……」素萍指著走出去的小七。「那孩子怎麼說，十個莫家？」

「過些日子，我要帶洛瑾回平縣一趟。」莫恩庭岔開話。「這邊不好空著，還得託嫂子幫忙看著院子。」

見素萍猶豫，莫恩庭伸指戳了戳發愣的洛瑾，使了個眼色。

「嫂子，留下吧！」洛瑾開口道，又覺不對勁，這裡是莫恩庭的地方，她憑什麼留人？「洛瑾在這裡沒幾個說話的人，有時候我不在，有嫂子，總放心些。」莫恩庭又道。

最後，素萍答應留下來，莫恩庭給了她新生，她應該報答。

「行，那以後這裡的飯由我來做。」素萍舒了口氣，卸下重負，疲倦的臉露出笑容。

「素萍嫂子，我幫妳。」洛瑾見素萍出去，想跟上去。

莫恩庭一把拽住她。「等等，妳是不是把我的書弄丟了？」

「書？」洛瑾仔細回想。「我沒動你的書啊！」

莫恩庭不答，拉著洛瑾去了裡間。

進去後，莫恩庭才道：「我知道妳沒動，只是想跟妳說說話而已。」

「我要去幫素萍嫂子。」洛瑾別開臉，躲避那熾熱的視線，臉不覺有些發燙。

「我的洛瑾什麼時候才懂事？」莫恩庭抱住她，在軟軟唇上啄了下。

「你不用看書嗎？」洛瑾小聲道。

「書哪有洛瑾好看？」莫恩庭的下巴擱在她秀氣的肩頭上。「書也沒有好聞的香味。」

「那薛少爺呢？」洛瑾問道：「是不是死了？」

「妳不用管。」莫恩庭靠在洛瑾耳邊，輕輕道：「就算他沒死，也差不多了。」

「二哥，有時你說話好嚇人。」洛瑾覺得莫恩庭變了些。

「別怕我。」莫恩庭站直身子。以後走的路，必定會讓他變得心狠手辣，若仁慈，便是別人手下的亡魂。

「鳳英和鐘哥，是不是被你……」洛瑾問道，和當日莫恩庭說的一樣，其實他早知道他們的結局。

「是。」莫恩庭拉著洛瑾坐到自己腿上，手指纏上她的髮絲。「所以妳怕我？」

這樣的親暱，實在讓洛瑾不自在，想站起來，又被拉回去。

「我不怕，二哥沒有害過我。」

「等我幾天，等這件事過去，帶妳回平縣。」小兔子越是折騰，越是讓他覺得有趣。

「然後，妳跟我去州府。」

「州府好遠。」洛瑾咕噥一聲，實在扳不開腰上的手，只好隨他去了。

「就是想把妳帶在身邊，省得又被不長眼的盯上。」莫恩庭握著她的小手。「娶回家才放心。」

「二哥，我要去幫素萍嫂子做飯。」洛瑾再次試著掙開他。

莫恩庭打橫抱起洛瑾，往床邊走去，笑得不懷好意。「做飯有什麼好的？我們來做更有趣的事。」

洛瑾被莫恩庭放在床上，轉身想跳下去，卻又被一把撈回，重重跌在他懷裡。

「就知道跑。」莫恩庭捏住洛瑾的下巴。「妳除了跑，還會做什麼？」

不跑的話，留下來還得了？洛瑾坐直身子，兩人緊靠在一起。

「妳別動。」莫恩庭轉身在床頭找東西，回頭對洛瑾神秘一笑。「妳別急。」

她急什麼，洛瑾試著往床邊移動。

「好了。」莫恩庭端著棋盤放到床上。「洛瑾與二哥對弈一局如何？」

「下棋？」洛瑾頭上已經出汗，很想伸手去擦。

「對呀！」莫恩庭刮了刮洛瑾的俏鼻。「妳在想什麼？還是覺得下棋不有趣？」

「有趣。」洛瑾忙點頭，指著桌子。「去那邊行嗎？」

「不行，凳子太硬。」莫恩庭將其中一個棋盒交給她。「離洛瑾太遠，看不真切。」

「瞎說。」洛瑾看了看桌子，那麼近，怎會看不真切？

「妳先來。」莫恩庭的手指敲了敲棋盤。

「我不太會。」洛瑾猶豫著落下一子，在床上下棋，實在有些奇怪。

莫恩庭隨意將棋子放上棋盤。「不怕，我會讓妳贏。」這丫頭心思簡單，在棋盤上肯定被人殺得片甲不留。

屋裡很靜，只有棋子落在棋盤上的聲音。

「等等！」莫恩庭急忙制止洛瑾要落下的手，看了她一眼。「要不，妳再想想？」

洛瑾盯著棋盤。「就這裡吧！」繞開莫恩庭的手，放下棋子。

「妳這樣亂下，我怎麼讓妳贏？」莫恩庭瞪著棋盤，原來想讓別人贏棋，比自己贏還難，思索良久，乾脆一手攪亂棋盤。「妳贏了。」

床上落滿棋子，洛瑾當然沒有贏棋的感覺，跪著將棋子一顆顆收進棋盒裡。

「過來。」莫恩庭把洛瑾拉到自己身邊。「我輸棋了，很沮喪。」

洛瑾看著莫恩庭的臉，哪有沮喪的樣子？「那怎麼辦？」

「洛瑾，安慰我。」說完，翻身制住她，親上嬌軟紅唇，若有若無的低喃從唇邊逸出，深情繾綣。

身下的棋子硌著她，洛瑾手中握著兩顆棋子，心想，以後跟定莫恩庭了嗎？院子裡傳來走動聲，洛瑾一急，想出口提醒。

「嗯！」莫恩庭摀住自己的嘴，看著眼前驚慌的臉。「洛瑾，妳敢咬我？」

「我沒有！」洛瑾忙道，剛才情急之下，她好像咬到什麼，難道是……

「哼！」莫恩庭坐起來，按了按自己的嘴唇。「妳等著，看我以後怎麼收拾妳。」

這時，小七敲門道：「公子，吃飯了。」

莫恩庭將洛瑾從床上拉起來，臉湊到她眼前。「想看看妳的傑作嗎？」

洛瑾瞅了眼莫恩庭嘴唇上的兩個齒印，低著頭跑開，去外面收拾桌子了。

因為還要回大石村，所以晚飯吃得早些，吃完飯，莫恩庭便帶著洛瑾回去。

晚上，莫振邦回來時，自然還是提起莫鐘的事，對此，張婆子和他的意見相左。

「你做得夠多了。」張婆子平時刻薄，聽了莫振邦的話，今日一改往常，堅持道：「自從大哥去世後，那邊都是咱們照顧的，但是莫鐘都做了什麼？只會惹是生非。」

「婦道人家亂說什麼！」莫振邦斥責。「他是我姪子，怎能不管他？難道要讓大哥家連後都沒有？」

「那是莫鐘自己造的孽！」張婆子不敢大聲，小聲嘟囔。「自己的女人有了身子，不照顧著，還打她。」

「發配得那麼遠，豈不是送他去死？」莫振邦低頭嘆氣，大哥家算是徹底散了。

莫恩庭沒說話，始終認為這樣對莫家最好。

「州府來信了。」見張婆子和莫振邦不再說莫鐘的事，莫恩庭才開口。「要我過去。」

莫振邦應了聲。「今天他們的人來過糧鋪，你娘說，白日裡還有人還送禮物到家裡。」抬頭看莫恩庭。「回去吧，家裡還有老人，省得掛記。」

「那家裡讓大哥和三郎多照看些。」莫恩庭對兩個兄弟道。

「要不，叫你大哥跟你一起去？」莫振邦擔心地說：「有什麼事，好幫襯著。」

「不用，那邊請了齊先生來。」莫恩庭道：「我想帶上洛瑾，她該回平縣看看了。」

莫振邦沈吟片刻。「她回去幹什麼？那邊的麻煩不小，若知道她娘……」

「就帶著她吧！」張婆子開口。「跟她家裡人說，這次回來便讓你倆成親，事情一直拖著，太不乾脆。」她是個急脾氣，說話並不顧別人的想法。

「妳懂什麼？」莫振邦瞪了張婆子一眼。「什麼成親？別瞎摻和。」但兩人說著說著，最後竟也答應了。

兩日後，洛瑾跟莫恩庭到了縣城小院，裡面多了幾個人。

齊先生走到莫恩庭跟前，打量洛瑾，恭謹地道：「公子，準備好了。」

莫恩庭應了聲，帶洛瑾進屋。

「二哥，不是要去平縣嗎？」洛瑾回頭看著院裡的人。「那些人是誰？」

莫恩庭拉著洛瑾進裡間。「先去平縣，妳再跟我去州府。」

「他們是你家的人？」洛瑾問道。那些人態度謙恭，感覺更像是下人。

「擔心什麼？」莫恩庭摸著她的頭。「只須記住，我不會丟下妳，別想從我身邊逃開。」

洛瑾不再問了，她本就不太會說話，有莫恩庭的一句保證就行。

眾人見過面後，只留下素萍看院子，其餘人一起踏上去州府的路。

第四十五章

天氣暖起來，楊柳搖擺，蜂飛蝶舞，馬車搖晃著駛過石板路，發出嘎吱聲。

車廂不大，洛瑾端坐在一側，莫恩庭見狀，好笑道：「在我這裡，不必那麼講規矩。」

洛瑾沒有動，她猜過莫恩庭的身分，能有馬車和僕人來接，還派了先生來，可見不一般。

莫恩庭又問：「妳這樣靜，像是假的，很不真切。」

「二哥，我是真的。」洛瑾開口，明明是個大活人，偏被他說成假的。

「妳不明白。」莫恩庭往洛瑾身邊靠了靠。「我總覺得沒辦法抓住妳，卻說不出那感覺，想找把鎖把妳鎖在身邊，妳可明白？」

不明白，洛瑾睜著明亮大眼，為什麼要鎖她？她還記得莫恩庭曾說過，想把她關起來。

「妳這樣，讓人很想欺負。」莫恩庭把她抱到腿上，輕聲道：「記得咬我的事嗎？」

「外面有人。」洛瑾掙扎著想下來，這人越來越無恥了。

「那我們小聲點。」莫恩庭放低聲音，對洛瑾挑眉。「這樣行了吧？」

這根本不是大聲、小聲的事，外面是街道，萬一簾子被掀開怎麼辦？

「再動，我撓妳癢了。」這句話很管用，莫恩庭笑了，懷中的身子現在僵硬得很。「妳去平縣，想先找誰打聽家裡的事？」邊說邊咬著她的耳朵。

「表哥。」洛瑾回道，耳邊的癢實在難受，偏偏某人還不鬆手。

「表哥？」莫恩庭唸著這兩個字。「他會幫妳？」

洛瑾點頭。以前周麟之對她不錯，兩家祖母是親姊妹，曾為他們訂下口頭婚約，如今，婚約應該是不成了。

「洛瑾，到了平縣，聽我的好不好？」莫恩庭放她坐好，為她理了理衣襟。「我會幫妳。」

「知道了。」洛瑾頓了頓，終是問道：「二哥，你是不是知道什麼？」

莫恩庭摸著她的頭髮。「當日妳姑父只說千萬別讓妳回平縣，至於發生何事，他沒說。」

洛瑾聞言，低下頭，揪著自己的腰帶來回捏轉，心裡更悶了。

馬車出了金水鎮，兩旁田地裡，農家正忙著春耕，去平縣不過是一天的路程，不算太遠。

「其實，」莫恩庭見洛瑾想著心事不說話，開了口。「當日賣了妳的人……」盯著洛瑾的臉色，說出他知道的內情。「是妳娘。」

洛瑾愣住，頭嗡嗡響，以為自己聽錯了。「你說什麼？我娘怎麼了？」

「是妳娘把妳賣了。」莫恩庭道。這話太殘忍，但洛瑾一直想著她母親，他不得不說。

洛瑾睜大眼睛，根本不相信。「我娘不會賣我！你騙我！」

莫恩庭摟住她，輕聲安撫。「我沒騙妳，是爹親口說的。」感覺懷中的人哭了起來。
「妳娘找上我爹，跪下求他把妳帶走，說妳留在平縣，只有死路一條。」
「為什麼？」洛瑾帶著哭音。娘那麼疼她，連活都捨不得讓她做，怎麼會賣了她？
「爹沒有說，只說妳娘應該是碰到了難處。」莫恩庭道：「這次帶妳回去，就問清楚。」掏出帕子，擦乾洛瑾臉上的淚痕。「還有，妳那表哥真值得信任？」
洛瑾吸了吸鼻子，眨著濕漉漉的眼睛。「你說周麟之？」
「他叫周麟之？」莫恩庭瞇了瞇眼。「還有呢？」
洛瑾低頭嘆氣。「到時候找他問問，應該就知道了。」

天黑後，一行人進了周家住的小鎮，離平縣很近。
齊先生找了家客棧，認為主子需要女人照顧，便讓莫恩庭和洛瑾住同一間房。
「二哥，什麼時候去周家？」洛瑾等不及了。
「都這麼晚了，明日再去吧！」莫恩庭推開窗扇，夜風鑽進了屋裡。「洛瑾，過來。」
洛瑾走過去，站在莫恩庭身旁，窗下是靜靜的街道，晚歸的人腳步匆匆。
「我想起一些以前的事。」莫恩庭半倚著窗臺，拉住她。「雖然很少，不過我小時候的確玩過泥人。」
「二哥小時候是怎樣的？」莫恩庭記起舊事，洛瑾替他感到高興。
「大概跟妳一樣，這不准、那不准，被一堆規矩束縛著。」莫恩庭道，他極少看見洛瑾笑，就算高興，也只是淺淺地抬抬嘴角。「每日必須好好唸書。」

「你真的記起來了？」洛瑾聽著，有些納悶。

「只想起一點。」莫恩庭彎了彎唇角。知道自己到底是誰、將來會做什麼，這樣就夠了。

翌日，天有些陰沈，不遠處的周家大宅前，有幾個下人在灑掃。

莫恩庭和洛瑾坐在一處茶攤，看著兩扇關閉的大門，門上寫著大大的「周宅」兩字。

看洛瑾不說話，莫恩庭問道：「要我過去幫妳問問嗎？」

「我先想想。」以前只跟祖母來過幾次，洛瑾不知等會兒見到周家人應該說什麼？

莫恩庭轉著手裡的茶碗。「妳已經想了半天，再想下去，天就黑了。」

洛瑾也知道，抬頭看見一輛馬車慢慢駛近，停在周宅門前。車簾掀開，一個年輕男子從上面跳下來。

洛瑾忽然站起身，邁開步子跑向周宅，一身樸素的衣裙輕盈飄逸，朝男子直奔而去。

莫恩庭沒來得及叫住她，坐在原處，差點捏碎手裡的碗。太不像話了，洛瑾怎麼也算是他的媳婦，怎能這樣跑到另一個男人身邊！

「表哥！」在離馬車幾步遠的地方，洛瑾喊了聲。

一身黝色暗紋錦袍、正要掀簾的周麟之聞聲看去，愣住了。「瑾表妹？」走過去上下打量，真是他姨婆家的表妹。「妳怎麼來了？」他還是以前的樣子，相貌俊秀，卻胖了些。

洛瑾施了一禮。「有事想來問表哥，是否方便？」

周麟之回過神，有些驚喜。「跟我進屋說吧！」

不等洛瑾回答，馬車裡響起聲音。「麟郎，是哪家親戚來了嗎？」一名女子下了車，衣著光鮮耀眼，似要與春光一爭高下，釵環叮噹作響。

「瑾姊姊？」女子瞧見洛瑾，滿臉驚訝。「妳怎麼回來了？我聽說妳被賣了。」

洛瑾認得她，是周麟之姑家的表妹馮瑤，只是她稱呼周麟之為麟郎，這是？

「瑤兒，妳怎麼這麼說。」周麟之皺眉，轉頭對洛瑾道：「先跟我回家。」

馮瑤走到周麟之身旁，手臂挽上他的，對著洛瑾一笑，有些得意。「瑾姊姊真是的，我與麟郎成親之日，妳也不來喝杯喜酒。」

原來他們成親了，也是，現在的洛家已經配不上周家，洛瑾沒有太大的傷感，只道了聲。「恭喜。」

馮瑤沒想到洛瑾會這樣，清清淡淡的一句恭喜，臉上的笑當即發僵。

周麟之抽出自己的手。「瑤兒，妳先回去，我跟瑾表妹說幾句話。」

馮瑤僵住的臉色變得難看，甩袖轉身離開，不忘惡狠狠地剜了洛瑾一眼。

周麟之不管馮瑤，對洛瑾說道：「先回家吃些東西，有事慢慢說。」

「不用了。」洛瑾搖頭，周麟之已和馮瑤成親，她何必討人家的嫌。「表哥，我只是來問一件事，問完就走。」

「走？妳要去哪裡？」周麟之從洛瑾的一身打扮能看出，她現在過得並不好。「妳有什麼難處，告訴我，我幫妳。」

「我只是想知道我家裡的事。」洛瑾問道：「我娘和弟弟怎麼樣了？」

「那我也不能跟妳在大街上說吧！」周麟之笑了笑。「還是覺得周家會吃了妳，讓妳連門都不敢進？小時候不是常來嗎？」

不一樣了，她已經不是洛家小姐，現在連自由身都沒有。「表哥，到茶攤說。」指著茶攤，遙遙對上莫恩庭的目光。

「行。」周麟之帶著小廝，和洛瑾過去。

兩人找了角落坐下，洛瑾瞥了瞥另一邊的莫恩庭，他的臉色和往常一樣，什麼也看不出來。

「表妹，這些日子妳去了哪裡？」周麟之問道，眼睛一刻不離洛瑾。「我找妳好久。」因為找不到她，所以才和馮瑤成親嗎？洛瑾看著茶碗。「我家裡到底出了什麼事？」

「妳不知道？」周麟之蹺起腿。「妳爹在賭坊拿妳當賭注，結果輸了。」

「什麼？」洛瑾腦子裡徹底亂了，這些事像重錘一樣敲擊著她的頭。

「後來沒了妳的消息，大家都說妳被帶走了。」周麟之仔細打量洛瑾，還是和以前一樣清靈動人。「可是那些要債的還是天天向妳爹討人。」

所以，姑姑不讓她回平縣，是因為她爹把她賭掉？娘求莫振邦帶走她，其實是為了救她？一個又一個的疑問，讓洛瑾喘不上氣。

「那我娘和睿哥兒呢？」

「妳先別急，等會兒我就叫人去打聽。」周麟之當然不知洛家的下落，當初兩家來往，只是因為兩位祖母的關係。「妳現在住在哪裡？」

「客棧。」洛瑾心不在焉地回道。

「一個姑娘家住外面不行。」周麟之道：「跟我回家吧！」

啪嚓！莫恩庭手裡的碗裂成了兩半，茶水流滿桌，隨即走出茶攤。

「不去。」洛瑾輕聲道：「我還有別的事。」

「那妳告訴我，後來去哪兒了？」周麟之又問，想到紀玄。「是不是被妳姑姑送走？」

「表哥，你別問了。」洛瑾看著周麟之。「你打聽到我娘的事，能跟我說一聲嗎？」

「表妹，我會幫妳。」周麟之不想放她走。「平縣那邊的事，說到底就是還錢而已。」

洛瑾搖頭。應該沒那麼簡單，不然姑父不會那般為難。「表哥，謝謝你，你肯幫我已經很好了，馮瑤妹妹還在等你呢。」

周宅的大門外，穿得花枝招展的馮瑤不知何時出來了，直直望著茶攤。

「行，那我得了消息就去找妳。」周麟之皺眉，看著周宅大門，眼裡生出一絲厭煩。

茶攤旁的河岸，柳枝似簾幔遮擋著樹下的人，那人身量清瘦，腰背挺直，望著河水東流。

「二哥。」洛瑾走到柳樹下。

「好了？」莫恩庭面上沒什麼表情。「這麼快就說完了？」

「表哥說，查到了就告訴我。」洛瑾覺得腦子裡成了一團亂麻。「叫我在客棧等著。」

「表哥？」莫恩庭咬牙吐出這兩個字，哼笑一聲。「妳倒是聽他的話。」

洛瑾默默跟著莫恩庭回了客棧，齊先生和小廝都不在，只剩小七留在房裡。

洛瑾坐在窗邊，不說話，望著街道上來來往往的人；莫恩庭也坐過來，支著下巴看她。

「二哥，你看我做什麼？」洛瑾被看得不自在。

「妳不看我，總不能讓我也不看妳吧？」想起今日洛瑾和周麟之在一起的樣子，莫恩庭的氣就不順。「回來後，妳跟我說過一句話嗎？」

這人怎麼跟個孩子似的，非要人跟他說話。「齊先生他們去哪兒了？」洛瑾開口道。

莫恩庭被氣笑了，雙手搓著洛瑾的臉蛋。「妳想氣死我？誰管他們去哪裡。」

不說話不行，說了又嫌說得不對，洛瑾嘆氣。「二哥，你餓嗎？」

「傻丫頭。」莫恩庭揉了揉洛瑾的腦袋。「在這兒等著，我出門一趟。」

莫恩庭出門去了，小七留了下來，他年紀小，比較好動，走到窗前往外看。「比州府差多了。」

「你從州府來的？」洛瑾左右無事，便和小七說話。

小七點頭，在窗邊比劃著。「我跟您說，州府裡好玩的多了去，家裡公子們會玩的更多，但姑娘們不隨便亂走，連吃都要定量，規矩很多。」

「所以是大家族？」洛瑾手搭在窗沿上，看著小七。「有多大？」

「您不知道？」小七不敢相信，莫恩庭那麼喜歡洛瑾，卻沒對她提過謝家？

「小七。」莫恩庭推門進來。「出去做你的事。」

小七立刻噤口，很想使勁抽自己的嘴巴，下人最忌諱摻和主子的事，但他看著洛瑾的眼睛，便會不覺地把知道的都說出來。

見小七出了屋子，關好屋門，莫恩庭把一碟點心放在窗臺上。

「他跟妳說什麼了？」他拈起一塊糕點，放進洛瑾的手心。

「只是州府的事。」洛瑾還是看著街上。

「在等妳表哥？」莫恩庭擠上洛瑾的凳子，纏上她的腰。「他不像好人，別聽他的。」

「他是幫我打聽我娘的事。」洛瑾站起來，對於莫恩庭的無賴行為，已經無言。

「妳就是不相信我，說起來，妳去找他，也沒什麼用。」

莫恩庭搭上窗臺，側臉看著表情納悶的洛瑾，神態慵懶，一雙眼睛似笑非笑，不說話了。

近傍晚時，周麟之來客棧，夥計上樓叫洛瑾下去。

周麟之帶著小廝坐在角落，見洛瑾下樓，示意小廝為她備好凳子，便叫他退下。

洛瑾見狀，覺得事情嚴重。「表哥，我娘怎麼樣了？」

「事情還真有些難辦。」周麟之為難道：「我派人去平縣，卻沒見著妳娘。」

「怎麼會這樣？」洛瑾不信。「我娘向來不出門的。」

「怕是討債的人逼得緊，妳娘搬去別的地方吧！」周麟之敲著桌面，一副著急的樣子。「要不，妳留下來，我繼續找，妳在外面肯定受了不少苦，以後，讓我照顧妳吧！」

「你說什麼？」洛瑾看向周麟之，以為自己聽錯了。

「妳原是要嫁給我，只是後來出了事。」周麟之道：「跟著表哥，妳娘的事交給我。」

「你我之事過去了，表哥已經娶了馮瑤。」洛瑾憋悶，周麟之怎能說出這種話。

「是家裡安排。」周麟之無奈。「其實我想的是妳，知道妳不見，派人翻遍了平縣。」

洛瑾穩住心緒。「表哥，現在什麼都不一樣了。」

「不用擔心，我不怪妳。」周麟之一臉正經。「我知道妳在外面不容易，有些事不是妳能抗拒的。」小表妹一臉嬌弱的樣子，實在惹人疼。當初他急著想娶洛瑾過門，沒奈何家裡嫌棄洛家敗落，洛父又好賭，硬要拖延親事。「以後，表哥照顧妳。」

「我做過什麼？」洛瑾站起來，她只是拜託周麟之幫她探聽家裡的事，卻沒想到人家藏著齷齪心思。「表哥還是回去吧！」

周麟之一愣，想拉住洛瑾，卻被躲過，看著纖細身影跑上樓梯，趕緊去追。

「表妹，妳別跑，聽我說。」周麟之擋住她。「妳從小沒吃過苦，何必這麼倔？」

洛瑾不可思議地瞪著周麟之。「那又怎樣？」

「我是娶了馮瑤，但那是沒辦法的事。」周麟之想了片刻。「這樣好不好，我在外面幫妳尋個院子，妳先住下。」

「院子？」洛瑾越來越難受，眼眶裡盛滿淚花。「表哥想要我這樣跟著你？」

「放心，我一定會接妳回周家。」周麟之覺得洛瑾來找他，定是沒了別的路，一個嬌養長大的小姐，怎麼可能過苦日子。「等妳有了孩子。」

「那我是什麼？」洛瑾渾身發抖。這就是她原先要嫁的人，曾經在她面前守禮的好表哥。「是丫鬟？還是外室？」

「身分而已，何必計較？只要我心裡……」

洛瑾受不了了，推開喋喋不休的周麟之，想回房間，卻被他拽住。

「你鬆手！」洛瑾掙扎，所有人都覺得她是任意拿捏的玩物，薛予章是，周麟之也是。

「妳一定要這般鬧騰？」周麟之方才的和顏悅色已經不見，他是周家少爺，平日誰敢給他臉色看？「除了我，誰會幫妳？真讓那群人把妳送去腌臢地方，妳就得意了？」

這時，房門打開，莫恩庭走了出來，一身青衫，面目如畫，但眼神著實冰冷。

「放開她。」莫恩庭盯著周麟之攥住洛瑾手腕的手。

「我找我表妹，關你什麼事？」周麟之打量莫恩庭，見只是一身粗布衫的書生，便不把人放在眼裡，只在心裡猜測他與洛瑾的關係。

莫恩庭瞇起好看的眼睛，臉色更沈。「表哥？」哼笑一聲。「洛瑾是我的妻子。」

周麟之一愣，就在此時，洛瑾已被莫恩庭拉到身後。

「我說過什麼？」莫恩庭側臉低頭，對洛瑾說：「他不是好人，妳不聽。」

周麟之回神，眼前的人只是一介布衣，況且還是在自己的地盤，沒有怕的道理，遂整了整衣衫。「就是你拐走表妹？放了她，我就饒你一命。」窮酸書生也想和他爭。

「不放。」莫恩庭拉起洛瑾的手。「想要我的命，你有那本事嗎？」

「你知不知道自己在跟誰說話？」周麟之氣急敗壞。

「周麟之，一個吃家底的紈袴而已。」莫恩庭直視著他。「好好待在自己家裡，不屬於你的東西，還是不要妄想得好。」

這時，周麟之的小廝跑上前，附在他耳邊說了兩句話。

「她怎麼來了？」周麟之不甘心地看著莫恩庭身後的洛瑾，恨恨地下了樓。

走廊上安靜了，莫恩庭便拉著洛瑾回房。

進了房，洛瑾擦了擦臉，道：「二哥，我們走吧！」周麟之一定會回來報復莫恩庭。

「不等妳表哥了？」莫恩庭用指腹拭去她眼角的淚珠。「他對妳做了什麼？」

洛瑾低頭嘆氣，她現在很恨自己這張臉，她本是正經女子，為何總因此碰上那種事，莫恩庭說得沒錯，她和妖妃一樣，就是禍害。

此時，門外響起敲門聲，小七叫道：「公子，齊先生他們回來了。」

「在這裡等著。」莫恩庭抱住洛瑾，拍了拍。「我出去一下，很快回來。」

後來，洛瑾從小七嘴裡知道，周麟之是被馮瑤帶回去的。周家所有長輩都喜歡馮瑤，一來是親戚，二來馮家和周家門當戶對，才讓他倆成親。

天黑了，桌上擺好了飯，莫恩庭才回房。

「二哥，我們快走吧！」洛瑾越想越擔心，周麟之可不是願意吃虧的性子。

「不急，吃完飯再走。」莫恩庭坐在桌前擺筷子。

洛瑾吃不下，今天知道了太多事，心裡被塞得滿滿的。

「妳不吃？」莫恩庭道：「那不帶妳回平縣了。」

「回去？」洛瑾看他。「不是說只來問問表哥就走嗎？」

「妳寧可相信別人，也不相信我，對吧？」莫恩庭挾了些菜放進洛瑾碗裡。「吃完了，我們就去，路上再跟妳解釋。」

洛瑾聞言，這才去端自己的碗，慢慢吃了起來。

第四十六章

月光如霜，一輛馬車駛在鄉間土路上，聲音擾了寂靜的夜。

「二哥，這麼晚，還有住的地方嗎？」洛瑾問道。這般趕路，也要半夜才能到平縣。

「齊先生都安排好了。」莫恩庭把洛瑾拉到自己身邊。「現在知道關心我了？」

「那我回去不會有麻煩嗎？」洛瑾始終在意姑父的話。「我爹是不是真把我賭掉了？」

「洛瑾，以前周麟之和妳有過婚約？」這是齊先生回來告訴他的，難怪他覺得周麟之看洛瑾的眼神很不對，居然還想搶人，簡直不知死活。

洛瑾不知道莫恩庭是從何處得知的，點了點頭。「小時候姨婆和祖母曾經提過。」

看來，還是要快點把人娶回家才行，整天都有桃花找上門，莫恩庭覺得自己遲早被氣死。

「妳先睡一會兒。」莫恩庭輕輕道：「到了平縣，我再叫妳。」今天她已經承受太多，很疲憊了。

到了平縣，齊先生做事穩妥，早已將住處準備好，這次不住客棧，而是一處院子。

翌日清晨，淅淅瀝瀝的小雨落下，將平縣籠罩在一層雨霧中，似一幅精美的畫。簷下水滴串成根根珠簾，讓人覺得純淨安寧。

一柄油紙傘被人撐著進了院子，傘下的人對坐在屋簷下的少女笑著，春雨溫潤，不及他眼中柔情。

「二哥。」洛瑾從凳子上站起來。

「回屋等著，外面陰潮。」莫恩庭一身素袍，從雨中走來，衣袂飄飄，恍若謫仙。

莫恩庭拉著洛瑾進去，將油紙傘擱在門邊，晃了晃，上面的水滴掉到地上。

洛瑾掏出帕子。「二哥，擦擦手。」

能等到這丫頭主動對他好，莫恩庭覺得實在不容易，以前她的提防之心何其之重。

「我帶了一個人來見妳。」他總是控制不住自己的手，想在那張粉面上捏一下。「妳有什麼事，就問她。」

「誰？」洛瑾看向門口，有個婦人站在院子裡，齊先生為她撐著傘。

婦人一身粗衣，但規矩極好，靜靜站著，不四處打量，等著主人家的意思。

「娘！」洛瑾喊了聲，直接跑過去，臉上的不知是淚水，還是雨水？莫恩庭忙拉住她，她的頭上多了一把傘。

金氏再也無法維持冷靜，身子開始顫抖，羞愧地低下頭，不敢去看自己的女兒，臉上淚痕交錯。

「夫人，進去說話吧！」齊先生將金氏請進了屋裡。

屋門關上了，只留下金氏和洛瑾，靜得只能聽見外面的雨聲。

「娘。」洛瑾走到金氏身旁，拽了拽她的手，像小時候一樣。

金氏抬起淚眼，抱住洛瑾，嚎啕大哭，哭得令人心碎。「娘對不起妳。」

洛瑾也哭了，當初她什麼也不知道就被送去莫家，現在見到母親，卻不知要說什麼，以往那些委屈，竟全消失無蹤。

「娘，先坐。」洛瑾拉起母親的手，一陣心酸。這雙手本來養得很好，現在變粗糙了。

金氏顫著手，仔細撫摸女兒的臉，怕是作夢。「以為妳再不會回來，也不會認我了。」

洛瑾替金氏拭淚。「睿哥兒好嗎？」

「被妳姑父接過去，說是跟妳表弟一起讀書。」金氏深吸了一口氣，目光一刻不離女兒。「妳受苦了。」

洛瑾覺得難受。「是娘……賣了我嗎？」終於問出口，這問題壓了她一路。

「是。」金氏嘆氣。「我沒辦法，妳爹把妳賭掉了。」

「為什麼？我是他親生的。」洛瑾不信。「爹雖然不喜歡我，但從沒打過我。」

「那是因為妳要嫁去周家，他當然不會打罵妳，心裡一直指望著妳嫁過去的好處。」金氏不忍心，還是告訴她真相。「周家來退親後，他便覺得妳沒了價值。」

「退親？價值？」洛瑾皺眉。她在父親眼裡，到底是什麼？

「我怕妳傷心，就沒對妳說。」做母親的，肯定護著自己女兒。「周家看洛家敗落，兩位老人家又不在了，不承認當初訂下的親事。」

洛瑾突然沈默下來。「所以，爹就覺得我沒用了是嗎？索性把我當成賭注。」

「那件事，是東屋的嬸子偷跑來告訴我的。」想起那天，金氏的手不由握了起來。「她男人在賭坊外面擺攤子，她才知道的。」

「後來呢？」洛瑾又問，心裡發涼。「我怎麼去莫家的？」

「當時，我沒了辦法，打算回家叫妳跑，但妳已經倒下，怎麼也叫不醒。」金氏緊緊抓著洛瑾的手。「我慌了，這肯定是妳爹幹的，他不在家，大概很快就會有人來帶走妳。」

金氏邊說邊哭，不停地流淚，嘴唇發抖，洛瑾拿著帕子為她擦拭。

「後來還是東屋嬸子想出辦法，說金水鎮來了人收糧食，她認得他，是個好人，家裡還有三個兒子。」金氏哽咽。「與其落在那群壞蛋手裡，不如賣給正經人家當媳婦。」

事情就是這樣嗎？洛瑾吸了吸鼻子，想憋住眼眶裡的淚水。

「當時，莫老先生正準備離開平縣，嬸子帶我去找他，他不肯，說怎能做讓人骨肉分離的事。」金氏繼續道：「他會這樣說，定是好人，我下跪求他，說妳留下來，只有死路一條。」

「後來，我就賣了三十兩銀子？」不管怎麼說，她都是最委屈的那個。

「我沒有賣妳。」金氏搖頭。「只讓莫老先生帶妳回家做他媳婦，我沒有要銀子。」

「可是有賣身契。」

「是。」金氏頹然點頭。「東屋嬸子說，事情還是寫明得好，萬一以後出事，總歸有憑證。於是，莫老先生留下三十兩，說身上只有那麼多，便把妳帶走了。」

洛瑾不說話，所有真相都大白了。周家退親，父親認為她沒了價值，在賭桌上將她輸掉；母親不想讓她掉進火坑，把她賣給莫振邦；當初姑姑和姑父不帶她回平縣，想來是沒有辦法，又怕她自投羅網。

「瑾兒，娘把那三十兩藏了起來，沒有花。」金氏看著女兒。「要不然，我們還回去，把賣身契要回來，妳不要恨娘，好不好？」

「爹呢？」洛瑾問道：「他還打您嗎？」

金氏抹淚。「他休了我，我跟他沒有干係了，以後妳跟著娘，咱們離開這兒。」

洛瑾不信母親會離開，且弟弟還留在這裡，她能去哪裡？「爹為什麼休了您？」

「妳也知道，妳爹一直不中意我，早和外面的女人有孩子。」金氏表情悲戚。「原本我還不信，直到他親口承認。」

「您說，紅姐的女兒是爹的？」洛瑾沒有太驚訝，最近事多，她能承受的也多了。

「是，現在她女兒才是洛家的姑娘。」金氏自嘲。這輩子過得失敗，最後仍沒能替子女掙點東西。

「娘，別管那些了。」事到如今，洛瑾也看透了，跟著她爹那樣的人，不一定會有好結局。「離開爹，您還有我跟睿哥兒三人一起。」

一番話下來，金氏才問起莫恩庭。「那年輕人就是妳的夫婿？妳姑姑說過，說他的相貌、品行都好。」

洛瑾搖頭。雖說莫恩庭相貌是好，但品行的話，那只是表面，外人都道他一表人才，可私底下多無賴，只有她知道。

「是沒成親嗎？」金氏忙道：「那正好，我們還銀子，讓他放了妳。」

洛瑾沒說話，她可以確定，莫恩庭絕對不會放掉她的。

這時，敲門聲響起。「洛瑾，和嬸子一起去用飯吧！」是莫恩庭的聲音。

「我們說了這麼久嗎？」金氏站起來，依舊捨不得鬆開女兒的手。「別怪娘好不好？」

洛瑾點頭。母親沒有錯，不想讓她掉進火坑，當時只能這麼做了。

兩人出了房間，金氏沒有留下來吃飯，依依不捨地離開了院子。

飯桌上，洛瑾吃不下飯，開口問莫恩庭。「二哥，我能回去看看我娘嗎？」

莫恩庭停下筷子。「妳要記住，我是帶妳回來看看，並不是送妳回來。」

「我知道，只是擔心我娘。」洛瑾看著院子，雨已經停了，一片潮濕。「我爹不要我娘了，她一個人住。」

「妳娘已經把妳賣掉，其實妳倆已經沒有關係了。」莫恩庭說道。

「那三十兩，我娘一直留著，她只是想救我，才賣掉我的。」洛瑾低頭看桌子。「她還說，要把銀子還給你家。」

啪！莫恩庭將筷子拍到桌上，看著她，輕聲說了句。「洛瑾想換回自己的賣身契？」

洛瑾望向莫恩庭，他的臉色像此時的天氣一般陰沈，莫名讓她覺得有些害怕。

「洛瑾是想離開二哥？」莫恩庭又問：「認為還回銀子，我就會放人？」

「不是。」洛瑾也不知道該怎麼說，她的確想要回自由身，但依舊會跟著眼前的人。

「不是嗎？」莫恩庭拉過洛瑾，直視她的雙眼。「是不是我對妳太好了，所以覺得妳所說的話，我都會答應？」

洛瑾有些害怕，手臂被抓疼了，不由往後退。

「想也別想。」莫恩庭把後退的人兒扯回來。「我可以為妳做任何事，但若要離開我，不可能。」

「我沒有。」洛瑾搖頭。「你放開我。」

莫恩庭把她抵在牆上，語氣軟下來。「我喜歡妳，不要再說離開的話。」

「那我娘……」洛瑾不知死活地又問了一遍。

「我遲早被妳氣死。」莫恩庭抱住她。「我帶妳回去。」心裡卻盤算著，得另外做些事情，讓她別再胡思亂想。

夜幕中，莫恩庭帶著洛瑾回到那個破舊的家。

離開近半年，搖搖欲墜的院門越發破舊，寧靜的巷子裡，不時傳來幾聲狗叫。

推開門，屋裡只有一盞昏黃的油燈，彷彿風大就會熄滅，油燈旁是個瘦小婦人的身影。

金氏見洛瑾跟莫恩庭進來，忙站起身。

「嬸子好。」莫恩庭對金氏行禮，把手裡提的禮物放到桌上。

「請坐。」金氏指著凳子。「天黑了，路不好走吧！」

「不礙事，洛瑾擔心您，非要回來看看。」莫恩庭臉上是謙和有禮的笑，這次他答應過來，還為了另一件事。

洛瑾望向自己住的西間，依然掛著那塊褪色的灰色門簾，便掀開簾子走進去。仍是以前的樣子，整整齊齊，連針線笸都沒有動，裡面還有半塊沒繡完的帕子，那日，她就是倒在這裡被帶走的。

「嬸子，這次晚輩過來，是有件事要和您商量。」外間，莫恩庭對金氏開門見山道：「我要娶洛瑾。」

剛準備開口贖人的金氏，話被堵在嘴裡。「可是，我女兒什麼都不會，身子又弱。」

「我知道。」莫恩庭繼續道：「以後我會照顧她，不讓她受委屈。」

跟著一個窮秀才，哪會不受委屈？金氏不是看不起莫恩庭，只是心疼女兒受苦，之前她不得已賣掉女兒，心痛得差點發瘋，她想補償女兒。

「我把銀子還給你們，你將女兒還給我，好不好？」金氏商量道。她一個婦道人家不知如何與人打交道，大多時都是求著對方。

「不成。」莫恩庭拒絕。「嬸子要回洛瑾，如何護她？」

「她爹已經休了我，我們沒有干係了，孩子自然是我的。」金氏說得毫無底氣。「我可以送洛瑾去她姑姑家。」

「嬸子，您不知道吧？」這次莫恩庭並不打算委婉勸說了。「那次賭坊的事，其實是一個局，為的就是洛瑾。」

「你怎麼知道？」金氏想起，那日洛瑾被帶走後，那群凶神惡煞將家裡翻了個底朝天，她便明白其中有鬼了。

莫恩庭當然曉得，他早讓齊先生打聽清楚。「您讓洛瑾跟著我，我會護她一生平安，至於剩下來的麻煩事，我幫您解決。」

兩人正說著話，院門開了，有兩個女人走進來，一個年紀稍大，濃妝豔抹，一個十四、五歲，正值美好年華。

「妳來做什麼？」金氏瞪著兩人，眼中燒起怒火。

「這是我家的房子，為什麼不能來？」年長的女人笑了聲。「喲，才被休幾天，就帶男人回家了。」

洛瑾記得這聲音，是她爹的相好紅姐，立刻掀開簾子衝出來，怕金氏被欺負。

紅姐和女兒洛玉枝正打量著俊俏的莫恩庭，看到從西間走出來的洛瑾，更是吃驚。

「大姑娘回來了！」紅姐走到洛瑾面前。「妳娘不是說妳死了嗎？這是見鬼了？」

「妳們出去！」洛瑾指著門口。「不要來欺負我娘。」

洛玉枝上前推開洛瑾。「把妳的手拿開，這裡不是妳們的家了，滾出去！」

莫恩庭扶住洛瑾，看著洛玉枝，瞇了瞇眼。

「這是祖父給睿哥兒的屋子，妳們憑什麼趕我們！」洛瑾不服氣。這屋子是洛家唯一剩下的東西，當初祖父走前，特意把房契交到姑姑手裡，就是怕她爹也把這個拿去賭。

「好笑了。」紅姐嘴角一翹，譏笑出聲。「一個被休出洛家的婦人，憑什麼住著洛家的屋子？再說，現在我才是名正言順的洛家媳婦。」

「我們不走。」洛瑾站到金氏身旁，以前總是母親保護她，現在她想護著母親。

「妳還有膽跑回來呀！」洛玉枝年紀比洛瑾小些，嘴巴卻和她娘一樣厲害，明明模樣秀氣，卻讓人覺得滿臉凶相，一身翠色衣裙看起來不像是平常人家的女兒，倒像家境不錯的。

這次洛瑾的確是偷跑回來的，卻碰上紅姐母女，萬一她們使壞，跑去告訴那群討債的人，就糟了。

「我看妳跑出去，也過得不好吧！」洛玉枝說話竟是比她娘更尖酸，實在不像個少女。「妳看看妳，穿得這麼寒酸，倒不如當初直接被人帶去花樓，好吃好喝……」

啪！一聲脆響，屋裡瞬間安靜下來。

金氏舉著自己顫抖的手。「我女兒好好的，不許妳們胡說！」

紅姐見洛玉枝被打，捋起袖子朝金氏撲去。「今天叫妳嘗嘗老娘的厲害，看我掐死妳！」

莫恩庭一步上前，擋住金氏母女。

「剛才打得太輕了。」他輕輕開口，目光射向洛玉枝。

洛玉枝被他一看，居然有些懵，忘了臉上的疼，只摀著臉，呆呆地盯著俊俏的莫恩庭。

莫恩庭嘴角浮起一絲譏誚，目光淡淡地掃過這對來找麻煩的母女。「我要是妳們，就老老實實地做人，萬一欺負了不該欺負的，下場會很慘。」

「別以為有男人幫忙就了不起。」紅姐毫不示弱。「真要讓玉枝的爹過來攆妳們嗎？」

玉枝的爹？洛瑾知道紅姐說的就是她的父親，只是現在聽來，已經沒有感覺。

「這屋子，妳們別妄想。」莫恩庭的語氣沒有起伏，像喝茶一樣淡然。「既是洛瑾弟弟的東西，誰也別想動。」

「你算什麼東西，管得著我家的事？」紅姐這才好好地打量起眼前的人，長得很好，一副謙謙公子的模樣，但渾身散發著冷冽氣息，讓人看了不由膽怯。

「我嗎？」莫恩庭回頭看了看洛瑾。「洛瑾是我的妻子。」

洛瑾攥著金氏的手。如果今晚沒有莫恩庭在這裡，她和母親不知道會怎樣？她們打不過紅姐母女，十有八九會被趕出去。

「喲，小看大姑娘了，這麼快就勾搭上男人。」紅姐一副誰也惹不得的樣子。「還真是看不出來。」

「管好妳的嘴。」莫恩庭眼神不善，他不願對女人動手，但侮辱洛瑾的人，他都不會放過；他不是君子，以後死在他手裡的，肯定會有不少人。「她不是妳能說的。」

這時，小七走了進來。「公子，她們這是來找麻煩嗎？我去叫人。」

紅姐本就欺軟怕硬，見外面還有幫手，有些怕了。「別以為我們好欺負。」

「妳說錯了，是妳們跑來這裡欺負人，為何惡人先告狀？」莫恩庭朝紅姐走去。「以為沒人治得了妳們？」

紅姐不停往後退。「這還有沒有王法了？」

「小七，把人送出去。」莫恩庭吩咐道：「以後再放進不相干的人，就別跟著我了。」

「知道了！」小七氣不過，自家主子什麼身分，這兩個市井潑婦真是不長眼。

「不走？」見紅姐母女不動，莫恩庭皺眉。「想留下喝茶？還是想聽我講何為王法？」這種氣勢，哪是個平民書生能有的？紅姐自知留下來討不了便宜，領著洛玉枝，不甘心地出了院子。

紅姐母女離開後，金氏心慌起來，也不顧想贖回女兒的事，拉著洛瑾道：「妳快跑，萬一等會兒妳爹帶人過來，就走不了了。」

洛瑾也沒了主意。「娘，咱們一起走吧！」

「誰也不用走，留下來等著看。」莫恩庭盯著外面的天色，黑沈沈的。「有些事，躲是沒有用的。」

「二哥，會連累你。」洛瑾想起，這是洛家的事，不能把莫恩庭扯進來，影響他的前途。

「洛瑾，妳跟我回去。」莫恩庭轉頭，對金氏道：「嬸子，我一定會帶走洛瑾，但還會留在平縣幾日，您可以來看她。」

金氏心疼極了，她這輩子什麼也沒有，只得了一對聽話的兒女，現在眼前這個年輕人要帶走女兒，她竟是一點辦法也沒有。

「瑾兒，妳一定要好好的。」金氏知道莫恩庭說得對，現在洛家敗落，護不住洛瑾，當初不過是因為周家，沒人敢打她主意，但現在便難說了。

「二哥？」洛瑾祈求地看著莫恩庭。她不想獨留母親孤苦伶仃，被紅姐母女欺負。

莫恩庭走過去，不去看那雙無助的眼睛，拉著洛瑾出門，又吩咐小七。「讓馬車到巷子口等著。」

洛瑾回頭看金氏扶著門框拭淚的瘦弱身影，無奈地跟著莫恩庭走了。

第四十七章

上了馬車，洛瑾一句話也沒說，只看著腿上的毯子，輕輕嘆氣。

「妳生氣了？」莫恩庭拉了拉洛瑾的小指頭，轉頭盯著她瞧，一眨不眨。

洛瑾被看得不好意思，別開了臉。

莫恩庭笑了。有時候臉皮厚也不錯，好比現在，他不用說話也會讓洛瑾心慌。

「我娘鬥不過紅姐的。」洛瑾終於開口。母親出身閨秀，哪是那種唱曲姑娘的對手。

「那妳想怎麼做？」莫恩庭抓起洛瑾的手玩著，她的手指很軟。「妳留下就有辦法？她們就不會欺上門？」

「我總可以幫娘想想辦法。」洛瑾把手抽回來。

手裡空了，莫恩庭故作失落地嘆息。「洛瑾長大了，會想辦法了。」笑道：「我來猜猜，是想扮醜，躲過一劫？」

這人又來笑話她，洛瑾鬱悶的心情好了些。「紅姐不是好人，她很壞。」

「我知道。」莫恩庭道：「她曾經在茶樓唱曲，後來勾搭上妳父親；還有，洛玉枝不是洛家的孩子。」

洛瑾一驚。「可是我娘說，我爹親口承認，說玉枝是他親生的。」

「妳是隨了妳娘吧，」莫恩庭靠到洛瑾身旁。「人家說什麼就信什麼。」

「你是怎麼知道的？」洛瑾問道。既然洛玉枝不是她爹的女兒，那就是紅姐騙了人。

「傻丫頭，這些妳不用管。」莫恩庭的手臂纏上洛瑾的細腰，將她往身邊摟。「反正妳爹不會輕易罷休是真的。」

莫恩庭的話，洛瑾越聽越不明白，又被腰上那隻手欺負，癢得渾身扭動。

下車回到院子時已是深夜，地上泥濘，洛瑾提著裙襬，走得小心。

莫恩庭回頭，過去抱起她，朝屋裡走。

「二哥，有人。」洛瑾縮著脖子，有些難為情。小七跟在後面，顯然是故意轉開頭的。

「別管他，他是孩子，什麼都不懂。」莫恩庭踢開房門，放下洛瑾，轉身「砰」地關上房門。

洛瑾進了莫恩庭的臥房，為他鋪好被褥。「二哥，你早些睡吧！」

莫恩庭坐在床邊，拍了拍身旁的位置。「洛瑾，過來。」

夜深人靜的，誰要過去？洛瑾站著不動。「還有事？」

「沒事，」莫恩庭凝視著洛瑾。「就是想看看妳，和妳說說話。」

洛瑾還是沒動，低聲道：「我出去了。」她不是一整天都跟著他嗎，有什麼好看的？

「沒用的。」莫恩庭忽然拋出幾個字。「就算妳娘求我，我也不會放妳走。」

「我知道。」洛瑾應聲，不說賣身契在莫家手裡，看莫恩庭的態度，也不像會放手。

「若我幫妳把平縣的事處置好，妳是不是就會安心跟著我了？」莫恩庭問道，平縣的種種，一直是洛瑾的心事。

「要怎麼處置？」還有，什麼跟著他呀！說得他好像會放她走一樣。

「妳過來，我告訴妳。」莫恩庭又拍了拍床，笑著對洛瑾眨眨眼睛。「這裡很軟的，不騙妳。」

「我出去了。」洛瑾深吸了一口氣，轉身走到外間，不理他了。

第二天一早，齊先生過來，把莫恩庭叫出去。

「怎麼了？」洛瑾看了看院中說話的人，問著一旁的小七。

「外面來了官差，說是公子誘拐人，要帶去公堂問話。」小七將早飯擺好，不疾不徐地說著，彷彿這不是什麼大不了的事。

洛瑾急了，猜到這件事肯定和她家有關，急忙趕過去，卻又不能打攪莫恩庭和齊先生，只能站在門邊等著。

莫恩庭和齊先生說完話，回屋裡坐下，瞅了眼桌上的早飯，又看著站在一旁的洛瑾。

「怎麼了？吃呀！」

「二哥，你怎麼還吃得下？」洛瑾很著急，腦子裡全亂了套。「外面的人是來抓我的，是不是？」

莫恩庭拉著洛瑾坐下，把筷子塞給她。「別擔心，妳什麼都沒做，他們奈何不了妳。」

哪有這麼簡單就解決？洛瑾根本吃不下，一顆心惴惴不安。「是紅姐去報官的嗎？」

莫恩庭一笑，又拿了顆包子放到洛瑾手中。「如果是她幹的，妳有什麼辦法？」

洛瑾根本沒有辦法，只能想到快跑，可是又能跑去哪裡？

莫恩庭拍了拍洛瑾的腦袋。「沒什麼好怕的，以後妳的事全交給我。」

洛瑾不安。莫恩庭的確會幫她，但他只是個秀才，若碰到有權勢的惡霸，恐怕連他都會賠進去。

「妳就是不信我。」見洛瑾一直盯著他，莫恩庭無奈一笑。「快吃吧，妳不會有事，我不會讓人動妳的。」能動她的，只有他。

飯後，莫恩庭和洛瑾被帶去縣衙公堂，不出所料，紅姐母女也在，此事確是她們所為。

驚堂木一拍響，堂上十分肅靜，兩旁衙役持著板子，如雕塑一樣一動不動。

「堂下何人？」縣官面無表情地看著他們。

「大人，民婦有狀子。」紅姐掏出狀紙遞給師爺，拉著女兒跪下，打扮樸素，沒了脂粉的臉上滿是委屈。

縣官接過狀紙，看著另一邊的男女，見了他居然不跪，當下臉色很不好看，皺起了眉頭。

「狀紙上說你拐帶人家女兒，可有此事？」縣官瞪向莫恩庭，不客氣了。

洛瑾想跪下，卻被莫恩庭一把拉住，把她護在身後。「大人，學生是金水縣的秀才，帶內子回來探親，何來拐帶一說？」

縣官這才好好打量起莫恩庭。眼前的年輕人已有功名，自是不用對他下跪，可他身後的女人也不跪，真是豈有此理！

「我家根本不曾將姑娘許給你，是你偷偷把人拐去！」紅姐搶先開口。「現在過了近半年，想來是覺得已經成事，我們家奈何不了你，不能追究了是吧？」

「公堂之上，肅靜！」縣官被搶了話，一拍驚堂木。「本官自會問案。」

紅姐忙點頭稱是，不再出聲。

「既然你有了功名，自然知道誘拐之罪有多重吧！」縣官問道：「平縣洛家的姑娘，怎麼會去了金水鎮？」

「回大人，是學生的爹和內子的娘為我兩人訂下親事的。」莫恩庭說道，回頭看了看也被帶上公堂的金氏。「我家花了三十兩，且有賣身契為證，有理有據，並非誘拐。」

本朝律法是允許賣身的，哪個大族、官宦家裡，沒有買來的下人、奴婢，因為有賣身契，今日此案和誘拐是完全兩碼子事。

金氏認同莫恩庭的說詞，她想救女兒，卻不知道怎麼救，只能實話實說。

「人家母親都證明是她自願簽賣身契，對方也給了銀子，這姑娘當然是莫家人。」事情簡單，縣官想盡快了結，對跪下的紅姐道：「妳不是姑娘親娘，跑來告什麼狀？」

「回大人，您別聽他們胡說。」紅姐惡毒地看著金氏。「金氏早已被休棄，有何資格賣洛家的姑娘？再說，這麼個大姑娘，哪裡只值三十兩；還有，金氏霸占了洛家屋子，得還回來。」

「那妳又是誰？洛瑾的事和妳有何關係？」莫恩庭開口。「既不是她娘，又不是她的長輩，憑什麼告狀？」

「我……」莫恩庭的一連串發問，讓紅姐有些支吾，但她不是輕易退讓的人。「我是洛家的媳婦，當然要管洛家的孩子。」

縣官有些煩躁，指著洛瑾，開口問紅姐。「妳跟她是何關係？人家的親娘都承認了，妳總得說出告狀的緣由吧！」

紅姐轉著眼珠，抬頭道：「大人，其實是這樣的，姑娘的父親掛念女兒，想接她回去，孰料這惡毒的婦人竟把親生女兒賣了，求求大人，讓孩子回去與她爹團聚吧！」

「不行！」金氏大聲喊道。女兒去了洛訓那裡，怎麼可能有活路，必被推進火坑。「大人，不能讓我女兒去！」說完便不停磕頭。

「娘！」洛瑾跑了過去，跪在金氏旁邊。

「不要吵鬧！」縣官有些糊塗了，家務事最難斷，想找個藉口把人全轟出去。「女兒出嫁，就得跟著夫家，豈是說回來就回來的？」

這時，一個衙役跑到縣官耳邊說了幾句話，縣官皺起眉，臉色難看，傳喚了兩個男人進來，一個是洛瑾的父親洛訓，另一個是滿臉肥肉的肥壯男人，看起來不是善類。

「大人，草民汪禾，也有狀子。」男人遞上了狀紙。

金氏把洛瑾護在身後，眼睛盯著洛訓和汪禾。他們果然來搶她的女兒了。

一會兒後，縣官看罷狀紙，看著堂下的一群人。事情顯然越來越難辦了，汪禾是平縣出了名的惡霸，開罪不起。

「狀上說，洛訓將女兒抵給汪禾，還有契約為證。」縣官看著手中的紙。「是在金氏賣女的前一天。」

金氏慌了，抱住洛瑾不鬆手，雙眼怒瞪著洛訓。「你有沒有良心，連女兒都往火坑裡推！」

洛瑾不敢相信地望向父親，他進來後就沒有看過她一眼，還帶著人來抓她。

汪禾不管金氏，盯著嬌弱美人打量。「白紙黑字寫得明白，妳女兒的確是歸我。」

「你妄想！」金氏出口訓斥。「分明是你們設局騙人！」

「話不能亂說，願賭服輸，沒有賴帳一說。」汪禾可不管。「大人作證，今天妳女兒必須跟我走。」

「我不去！」洛瑾氣得直發抖。她爹做得真絕，為了唱曲兒的紅姐，虧待母親多年，現在對她也毫無親情了。

「洛瑾。」莫恩庭蹲下身，將人拉到自己身旁，小聲道：「沒事，有二哥在。」

汪禾笑出聲。「姑娘呀，跟小白臉有什麼好，他能給妳什麼？錦衣玉食，好酒好肉？」

「我不要那些。」洛瑾瞪著汪禾。「我願意跟著二哥，他對我好。」

莫恩庭一愣，低頭看著那張快哭出來的臉，竟是笑了。「妳說的，不許反悔，以後在我身邊，寸步不離。」

見兩人旁若無人地當堂含情脈脈，縣官咳道：「汪禾有契約，洛家姑娘的確該歸他。」

「且慢。」莫恩庭上前。「大人，可否讓學生看看那憑證？總不能他說是就是。」

「這是自然。」縣官對汪禾道：「拿出當日你與洛訓簽的契約，給人家看看。」

汪禾聽了，掏出契約給莫恩庭，他的爪牙早等在公堂外面，不怕人跑掉。

莫恩庭接過契約，站在原地看著，鼻子哼了聲，揚起嘴角。「就是這個？」

汪禾狐疑地點頭，不知眼前的小白臉想做什麼。「可看清楚了？那就交人吧！」

「可以。」莫恩庭把契約甩回給汪禾。「帶走吧！」

公堂上的人立時安靜下來，洛瑾也呆住了，以為自己聽錯。

金氏最先回神，衝到女兒身邊，伸開雙臂。「誰也不准碰我女兒！」她是懦弱，但為了孩子，她絕對會拚命。

汪禾才不管，衝著兩人而去，粗長手臂不耐煩地揮向金氏，但一隻細長的手擋住了他。

「怎麼，不是說讓我帶走嗎？」汪禾瞪著莫恩庭，眼睛露出凶光。

「你要帶走的人在那裡。」莫恩庭側頭，慢慢抬起手，指著一旁幸災樂禍的洛玉枝。

這下，堂上的人又疑惑了，洛瑾的事怎麼會轉到洛玉枝身上？

「你別瞎說！」紅姐尖著嗓子道：「人家要的可是大姑娘，不是洛家二姑娘。」

莫恩庭眼底閃過殘忍的笑意。「對呀！」站在那裡，身形如松，雖是一身布衣，卻帶著睥睨眾人的氣勢。

洛訓雙眼狠戾地看著他，護著紅姐母女。「別廢話，契約是我當日簽的，不關她們的事。」

「你錯了。」莫恩庭直視著洛訓，一個男人這樣對待妻女，他看不起。「洛玉枝是你的女兒，是不是？」

「當然是！」洛訓厭惡金氏，覺得那女人是個喪門星，從嫁給他之後，他就一直不順，他想娶紅姐這個貼心人，但家裡覺得她不正經，不准她進門。

洛瑾看著莫恩庭的背影，想起昨晚他說過洛玉枝不是她爹的女兒，那現在……

「那事情就好解決了。」莫恩庭對縣官彎腰行禮。「大人，學生的內子是洛家姑娘，但既已賣與我家，自然是我家的人。」

「話是這麼說，但洛訓先與汪禾簽下契約，你們晚了一日。」縣官道。多年為官，他看得出，眼前的年輕人並不簡單。

「可洛家不是還有二姑娘嗎？」莫恩庭瞥向洛玉枝，他記得，昨晚這女人對他的妻子動手，他不會放過她。「契約上只寫了『親閨女』，並未提名姓。」

「不可以！」紅姐急了。「輸掉的是那個賤種，不是我女兒！」

「妳說誰賤？」莫恩庭盯著紅姐母女。「都是親生父母，現在有兩張賣身契，洛家又有兩個女兒，這件事很好處理。」

話是這樣說，但兩個姑娘差別太大，洛瑾是國色天香的美人，洛玉枝充其量只能算秀氣而已，況且脾氣厲害。

汪禾還是想選洛瑾，不過美人雖美，已經嫁了人，洛玉枝卻還是姑娘。

縣官心煩，一拍驚堂木，眼看大半天過去，案子越變越麻煩，遂看了看師爺。

方才師爺乘亂溜出縣衙打聽，見狀走到縣官身旁，耳語幾句。縣官的臉色變了變，朝莫恩庭那邊看了幾眼。

「大人，當日我抵押的確實是大女兒。」洛訓禁不住紅姐抱著他的腿哭哭啼啼，鐵了心打算賣了洛瑾。

「雙方都有賣身契，就一邊一個吧！」縣官不再磨蹭，直接判了。

紅姐懵了，沒想到會是這種結局，拉住女兒，瞪著汪禾。「不行，你不能帶走她！」

「紅姐，妳也聽到了，這是縣太爺判的。」汪禾無所謂了，當日贏得一個美人，卻讓她跑掉，現在他可不會那麼蠢，打算直接帶走洛玉枝。

「訓郎，你快救救玉枝！」紅姐搖著洛訓的手臂。

洛訓知道汪禾的厲害，那時洛瑾跑了，他被打得很慘，天天被追債，要是能從此擺脫汪禾，此時心裡已有了自己的打算。

見洛訓不想救人，紅姐氣急，對準備動手的汪禾道：「玉枝不是洛家的女兒，她是我跟說書的生的！」

這下，換洛訓紅了眼。他這情意綿綿的貼心人背著他替別人生孩子，他還傻乎乎地幫人家養大？立時怒氣攻心，從一旁衙役的手裡搶過板子，朝哭哭啼啼的紅姐打了下去。

紅姐來不及喊，滿臉是血地倒在地上，一動不動了。

洛玉枝癱在紅姐身旁，哭著伸手搖她。

「妳這個野種，一起去死吧！」洛訓抬起板子，朝著洛玉枝砸去。

「別動手！」汪禾抓住洛訓的板子。「現在人是我的，你打死了，拿什麼賠？」隨即推倒洛訓，單手抓起毫無反抗之力的洛玉枝，對縣官行禮後，把人扛走了。

洛玉枝絕望的淒厲呼喊聲傳來，躺在地上的紅姐依然一動不動，行凶的洛訓則被衙役制伏，狠狠地按在地上。

師爺上前去探紅姐的鼻息，對縣官回道：「啟稟大人，沒氣了。」

縣官愣住。「人死了？」一樁普通案子在他眼皮底下變成凶案，要是傳到上頭，不但自己的烏紗帽可能不保，搞不好還會安個罪名給他。

「大人，當堂行凶，簡直藐視律法。」莫恩庭道。洛訓不能留，他不想讓洛瑾一輩子活在這種人的威脅下。

現在縣官已經知道莫恩庭的身分，此事於他無甚影響，但他一個小小縣官，得掂量著處理才成。

「依公子看，如何解決？」縣官問道：「此人按律法，該怎麼判？」行凶之人怎麼說都是莫恩庭的丈人，自要試探一番。

「就按律法來。」莫恩庭睨了洛訓一眼。「學生淺學，不如大人知道得多。」

縣官搓了搓下巴，看了看師爺，咳了咳。「殺人自當償命。」

「大人英明。」莫恩庭微微施禮。「如果沒有學生的事，我便帶內子回去了。」

「回去吧！」縣官看莫恩庭的樣子，不像會去上面告狀。只要順他的意，大概就沒事了。

洛訓聽了，在旁邊痛罵洛瑾，說自己養了一個沒有良心的，當初就應該掐死她。

莫恩庭不再理會他，帶著洛瑾和金氏離開了。

洛瑾扶著恍恍惚惚的金氏出了縣衙，陽光太過刺眼，讓她們一時無法適應。

被洛訓粗暴地對待多年，想起剛剛公堂上發生的事，金氏依然不敢相信，以至於坐上了馬車還是沈默著。

洛瑾坐在金氏旁邊，擔憂地道：「娘，您怎麼了？」

金氏抬頭，問了一句。「妳爹被關進牢裡了？再不出來？」

「他殺了人，剛才縣太爺已經判了。」洛瑾對洛訓已經徹底死了心，以往家裡教她，一定要聽父親的話，但在洛訓的眼裡，卻只在乎她有沒有價值。

金氏笑了，表情有些淒涼。「老天有眼，他再也不能傷害咱們了。」她的一雙兒女終是擺脫了那無情的父親。

「娘，您別嚇我。」一向溫婉的母親此時竟是癲狂地笑著，讓洛瑾有些害怕。

金氏止住了笑，伸手摸了摸她的頭髮。「娘沒事，以後，咱們都好好的。」

洛瑾點頭，心裡明白，今日之事並非老天開眼，而是莫恩庭一手主導。他知道洛玉枝不是洛訓的女兒，在公堂上套著紅姐說話，用洛玉枝換掉她，才順利解決了這些事。

第四十八章

回到破敗的洛家，金氏已經恢復平靜，覺得現在的樣子有些失禮，遂進屋收拾一下。

洛瑾回了自己的閨房，莫恩庭跟著走進去。

「你怎麼能進來?!」洛瑾覺得這太不合規矩，而且母親還在家，這人怎就這般放肆？

「我進來看看妳，說兩句話便出去。」莫恩庭打量小小的房間，只有張簡單的木床，放了些女兒家的東西。「妳不怪我？」

明白莫恩庭說得是洛訓的事，洛瑾搖頭。「他從沒把我們當親人看待，對娘非打即罵。」畢竟是親生父親，她還是不能說出更狠毒的話來。

「等會兒，帶妳們去妳姑姑家看弟弟。」莫恩庭拂開洛瑾額前的亂髮。「妳放心了，我們就該動身去州府了。」

「我知道。」洛瑾捨不得母親和弟弟，但她答應了莫恩庭會跟著他。「我爹真的出不來了？」

「你爹暴戾自私。」莫恩庭道：「此案按律法，當判死刑。」

今日，他的確設計了洛訓。上公堂前，他找人與洛訓喝酒，得知洛玉枝不是親生女兒後，依他的脾氣，又有醉意，必不會罷休；而洛訓最擅長的，正是打人，下手又狠，紅姐倒楣，就這樣被打死了。

「以後別人會罵我不孝，對父親見死不救。」洛瑾記得洛訓在公堂上怎麼罵她的，其實她不在意，是怕弟弟也揹上這個名聲。

「不會，妳已是莫家的人，與洛家沒有關係；他把妳送上賭桌時，可沒顧慮妳是他的女兒。」莫恩庭知道洛瑾重規矩，寬慰道：「行刑後，妳再跟妳弟弟按照該做的送他入土，平縣沒人會說你們一個不字，在別人眼裡，你們依舊是好的。」

洛瑾點頭。莫恩庭連以後的事都想到了，如果由她處置，恐怕現在會是另一番境地。

「我真的很笨，什麼都不行。」莫恩庭那般精明能幹，學識廣博，她哪裡配得上他。

「誰說洛瑾什麼都不行？」莫恩庭彎身與她平視。「妳可以哄我開心，常常對我笑，還可以……以色事我！」

「你……」洛瑾大窘，看了看門簾，生怕這不正經的話被母親聽了去。

莫恩庭大笑，站直身子。「有我的話，妳不必什麼都會。」說完便出去了。

由於馬上要離開平縣，洛瑾只收拾了幾件昔日的舊衣裳帶著；金氏也拿好包袱，跟著洛瑾上了馬車。

車裡，金氏低聲道：「以後好好地，跟了人家，就要聽他的話，不能任性。」這是她母親教她的，雖然知道這些話未必有道理，還是囑咐了洛瑾。

男人心裡有她，就算任性、惹禍，依舊會將人捧在手心裡；男人心裡沒她，就算做得再好，甚至將自己那顆血淋淋的心捧到他面前，也會被嫌血腥味太重。

「娘，您也是。」洛瑾知道自家家境不好，不太放心。「睿哥兒還要讀書，錢夠嗎？」

「妳不用擔心。」金氏拍了拍洛瑾的手。「娘手裡不是還有幾塊地嗎？是當初帶來的嫁妝，每年能收些租金的。」

幸虧當年金氏為了兩個孩子，死死地抓著地契，沒落到洛訓手裡，不然現在只怕真要喝西北風了。

紀家在平縣西邊，小七早早便過去通報，雖然洛玉淑身子差，也不至於太受驚動。

兩個十一、二歲的男孩站在門前，見金氏和洛瑾下車，跑下臺階，微笑地對著他們行禮。

「睿哥兒、嶠哥兒。」洛瑾上前摸著兩個孩子的腦袋，笑得開心。「都長高了。」那笑容簡直比五月陽光還要明亮，直晃得人眼花。原來沒了心事，會讓人如此輕快。

兩個孩子引領他們進屋，紀玄夫妻早已在正屋外等候，一旁有婆子為洛玉淑拿著薄披風。

見了面，一陣寒暄後，男人到前廳說話，女人去了後屋。

洛玉淑的臉色依舊蒼白，不時咳嗽兩聲。之前紀玄怕她受不住打擊，沒說洛訓殺了人，只說犯罪被關了起來，還特意交代所有人，不要在家裡提洛訓的事。

女人坐在一起，無非聊些孩子的事。金氏想帶兒子回去，以前是怕洛訓，才將兒子送來紀家，現在該領他回家了。

至於洛瑾，經過這件事，金氏也想通了，與其留著女兒，不如就讓她跟了莫恩庭。有人對女兒好，她也放心，看莫恩庭做這些事，證明他在乎洛瑾，女人一輩子最重要的，就是找個好男人。

另一邊，眼看一天又要過去，齊先生上前提醒，得趕路了。從金水鎮到了周家，現在又在平縣耽擱，到時候回謝家，可就晚了。

紀玄聽見，又請莫恩庭以後多擔待洛瑾，便吩咐人去叫她，送他們離開。

馬車迎著昏黃落日駛向州府，一陣風吹來，將路旁的草齊齊吹向一旁。

「二哥，你的衣裳，」洛瑾指著莫恩庭的袍角。「有些破了。」

莫恩庭拾起來看，可能是穿的時日長，破損了些。「我沒注意到，剛剛該不會被妳家人看見，以為我落魄吧？」

「說的什麼話？」洛瑾翻著自己的包袱，找出針線。「我幫你補補。」

這件衣衫，莫恩庭本不打算穿進謝家的，但是洛瑾的一番心意，便將袍角遞過去，掀開車簾，讓外面的光透進來，讓她縫補。

「妳都不問我要去的地方是怎樣的嗎？」莫恩庭道。

「不是二哥的家嗎？」洛瑾將線穿進針眼。「小七說你家人很多，規矩也多。」想來和周家差不多吧！

「規矩是很多，不過我都忘了。」莫恩庭看著半輪夕陽。「想起來的人，也沒幾個。」

「需不需要帶些禮物過去？」洛瑾問：「你家裡有祖母，要我繡些什麼送她嗎？」

「妳的話變多了。」莫恩庭轉頭凝視洛瑾。「是因為去了心事？」

好像是這樣，知道母親和弟弟安好，洛瑾輕鬆了很多。「你說過，讓我多說話的。」

「是。」莫恩庭遲疑片刻，道：「洛瑾，去了謝家，有些事可能會不習慣，需要忍一忍。」

洛瑾應了聲，以前周家也有很多規矩，只要少說話，不亂跑就行。

「妳乖乖的樣子，讓人恨不得把妳揉碎了。」莫恩庭湊到洛瑾耳邊，小聲道。

「你老是說這麼嚇人的話。」洛瑾的針一歪，走了一個大針腳，忙將手裡的針退回去。

莫恩庭笑了。「那妳最好趕快習慣，以後還有更嚇人的，到時候，千萬別哭。」

車裡的兩人說說笑笑，車外的齊先生卻是搖頭。若真認回這位公子，有些事情，恐怕不會完全照著他們的心意。

謝家是大族，婚姻之事講究門當戶對，將來莫恩庭踏上仕途，迎娶的定是大家千金，馬車裡的小姑娘，最多只能當個妾。

這些，洛瑾自然沒想到，只知道這輩子都會跟著莫恩庭，就算待在大石村，也無所謂。

州府南州城，市井繁華，車水馬龍，南來北往的商人不少，更是文人輩出，地靈人傑。

洛瑾想過謝家很大，但沒想到會這麼大。整條街上就只有這座宅子，門庭古樸肅穆，謝府兩字筆力蒼勁，刻於門匾上，兩旁有對石獅子，大氣卻不張揚。

洛瑾跟在莫恩庭身後，看著前面高高的石階。原來，她一直稱為二哥的人，其實是官宦家的孩子。

「公子，進去吧！」齊先生在一旁道：「老夫人一直等著呢！」

「洛瑾，妳跟著我。」莫恩庭回頭。

「公子，讓洛姑娘去你院子裡等吧！」齊先生開口，看了看洛瑾的臉色。「此刻家裡人多，怕是照應不到。」

「二哥，你去吧！」洛瑾笑著，甩了甩肩上的包袱，知道這樣的家裡規矩多，有些地方她不適合出現。「我不會亂跑的。」

「那妳等著我。」莫恩庭皺眉。想得到什麼，是不是注定又要失去什麼，她總是這麼懂事，說什麼都不拒絕。

謝家很大，比在外面看起來還大，洛瑾跟著前面的婆子走，已經忘了進了幾道門，轉了多少彎。

「姑娘，就是這裡。」婆子領著洛瑾到了清墨院。

洛瑾抬頭看了看門匾，走了進去。院子很精緻，中間有小小池子，淺淺的水裡，幾尾錦鯉自在游著，兩旁種滿花草，一片欣欣。

一個丫鬟走過來，接下洛瑾的包袱。「姑娘一路累了，我幫您倒水。」

洛瑾謝過丫鬟，走到小池邊的竹亭裡。此處倒是安靜，牆上爬滿了薔薇，現在正是盛放時，風一過，滿園飄香。

「姑娘，我叫秋蓮，被派來這院子服侍，以後有事，您就叫我。」那丫鬟端來一杯茶，臉上是規矩的笑。

畢竟是在別人家，洛瑾有些拘束，也怕說錯話，給莫恩庭添麻煩，只是笑著道謝。

大家族丫鬟慣會辨人臉色，秋蓮看出洛瑾懂事，只是臉上不露，該做什麼，就做什麼。

現在天熱，在院子裡待久了會不舒服，秋蓮便帶著洛瑾進屋。

「這院子是煜少爺以前住的。」秋蓮笑著說：「東西都照原樣擺著。」

「煜少爺？」洛瑾唸著。這是莫恩庭在謝家的名字？突然有一刻，她希望莫恩庭不是謝家丟失的孩子，她和他，差得越來越遠。

「對，就是大老爺謝敬的公子。」秋蓮想了想，道：「正是帶您回來的公子。」

屋裡擺設簡單，牆上掛著兩幅字畫，洛瑾在外間坐下，一步也不亂走。

這時，小七進了屋。「姑娘，妳可累了？」

洛瑾站起來，見小七身後沒有她想看的人，有些失落。「二哥呢？」

小七輕輕對洛瑾道：「姑娘，進了家裡，不能再叫二哥了。」

洛瑾點頭。「我知道了。」

「公子還有很多事，不能離開，叫我過來伺候。」小七知道洛瑾是自己主子的心頭肉。「他說，要妳好好吃飯。」

小七說著，走到裡間，伸手挑開珠簾。「如果姑娘悶，這裡有好些書，可以看看。」

看來，莫恩庭一時半刻根本來不了，洛瑾開口問：「小七，二……公子吃飯了嗎？」

「正和老夫人說話呢！」小七與洛瑾混熟了，有什麼便說什麼。「老夫人哭個不停，這些年，終於盼到公子回來了。」

這是認了莫恩庭嗎？洛瑾低頭看著自己的粗衣，竟連秋蓮身上穿的都不如。

「家裡的少爺跟姑娘們都過去了，一個個讓公子猜呢！」小七眉飛色舞地說著當時的場景。「妳猜怎麼著？公子還真認出幾位！」

小七實在聒噪，洛瑾靜靜聽著，卻完全沒記住他說了什麼。

秋蓮見狀，道：「姑娘，累了便歇會兒，我已經把房間收拾好了。」引著洛瑾去廂房。

洛瑾謝過秋蓮，進了屋，吃過晚飯，又坐在竹亭裡等莫恩庭。

微風拂過，牆上的花朵搖曳，秋蓮看了看天色，勸洛瑾。「姑娘，先睡吧！」莫恩庭回來的事已經傳開，謝老夫人沒那麼快放人的。

洛瑾應下，回了廂房。

廂房不大，洛瑾卻覺得空盪盪的，以前總有個人在她身邊說話，現在只剩下她一個人。

天氣有些熱，她打開窗子，淡淡的薔薇花香氣飄進屋裡。

洛瑾翻身，聽見外面的說笑聲由遠及近，從床上起來，踩著鞋跑到窗邊。

有幾個人走進院裡，皆是男子，穿著華貴，正與莫恩庭說話。

洛瑾沒有出去，重新坐回床上，直到院裡的人進屋，她才躺下，拉了拉被子。

她迷迷糊糊地睡了過去，覺得臉上癢，睜開了眼睛。黑暗裡，某人坐在她的床邊。

「秋蓮說，妳一直在等我？」莫恩庭拉起她。「我原是想早些回來的。」

「二哥。」洛瑾叫了聲，本想按小七教的叫公子，但出了口，還是原先的稱呼。「你還沒睡嗎？」

「以往都是和洛瑾說過話才去睡的，已經成習慣，改不了了。」莫恩庭遞了件外衫給洛瑾。「走，我帶妳去看看。」

「看什麼？」洛瑾看著外面，黑漆漆一片。「現在很晚了。」

「沒人會知道，咱們偷偷地去。」莫恩庭扶著洛瑾站起來。「妳沒有想問我的嗎？」

洛瑾垂下頭。她想問，都一天沒和他說話了，獨自留在這個陌生的院子，等他回來。

外面很靜，謝府在經歷白日的喧囂後，徹底沈靜下來，只有遠處的打更聲。

依照小時候的記憶，莫恩庭帶洛瑾來到花園，夜裡的假山看上去有些猙獰，湖水深沈。

「二哥，你真是這家的孩子？」洛瑾問道，覺得自己和莫恩庭差得好遠，即便現在兩人的手牽在一起，近在咫尺。

「是。」莫恩庭應道：「我本名叫謝煜，現在謝家當家人謝敬是我的父親。」

洛瑾任莫恩庭拉著她往前走。「你全記起來了？」

「有一些吧！」莫恩庭找了一處水榭，陪洛瑾坐下。「但黑石山的事，實在想不起，只記得自己不停地跑。」

出來時，洛瑾並沒有整理頭髮，就這樣披著，夜風吹過，便微微揚起。

「恭喜二哥終於尋得家人，與家人團聚。」洛瑾為莫恩庭高興。

「這兩天，我會很忙，謝家的人很多，都得去見。」莫恩庭伸出雙手，搭上洛瑾的肩頭，這樣一來，勢必得把她獨自留在院裡，他有些不放心。「妳等著我。」

「我會。」洛瑾應下，眼前的人還穿著以前她為他漿洗的衣衫，不過明日就不穿了吧！

「我不在時，若有人去，妳不用應付。」莫恩庭叮囑。「她們說什麼，聽著就行。」

洛瑾會意。今天她留在院子裡，自始至終沒人來過，其實這樣挺好，她的性子安靜，不太擅長與人打交道，嘴巴又笨。

「怎麼辦？」莫恩庭抱住她。「總怕妳受委屈，被人欺負。」

「不會的。」洛瑾環住莫恩庭的腰，夜色掩蓋了她臉上的羞赧，讓她添了勇氣，讓她可以回應身邊的人，她心悅他。

「不會？」莫恩庭捏了捏洛瑾小巧的鼻子，笑了聲，每次給她下個套子，她就忙不迭地往裡鑽。「妳呀，沒有我，可怎麼辦！」

「不是有二哥在嗎？」說出這樣的話，洛瑾覺得臉上更熱，不由想躲開。

「別動。」莫恩庭抓緊她。「妳再動，我就喊了。」

「喊什麼？」大半夜的，他不會這麼荒唐吧？

「喊非禮呀！」莫恩庭賴皮地纏住懷中的纖細腰身。「到時候大家聽見了，就會過來抓人。」

「你不會。」洛瑾才不信。

莫恩庭清了清嗓子，攬著洛瑾的腰，對著夜裡的湖水深吸了一口氣。

「洛……」

洛瑾一聽，手立刻摀住莫恩庭的嘴，央求道：「二哥，別喊。」萬一被聽見，她怎麼見人，豈不被口水淹死？

莫恩庭笑了，每次她都會掉進他挖的坑裡，下一次還是會義無反顧地跳進去。「好，我不喊。」

夜風清涼，兩人相擁著，眼裡只有彼此。他在她額頭上落下一吻，如細雨輕落水中，漾起圈圈漣漪，繼而是她的眼角，耳垂，流連忘返，濃情密意。

從最初的抗拒逃離，到現在的試著接受回應，莫恩庭欣喜於洛瑾的變化，直到懷裡的人又開始推他。

「回去吧！」洛瑾道：「被人看見，可怎麼辦？」

但沒變的是，這丫頭依舊膽小。莫恩庭抱起她，輕咬她的耳朵。「誰敢看，就摳了他的眼睛。」

洛瑾無言了，不是第一次聽這種話，想想便覺得嚇人。「二哥，你別老說這些話。」

莫恩庭不在乎。「別怕，不是說妳。」盯著洛瑾。「以後妳也不許看別人，知道嗎？」

「看別人？」洛瑾努力琢磨著莫恩庭話裡的意思，有些明白了。「我沒看呀！」

莫恩庭哼了聲。當初他可是親眼看見她頭也不回地跑到周麟之身邊。「這樣好了，妳待清墨院裡，一步也不准離開。」謝家人來人往，搞不好會跑出個不長眼的，盯上他媳婦。

謝家是講究規矩的地方，她什麼都不懂，當然會老實待著，免得再給莫恩庭惹麻煩。

「二哥，別這樣！」洛瑾想抓住腰上那隻手，竟然撓起她的癢了。

「別什麼？」莫恩庭把臉湊近洛瑾頸窩，滑順頭髮帶著絲絲冷香，簡直讓他的理智潰不成軍，恨不得將這種美好據為己有。

「嗯！」腰上的手臂圈得死緊，脖子又被咬了下，讓洛瑾不由想縮起身子。

莫恩庭不明白，為何總喜歡在她身上留下自己的痕跡，證明她是他的，誰也奪不去。這樣做，其實有些孩子氣，但他就是喜歡。

旖旎的夏日夜晚，夾著淡淡花香，讓人想一直膩在一起，但就是有人會澆他冷水。

洛瑾打了個哈欠，幾乎是帶著懇求，道：「二哥，回去吧！」

莫恩庭嘆了口氣，放開懷中人兒站起來。「臭丫頭，不解風情。」

現在，洛瑾可不回話了，誰知道哪句說錯，又被他套進去，只靜靜地站著。

莫恩庭無奈，牽著她走出水榭。「回去了，明晚再帶妳出來。」

洛瑾一愣。還出來？晚上不用睡覺嗎？偷偷嘆了口氣。

第四十九章

早上，秋蓮過來叫醒洛瑾。

洛家敗落後，洛瑾已經習慣沒有丫鬟伺候的日子，遂遣走秋蓮，自己坐在妝檯前梳頭。菱花鏡裡，女子是花樣的年紀、花樣的容貌，一頭如瀑的黑髮。以前洛瑾很喜歡這張臉，因為人人都誇她長得好，祖母更將她當成掌中珠、心頭肉，把她藏得緊緊的。

可是一朝家敗，這張臉就成了禍端，幸好有莫恩庭幫她。

「姑娘，換上這身衣裳吧！」秋蓮送來新衣，放在洛瑾床上。「今兒夫人會過來。」

「夫人？」洛瑾停下拿木梳梳頭的手。莫恩庭的母親不是在十年前過世了嗎？

秋蓮走到洛瑾身後，同樣驚豔於鏡中的那張臉。「夫人是大老爺的夫人。」

洛瑾明白了，莫恩庭的母親去後，謝敬續了絃。她將衣裙抖開，布料是絹紗金絲繡花，做工精緻，衣料輕盈，顏色看起來很清爽。

「真好看。」秋蓮由衷讚嘆，瞧著換上新衣的洛瑾。「就是太瘦了，姑娘該多吃些。」

「夫人過來，我該留心什麼？」洛瑾問道。

「姑娘陪著夫人說話便行。」畢竟現在是她照顧洛瑾，秋蓮也不想出什麼岔子。「其實，在這家裡，人人都是笑著的，姑娘可明白？」

洛瑾點頭。這跟昨晚莫恩庭說的一樣，有人說話，聽著就好，她不擅長別的，聽別人說話倒是真行。

半晌後，喬氏來了，還領著一雙七、八歲的兒女。

洛瑾帶著秋蓮上前行禮，叫了聲夫人。

喬氏大約三十歲，臉上帶著溫和的笑，髮髻梳得一絲不苟，看得出是俐落的人。

「昨日太忙，沒來看看，住得可還好？」喬氏叫婆子把兒女領到一旁，和洛瑾去竹亭。

「謝謝夫人掛記，很好。」洛瑾站在一旁回道。

喬氏坐下，打量眼前女子。「真是個標致人兒，難怪大郎不辭遙遠帶妳回謝家。」

洛瑾一愣，旋即回神，大郎說得是莫恩庭。「公子只是順路帶著我，去了我家鄉一趟。」

「別拘束，過來坐下說話。」喬氏指著身旁的凳子。「以後要是住進來，要認的人可就多了。」

喬氏說話可親，又長得好，但洛瑾吃過虧，當初鳳英比喬氏親切，還不是對她下毒手。

「我不清楚。」洛瑾回道：「公子還要回金水鎮讀書的。」

「妳這姑娘，謝家的孩子，豈能讓他留在外面？」喬氏笑道，拉著洛瑾，坐到自己身旁。「況且家裡這麼大的產業，將來不也是大郎的。」

洛瑾低下頭，以後莫恩庭會掌管謝家？但喬氏不也有兒子嗎？「公子說，他要考試。」覺得自己不該討論謝家的事。

「真是有心，什麼事都幫大郎著想。」喬氏把桌上的點心往洛瑾推了推。「我倒是從老夫人那裡聽說，大郎的書讀得好，還考了第一。」

「是。」洛瑾回道，知道自己不會說話，也怕多說替莫恩庭添亂，回得簡單。

另一邊，一雙孩子鬧騰得歡，支使著下人，把小池裡的魚撈上來。

「這對淘氣鬼。」喬氏笑看著自己的兩個孩子。「就沒有閒著的時候。」

洛瑾看著掉在地上、掙扎得越來越無力的錦鯉，似乎已經筋疲力盡。

「好了，這是你們大哥的院子，別胡鬧。」喬氏斥了聲，轉頭對洛瑾道：「謝家的孩子多，大郎下面還有幾個弟妹，以後妳就知道了。」

喬氏說的是謝敬的庶出子女吧！洛瑾沒說什麼，只是笑了笑。

接著，喬氏站起來。「我還要去見老夫人，妳缺什麼東西，就向秋蓮要，不必拘束。」

「謝謝夫人。」洛瑾福了福身。「您慢走。」

喬氏笑了笑，帶著兒女和幾個下人，離開清墨院。

院裡安靜了，洛瑾放鬆下來，想著剛才有沒有說錯話。

「可惜了。」秋蓮收拾著魚池。「好好的魚，就這麼糟踐了。」

洛瑾看過去，發現剛才撈出來的錦鯉已經死去，秋蓮把牠們埋在牆根下，餵了薔薇。

「姑娘若是悶了，奴婢帶您出去走走。」秋蓮洗淨手，走過來問道。她發現洛瑾話少、安靜，有一絲不食煙火的氣質。

洛瑾搖頭。莫恩庭叮囑過，不准她亂走。「我在這裡坐坐就好。」望著天上的日頭，又看了看半掩的院門。今日，她也要等吧！

「其實，今兒來了不少親戚，都是聽說少爺回來，特地上門的。」秋蓮道：「男客在前廳，女眷在老夫人那裡。」

「應該很熱鬧吧！」洛瑾說著，突然覺得自己像個多餘的人。

「老夫人過壽，在後面搭戲臺時，那才叫熱鬧呢！」秋蓮指著後院。

洛瑾看過去，卻只看到隔絕外面的牆，不由想起在大石村的日子，好像比這裡自在許多。

但是，大石村應該容不下莫恩庭了。

晚上，洛瑾要睡時，莫恩庭才回來，這是他們今天第一次見面。

「二哥，你回來了？」洛瑾點起蠟燭，一身俐落的素色錦袍，襯得他越發好看。

「走，我帶妳出去逛逛。」莫恩庭走過來拉洛瑾的手。

「二哥。」洛瑾站在原地。「天晚了，你累了，回去睡吧！」

莫恩庭回頭。「我不累，只出去一會兒。」

「你喝酒了。」洛瑾聞到酒味。「我幫你倒茶。」

「不用。」莫恩庭搖頭。「那我們去亭子裡坐坐？」

「好。」洛瑾點頭。

靜夜無風，天邊只有一彎殘月，莫恩庭折了枝薔薇，別在洛瑾髮間。

「人比花嬌，說的就是洛瑾。」莫恩庭笑了笑。

「二哥又在瞎說。」洛瑾不領情。「黑燈瞎火，你是怎麼看清的？」

「因為把洛瑾刻在心裡，想忘也忘不掉。」莫恩庭扣住她的手指。「就算閉上眼，也能知道妳在哪兒。」

「二哥，你還要去縣學，什麼時候回去？」洛瑾問道。

「妳在這裡住得不習慣？是不是悶了？」莫恩庭問道：「我讓小七出去買些玩意兒回來給妳？」

「沒有。」洛瑾笑了笑。「這裡很好，院子很美，秋蓮會陪我說話，小池錦鯉也好看。」

「真的？」莫恩庭哪裡不了解她，一撒謊，聲音就變小，還會低下頭。

「真的。」洛瑾點頭，怕莫恩庭不信。「秋蓮還說到搭戲臺唱戲，一定很熱鬧吧！」

「可洛瑾並不喜歡熱鬧。」莫恩庭甩了甩兩人牽著的手。「我還有事，再等我兩日。」

「我知道。」她選擇跟著他，就不會扯他的後腿。

「那妳說，妳知道什麼？」莫恩庭的額頭碰上洛瑾的，每次看她一本正經的樣子，就忍不住想逗她。

洛瑾皺了皺眉，別開臉。「二哥，你還是去洗洗吧，身上盡是酒味。」

「妳居然嫌棄我。」莫恩庭在她肩上蹭了蹭。「現在妳也有味道了，不過，我不嫌棄。」

「我沒嫌棄。」洛瑾小聲咕噥。「只是覺得難聞。」

「這就是嫌棄。」莫恩庭不依不饒。「我真是寒心。」

寒心還不鬆手？就知道他在說假話。洛瑾想起白日喬氏說過的事，問道：「現在二哥是不是多了好多兄弟？」

「兄弟？」莫恩庭坐在石凳上，倚著後面的石桌。他才回來兩天，誰知道那些人到底是真情還是假意，他想起莫恩席和莫恩升，嘴角翹起。那才是兄弟。

「對呀，夫人帶著你的弟弟、妹妹來過。」洛瑾看了牆邊一眼，那裡埋著死掉的錦鯉。

「他們？」莫恩庭沒說下去，只道：「我帶妳去見祖母，妳這麼乖，她會喜歡的。」

莫恩庭知道，他離開謝家十年，這裡早已變了樣，根本沒有他的位置，表面上與他談笑的兄弟，哪會輕易鬆開已經得到的東西？但無所謂，只要是他的，他不會相讓。

「我要去嗎？」洛瑾有些緊張。她被扔在清墨院兩天，今日只有喬氏過來看了看，她便明白了，現在她和莫恩庭已經差得很遠。

「去呀！」莫恩庭捏著洛瑾的手指。「祖母問過妳，她人很好，不用害怕。」

「真的？」

「當然。」莫恩庭攬著她。「小時候，爹罰我，祖母就罰他，所以慣得我無法無天。」

洛瑾想起兒時，自己也是被祖母萬般疼愛。「要帶些什麼呢？」她什麼都沒有，但謝家應該也什麼都不缺。

「妳不是會繡花嗎？」看洛瑾對見祖母的事這般上心，莫恩庭心中寬慰。「就像妳上次說的，繡條帕子吧！」

洛瑾點頭，應下了。

白天，莫恩庭不會留在院子，謝敬會帶著他出門，為以後鋪路。

洛瑾讓秋蓮找來針線。既然沒事做，便專心留在院子裡繡花。

「姑娘的手真巧。」秋蓮在一旁誇道。她看得出來，莫恩庭很喜歡這個姑娘，也發現洛瑾太安靜了，不像會爭搶的人，這樣的姑娘在滿是女人的後院，會活得很艱難。

洛瑾看著繡花撐子上的牡丹花瓣。謝家這麼大，名貴帕子肯定多得是吧！

半天以後，莫恩庭帶著小七回來，走得有些急，額上有微微的汗，對竹亭裡的洛瑾招手。

「二……公子，你回來了？」洛瑾放下撐子走過去。

莫恩庭從小七手上接過托盤，遞給秋蓮。「妳幫姑娘打扮一下。」

秋蓮彎腰，端著托盤去了廂房。

「這是要做什麼？」洛瑾問，心裡隱約猜到了。

「去見祖母，昨晚不是說過了？」莫恩庭使了個眼神，小七便識趣地走開。

「我的帕子還沒繡好。」不知為何，洛瑾想打退堂鼓。

「以後送就是了。」莫恩庭的臉往前湊了湊。「剛才妳叫我什麼？公子？」

「按理是該這麼叫的。」洛瑾回道。

「和以前一樣，叫二哥。」莫恩庭見洛瑾還是一身水色衣裙，襯出她的水靈。「快去換衣裳，我等妳。」

在秋蓮的巧手下，洛瑾挽了倭墮髻，簪點翠蝴蝶釵，耳上是粉珠耳墜子，僅是如此簡單妝飾，鏡中之人已經出眾。

此時已是晌午，小池裡的錦鯉躲進水深處，偶爾才會露出魚背。

洛瑾一身淡粉色衣裙，輕盈地走出廂房，軟軟地叫了聲。「二哥，好了。」她覺得有些拘謹，這是她來到謝家後，第一次出院子去見謝家的人。

「洛瑾真好看。」莫恩庭笑著走過去，毫不避著在場的秋蓮。他的妻子俏生生的，十分可愛，讓他很想使勁揉她的臉。

於是，他帶著洛瑾走出清墨院，秋蓮跟在後面，去了謝老夫人的院子。

路上，莫恩庭碰見兩個兄弟，淺淺地打了聲招呼，不像大石村的莫家人親近，有些生疏。

謝老夫人的院子很熱鬧，老遠便見有人進進出出，門口就能聽到說笑聲。

「沒事的。」莫恩庭見洛瑾慢下了腳步，停下來等她。「有我在。」

說話間，婆子出來迎道：「煜少爺來了，快進去吧，屋裡的人都等著呢！」看了眼跟在後面的洛瑾，猜出她的身分。

屋裡，謝老夫人坐在正位，一頭銀髮，看上去和藹可親，旁邊圍了一群女眷。

「孫兒見過祖母。」莫恩庭行禮，眼角餘光瞥過身後那抹嬌嫩粉色的身影。

洛瑾跟在後面福身，低著頭，感覺到所有人都在看她，不覺有些心慌。

「好、好。」謝老夫人抬手叫莫恩庭起來，看著一身粉衣的洛瑾。「這是誰家姑娘？」

「洛瑾，過來。」莫恩庭對洛瑾笑了笑，轉而低頭對謝老夫人道：「洛瑾是我養父母為我找的媳婦，她很聽話的。」

謝老夫人點頭，拉著上前的洛瑾打量。「多大了？家裡父母可還好？」

「母親和弟弟在家，父親……」洛瑾不知如何說下去。

「祖母，洛瑾幫您繡了帕子。」莫恩庭接道：「下回送來給您。」

「這孩子真有心。」謝老夫人盯著洛瑾。「一副好相貌，是個帶福氣的。」

喬氏抿唇。「老夫人看人一向準，我也覺得這姑娘乖巧，您說說，是怎麼看法呢？」

謝老夫人呵呵道：「說出來，妳們也不懂，我看這丫頭，一臉的幫夫相。」

「這樣的相貌好。」喬氏對旁邊的女眷說：「老夫人是不是嫌棄咱們長得太平常了？」說完，哈哈笑起來。

「妳們呀，個個都長得好。」謝老夫人看著一屋子人，樂了。

屋裡笑成一團，洛瑾默默退到一旁。這裡的熱鬧，讓她覺得自己格格不入。

「對了，煜兒，你看看還認得哪些表妹？」謝老夫人指了指坐在圓桌邊說話的幾個姑娘。

姑娘們聞言起身，對莫恩庭福身。

「老夫人，您怎麼不說咱們這些做娘的，盡揀些小姑娘給煜兒看？」喬氏打趣。「是想討孫媳婦了吧！」

這下，洛瑾臉上再也掛不住笑，想離開這裡。在謝家的人眼裡，她到底算什麼？

「二娘說笑了，我不是已經討了嗎？」莫恩庭看向洛瑾，膽小的她只抬起眼角瞥他一眼，又低下頭去。

喬氏臉上的笑一滯。「瞧瞧這孩子，現在就護上了，誰不知道她是你院裡的人呀！」

屋裡的人佯裝沒事，仍像方才一樣笑著，莫恩庭便向謝老夫人告退，領洛瑾離開。

「妳回清墨院等我吧！」莫恩庭將洛瑾交給秋蓮，又叮囑了一遍，才帶著小七回去。

洛瑾終於可以深舒一口氣。明明沒在謝老夫人的院子待多久，卻覺得時間漫長，又想起喬氏說的話，她並非謝家屬意的媳婦。

「謝家到底有多大？親戚很多嗎？」洛瑾問秋蓮。

秋蓮知道，洛瑾在意喬氏的話了。「謝家是南州最大的家族，和京城的伯府謝家同宗，親戚多得數不完。」

這個能看得出來，洛瑾走著，覺得長裙實在不方便，很束縛腿腳。「方才那些都是？」

「對，知道煜少爺回府，過來看看。」有些夫人真有目的，想著能不能和謝家聯姻？秋蓮瞧了瞧洛瑾，暗暗可惜。少爺喜歡這姑娘又怎麼樣，謝家肯定會安排他娶門當戶對的千金。

洛瑾覺得心塞。有些事情越來越無法確定，抬頭看去，那邊是高高的院牆，隔絕著外面的天地，她從小就是在院牆裡長大的，可是她現在很想離開這裡。

回到清墨院，洛瑾看著床上沒繡完的帕子，實在沒有心思，收拾起來放到一旁，腦子裡全是莫恩庭那幾個嬌滴滴的表妹，遂到院子裡散步。

牆邊落了一地薔薇花瓣，清墨院的每一處，洛瑾都走過了，只能等著莫恩庭回來。

月明星稀，一天又過去了。

「姑娘若是無聊，我帶妳出清墨院轉轉？」秋蓮走過來。「挑人少的地方，去去就回。」

「好。」洛瑾答應了，她確實憋悶得很。

月光明亮，秋蓮帶著洛瑾到假山旁邊逛了一會兒，便打算回去。

假山另一邊傳來說話聲，其中一個聲音，正是莫恩庭。洛瑾沒想到會在這裡碰見他，想跑過去，但另一個聲音讓她停住了，是一個姑娘的聲音。

洛瑾覺得頭一下子炸開，腦子裡一片空白，有些暈，胸口憋悶，扶住假山，聽他們談笑。

「姑娘，回去吧！」秋蓮低聲勸道。她在謝家看多了，沒有哪個男人只守著妻子的。

洛瑾推開秋蓮想扶她的手，不再多想，直接往假山跑，天黑了，她看不清莫恩庭臉上的表情，也看不清他對面的女子是何樣相貌。

「啊！」

「洛瑾！」

兩個人同時出聲，洛瑾摔倒在地上，惱怒地攥著裙子。就說這麼長的衣裙好礙事，她怎麼這麼狼狽，還是在另一個女子面前，她咬著唇，死死憋住要流下的淚。

「妳不要緊吧？」莫恩庭把洛瑾抱到一旁的石凳上。「這麼晚，怎麼跑出來了？」

是嫌棄她打攪他了嗎？洛瑾的小臉疼得扭曲，就是不掉淚，看著站在莫恩庭身後的女子，不知是不是白日裡的某個表妹？

「妳說話呀！」莫恩庭焦急地看著洛瑾，若是以前，她肯定會哭的。「別嚇唬二哥。」

「是不是摔疼了？」女子上前，關切地問：「要不要找大夫過來瞧瞧？」

「不用！」洛瑾張口回絕，她才不要這個女子關心。

「不是不讓妳亂跑嗎？」莫恩庭有些無奈。「每次都把自己弄得不成樣子。」

洛瑾聽了，終是忍不住掉淚，覺得委屈。「可是，你都不回去，老是丟下我一個人。」

「是我不好，妳別哭了。」莫恩庭伸手拭去洛瑾的眼淚。

一旁的女子愣了愣，神情有些尷尬，幸虧是晚上，沒人看得出來。

洛瑾抓住莫恩庭的手。「二哥，我想回去了。」待在這裡，她就像關在籠子裡的鳥，其實她不介意被關著，只是害怕被遺棄。

「好，二哥帶妳回去。」莫恩庭摸了摸洛瑾的頭，對一旁的女子說了聲。

洛瑾看著兩人，眼淚汪汪。剛剛她好不容易勇敢一次，想問他們在幹什麼，卻狼狽地摔在地上。

秋蓮想去扶洛瑾，被莫恩庭制止了，他蹲下身，轉頭道：「媳婦，我揹妳。」

「什麼？」洛瑾看著面前的人，以為自己聽錯了。

「快上來，回去我幫妳看看，別傷著了。」莫恩庭說著，乾脆直接把人拉到背上。

洛瑾不明白了，又看了看那女子，但心情莫名好了些，手環上莫恩庭的脖子，跟著他回去。

第五十章

「妳剛才跑那麼急做什麼？」莫恩庭選了沒人的小路，揹著洛瑾回清墨院。

「只是絆了一下。」洛瑾小聲道。

莫恩庭不信。「說實話。」

洛瑾不開口，把臉貼在莫恩庭背上，這樣能聽到他的呼吸聲。

「別以為不說話，我就不追究了。」莫恩庭翹起嘴角，身上的人兒很輕，讓他想照顧她一生一世。

「二哥，我想大峪了。」洛瑾呢喃，不管跟在後面的秋蓮，沒規矩地貪婪這份溫暖。

「我帶妳回去。」她的輕聲細語，莫恩庭不會拒絕。

回到清墨院，莫恩庭陪洛瑾進廂房。洛瑾看了看身上，裙子破了，幸好膝蓋沒破皮，她坐在床邊，還想著剛才的女子。「那是你的表妹？」

「好像是吧！」莫恩庭坐到洛瑾身旁。「不過我忘了。」

「我沒事。」洛瑾不知道要再說什麼。「二哥，你回去休息。」

「好了，早些睡。」莫恩庭拍了拍洛瑾的肩膀。他知道她在這裡住得很不習慣，在大石村，她身邊有趙寧娘、莫大峪、素萍，這裡卻只有他。

兩日後，謝敬叫莫恩庭和洛瑾過去。

水榭裡，喬氏為謝敬倒了茶，看著一雙在外面奔跑的兒女，洛瑾則在外面等著。

「真要回去？」謝敬並不贊成莫恩庭的決定。既然找到兒子，自然該留在謝家，為何要回一窮二白的農家？

「是，要進縣學了，明年就是秋闈，得開始準備。」莫恩庭回道：「我是用莫家的戶籍赴考，理應回到金水鎮。」

「你回來後，戶籍可以改。」謝敬覺得大兒子是可造之材，理應留下好好栽培。「家裡會請最好的先生教你。」

喬氏也勸著。「你們父子好不容易團聚，大郎在外面也吃了不少苦，回家吧！」她不是莫恩庭的親娘，但有些話仍是要說的。

謝敬道：「昨晚我想過了，你二娘也覺得這事該操辦了。」說著，看了看水邊安靜的女子，換上了飄逸衣裙，更是美得讓人移不開眼。「你年紀不小了，打算幫你訂下親事。」

洛瑾聽見了，身子一晃，頓時覺得陽光太刺眼。憑莫恩庭現在的身分，她不會天真地以為，謝敬嘴裡的親事，指的是她和莫恩庭。

「親事？」莫恩庭表情不變，看向水榭門外。「父親是說莫家爹娘為我定下的人？」

謝敬端起茶碗，輕輕用蓋子刮過碗口。謝家這種門第，怎能讓這種來歷不明的女人當主母？如此樣貌，只會亂人心神。「你二娘有幾個人選，想聽聽你的意思。」

喬氏聞言，看了看父子倆，輕聲說道：「大郎這般出色，南州城的閨秀可不任由他挑？」說完，從旁邊丫鬟手中接過幾張寫著生辰八字的紙，放在桌上。「可是，以咱們家家世來說，還是要謹慎些，所以我先選了幾個不錯的。」

莫恩庭一笑。「父親為了我好，我知道，我也知道自己是謝家子孫，以後要做什麼。」

「你的意思是？」謝敬放下茶碗，看著莫恩庭，目光深沈。

「我還是要回金水鎮，想看看以自己之力，能走到何處。」莫恩庭道：「莫家的爹娘救了我，養我成人，我要報恩。」

「做人有情有義是沒錯，不過寒門子弟出頭難，你可明白？」謝敬欣賞他，家裡那幾個眼皮子淺的孩子，根本比不上；就衝著這不貪戀眼前富貴的志氣，他便覺得以後莫恩庭必成大器。

「明白。」莫恩庭點頭。「也希望父親諒解，我不是離開謝家，只是想去外面磨鍊。」

謝敬心知他看得長遠，便答應了。「好。」

莫恩庭見狀，又道：「洛瑾是莫家爹娘幫我找的媳婦，因此花光家裡積蓄，我不想拂了他們的一片好意。」

謝敬皺眉。莫家對莫恩庭有恩，是再生父母，兒子這樣做是出於一片孝心，他確實不好說什麼。「這件事，以後再說。」

「大郎不看嗎？」喬氏盯著幾張沒了用處的紙，不知該高興還是不高興？高興的是，莫恩庭不會留下來；不高興的是，她親戚家的女兒竟連一個什麼都不會的丫頭還不如。

「有勞二娘。」莫恩庭向喬氏道謝，聲音是微帶疏遠的客氣。「莫家爹娘已經為我娶了媳婦。」

水榭裡的話，洛瑾全聽到了，說不出是什麼感覺，有些高興，又有些自責，但最多的是甜蜜，不管怎麼樣，她的二哥還是選了她。

但洛瑾也看得出，謝敬不贊成她跟著莫恩庭，憑他當著她的面替莫恩庭選妻，便已經明白；其實，她不在乎能不能進謝家，當初決定跟著莫恩庭時，並不知道他身分顯貴，只是覺得他對她好，喜歡他。

喬氏訕訕地將幾張生辰八字收回來，臉上掛著平時的笑。「大郎幾時動身？我好讓人準備禮物，讓你帶回去。」

謝敬看向喬氏，想了想，轉頭對莫恩庭道：「我派幾個人一起過去，你回莫家後，還是可以用上。」

莫恩庭聽了謝敬的話，沒有拒絕。「謝謝父親。」

即使多年不見，有些生疏，但到底是親生骨肉，謝敬又道：「多陪陪你祖母吧，她是最疼你的。」

「知道了。」莫恩庭彎腰行禮，離開了水榭。

跟著莫恩庭回清墨院的路上，洛瑾的腳步輕快不少。

原來她介意，介意其他女子和她分享莫恩庭，連她這般性子都會在意，那些表面風光的女人，心裡也苦吧！這時她才明白母親說過的話，像姑父那樣的女婿，打著燈籠也找不到。

「想什麼？」莫恩庭慢下腳步，與洛瑾並行，抬手挾住兩片垂下的柳葉。
「要回去了。」洛瑾回道。
「對，要回去了。」莫恩庭笑著，往前走。「回大石村。」
洛瑾卻是停了下來，望著他挺拔的身影。
似是察覺她沒跟上，莫恩庭停步轉身，笑著對她伸手。
「二哥，謝謝你。」洛瑾微微揚起唇角，他又護了她一次。
莫恩庭走回來，習慣地捏著她的臉頰。「謝什麼？」
「那些生辰八字。」洛瑾有些語無倫次。「就是幫你選的親事。」
「那妳說，我該不該後悔？」他想逗她。「若是我現在回去，是否來得及選上幾個？」
洛瑾搖頭。「我不喜歡，二哥別回去。」隨即低下頭。這麼說，是不是太不懂事？可她真的不願意，那晚瞧見莫恩庭跟別的女子說話，心裡像著了火一樣，燒得她不得安寧。
「不回去了。」大白天的，莫恩庭不能肆無忌憚地抱住洛瑾，只能拉住她的手。「以後我們的家，不管多大，後院只有妳一個，好不好？」
「什麼？」洛瑾抬頭，明亮的目光裡，有些不敢相信，卻夾雜著期待。
「我不喜歡家裡太亂，妳也喜歡安靜不是？」垂下的柳枝輕拂著莫恩庭的肩頭。「除了妳，我也不想看到別的人。」
他很清楚，如果洛瑾身處謝家這樣雜亂的後院，以她的性格，必會死得無聲無息，而他將後悔一輩子，她除了他，什麼都沒有，他也不能沒有她。

洛瑾思索著莫恩庭話裡的意思，家裡只有她一個，是指他不會再娶別的女人？是真的嗎？像姑父和姑姑那樣？

「怎麼不說話？」莫恩庭捧住洛瑾的臉。「那我再說一遍，這輩子，二哥只看洛瑾的生辰八字，不看別人的。」

鼻子突然發酸，洛瑾吸了吸，卻什麼也說不出，她實在討厭自己，有張這麼笨的嘴。

「妳看，我都這麼做了，應該笑一笑呀！」莫恩庭調皮地用兩根手指去抬洛瑾的嘴角。「現在我還沒有能力演一齣烽火戲諸侯，博妳一笑，但說不定以後可以呢！」

「我會被人燒死的。」那些寵妃的下場可沒一個好的，洛瑾才不想要，她要和他攜手到老，平平安安。

「我不會讓人傷害妳。」莫恩庭拉著洛瑾前行。「妳會好好的。」

兩人回到清墨院後，莫恩庭吩咐小七先去金水鎮，再帶洛瑾去見謝老夫人。

謝老夫人自是捨不得孫子，幾番挽留，莫恩庭便說會經常回來探望。

兩日後，莫恩庭帶著洛瑾上了回金水鎮的馬車。

走出謝府那刻，洛瑾感覺輕鬆許多，一柄傘忽然遮在頭上，她抬頭去瞧，輕輕笑了笑。

「很快就到大石村。」莫恩庭眼神溫柔。「只是天熱了，路上會有些曬。」

「是不是要帶點東西回去？」洛瑾問他。「要是路上有小玩意兒，我想買給大峪。」

「好，我叫他們留意。」莫恩庭覺得洛瑾改變許多，現在的她會關心、在意莫家人了。

因為要入縣學，莫恩庭一行人走得快，謝家依然派了齊先生和另外兩個小廝跟著，路上方便不少。

回到金水鎮時，已經入夏，行人都換上了薄衣，路旁樹上，蟬鳴聒噪。

他們先到了鎮上的小院，素萍的氣色比前些日子好多了，見人回來，便幫忙搬東西。瞧見素萍，不免又想起莫鐘和鳳英的事，現在素萍過得不錯，洛瑾不打算再開口提。

這時，小七跑回院子，對洛瑾招呼了聲，去了莫恩庭那邊，把手裡的東西交給他。

齊先生指揮下人卸好行李後，走到洛瑾面前。「姑娘，老爺臨走時吩咐，要我到了金水鎮後，買兩個丫鬟伺候少爺，妳看，要不要找人牙子過來問問？」知道洛瑾會跟著自家主子，所以這邊的事，要向她請示。

洛瑾聽了，看向莫恩庭，他還在跟小七說話。平日他屋裡的活都是她做，現在要讓別人來嗎？

「齊先生，不要費銀子了。」素萍道：「這裡委實不用那麼多人，我來做就好。」

「嫂子？」洛瑾叫了聲。素萍說得這麼快，是在幫她嗎？

「平時我也沒什麼事做。」素萍笑了笑。「收拾屋子、洗衣做飯，總比閒著好。」

齊先生看洛瑾不發話，遂道：「既然如此，便不急於一時，等素萍真忙不過來再說。」

這些日子，他跟著莫恩庭，看得出來，洛瑾單純，一切都是莫恩庭說了算；但是，莫恩庭在乎她。

天黑前，莫恩庭和洛瑾回了大石村，就像以前一樣，穿得簡單，從縣城走回去，牽著的毛驢背上，馱著帶回家的禮物。

兩人一回到莫家，氣氛熱鬧極了；最高興的是莫大峪，得到有趣的玩意兒，嘴巴甜得不得了。

趙寧娘的肚子已經隆起來，行動依舊俐落，但臉越來越圓了。

張婆子看著滿屋的禮物，嘴裡嘮叨著又花銀子；莫振邦則問一路順不順利、家裡的老人身體怎麼樣？別忘記回信報平安。

正屋裡，洛瑾像以前一樣坐在灶前燒火，晚上要加菜。

趙寧娘坐在方桌旁，跟洛瑾說話。「衙門判下來了。」把揀好的菜放進盆裡。「鐘哥過幾天就走了，天這麼熱，路上可是要遭罪。」

「還不是自找的。」張婆子從飯櫥裡端出盤子。「不做壞事，好好幹活，誰會抓他？」

這就是莫家，想說什麼就說什麼，最多挨張婆子幾句嘮叨罷了。

晚上，莫恩庭和洛瑾回了西廂房，這裡還是原來的樣子，繡架靜靜地靠在牆邊。

洛瑾不明白，謝家什麼都好，為何莫恩庭會回大石村？任何人都不想放開權勢吧？

莫恩庭看著在炕邊縫衣服的洛瑾。「謝家的東西是我的，我絕不會拱手讓人，現在回來，以後還是會回去。」

「這般折騰？」洛瑾低著頭，想起令人壓抑的謝府。「是為什麼？」

「我現在回來，的確是因為戶籍，不過這只是其一。」莫恩庭放下書。「其二，我這樣做，謝家會覺得虧欠我，肯定會為我準備得更多。」

「準備什麼？」洛瑾有些明白，又有些糊塗，這人是連他的父親都算計嗎？

「京城謝家。」莫恩庭說道。如果去了京城，便需要定原伯府的幫助。「現在我回謝家，能得到什麼？不過是個長子的名號，倒不如在外面闖，等爬到高處，他們自然會靠過來，而我得到的，只會多，不會少。」

洛瑾聽了，點點頭。有時，人的差別就是這麼大，若她去猜莫恩庭的心思，估計想破頭都沒有結果，不如直接聽他的，信任他。

幾日後，莫恩庭進了縣學，依然和以前一樣，每日往返。村裡的人並不知道他真正的身分，以為上次他只是陪著洛瑾回娘家。

院子裡的梨樹上掛滿了梨子，牆邊花草長得旺盛；開春抓回的豬崽已經肥壯不少；雞籠裡的雞因為天熱，下的蛋少了，張婆子整天嚷嚷著要宰，卻始終不動手。

這天，洛瑾坐在梨樹樹蔭下切豬草，張婆子揀著菜，道：「鶯蘭幾天沒來了，不知道是不是最近家裡忙？她做的飯，倒是不錯。」

張婆子挑剔，趙寧娘和洛瑾幹活，她從來沒誇過，嫌棄的倒是不少。

洛瑾看得出張婆子挺中意姜鶯蘭，卻不知過了這些日子，她和莫恩升是不是彼此有意？

「這次去州府，二郎家人沒幫你們辦喜事？」張婆子瞥了瞥洛瑾。長得是真好看，就是不愛說話，像個冰山美人。

「沒有。」洛瑾低著頭。

「這家人也真是的，看著一個個都懂事理，怎麼對孩子的終身大事不上心？」張婆子咕噥著。「還大戶人家呢！」

「二哥要上學。」洛瑾當然知道是謝家看不上她，但是她不想多說。

「上學也不礙著成親呀！」張婆子放下菜。「要不，找一天幫你們辦了吧！拖拖拉拉的，還耽誤三郎。」

張婆子就是這樣，有時候明明是好心，非要裝出一副壞人樣子。

洛瑾不好意思說話，成親後，她就是莫恩庭的妻子，一生跟著他。

果園裡的桃子長大了，再過幾天就要成熟，莫恩升想搭座果棚，平日看園子時，可以在裡面休息。

他選了四根高長木頭當立柱，把下端埋進深坑裡踩實，在離地面兩尺高之處，綁上四根橫木，再搭上板子，鋪上蓆子；棚頂四角各綁著一根繩子，套在立柱上，只要上下扯動，就可以隨意拉高或拉低。

莫大峪總是喜歡跟在莫恩升身旁，收拾完果園，便隨他去小河邊。

菜地裡，趙寧娘和洛瑾正在揀豆角，洛瑾在豆角架子間穿梭，趙寧娘則在外面接著豆子。

「娘。」莫大峪跑過來。「我要去河裡捉泥鰍。」

趙寧娘看莫恩升已經挽好褲腿下水，摸了摸莫大峪的小腦袋，囑咐幾句，道：「去吧！」

莫大峪點頭，跑回家拿盆子，放在岸邊，自己也下了水。小河裡的水很淺，莫恩升踩過的地方，水立即混濁了。

另一邊，洛瑾和趙寧娘揀完豆角，來到河邊，見盆裡已有不少泥鰍，正在來回鑽擠，晚上或許可以做泥鰍燉豆腐。

靠山吃山，靠海吃海，莫家的日子清苦簡單，但每個人都過得充實幸福。

第五十一章

晚上，莫家人齊聚，還是像以前一樣，男人們坐在炕上，女人只能站在地上吃飯，不過是用同一張桌子。

吃飯時，張婆子提起讓莫恩庭和洛瑾成親之事，莫振邦也贊成，說起需要置辦的東西，又問兩人以後要住縣城還是大石村？

吃到一半，張屠夫帶著張月桃過來，一家人便草草地將飯桌收拾好。

莫恩席和莫恩庭回了各自的屋子；莫恩升本來也想走，卻被張屠夫叫住。

洛瑾在正屋燒水，趙寧娘拿了茶葉放進茶壺裡，眼睛卻不時瞥著坐在方桌旁、低頭不語的張月桃。

有些日子沒見到張月桃，上次她莫名其妙地跑來莫家，質問莫恩庭為何打薛予章？現在再看，張月桃憔悴不少，半邊的臉是腫的。

裡屋內，張屠夫坐在炕沿上，雙手不停地搓著膝蓋，似乎有話要說，又很為難的模樣。

「這麼晚過來，有事？」張婆子問他，想起莫恩庭的親事，又說：「對了，我家二郎要成親，到時你幫忙準備些豬肉，要好的。」

「二郎也要成親了？」張屠夫開口，瞧了瞧莫恩升。「什麼時候吃三郎的喜酒？」

「他？」張婆子睨著小兒子。「自己不著急，誰有辦法？」

「姊，之前妳曾與我提過，想讓桃丫頭跟三郎訂親。」張屠夫看著屋裡愣住的三人，繼續道：「那時候覺得丫頭小，所以……」

最先回神的是莫恩升。他不喜歡張月桃這個刁蠻姑娘，連碼頭上的母老虎都比她強，但開口的畢竟是他舅舅，不能當面直接堵回去。

「舅舅，月桃跟著我，會受苦的。」莫恩升心想，這樣說，張屠夫應該就懂了。「我什麼都不會，現在連份正經的工都沒找著。」

莫振邦發現張屠夫臉上的為難跟閃躲。「怎麼忽然提起這事？要不，找一天，咱們好好商量？」

「不能等了！」張屠夫一拍大腿，惱怒地嘆了口氣。「姊夫、姊，幫幫桃丫頭吧！」說著，走到正屋，把張月桃拖了進來。

父女倆拉拉扯扯地進了裡屋，張月桃掙扎道：「爹，您放開我，放我走吧！」

「給妳姑姑跪下！」張屠夫把張月桃往地上按。

「這是怎麼了？」張婆子問，不知眼前這對父女在做什麼？

「姊，救救桃丫頭！」張屠夫哭喪著臉。「她年紀小，被騙了，那人跑掉了，找不著。」

「他沒有跑，他說會帶我回州府。」張月桃哭得滿臉淚水。「爹，您讓我去找他吧！」

「妳這孽障，還敢說話！」張屠夫揚起手掌，給了張月桃一巴掌。

「這是做什麼？」張婆子細小的眼睛盯著張月桃。「說清楚，打人有什麼用。」
「姊，妳放心，二郎成親用的豬肉，都算我這個當舅舅的。」張屠夫顧不得哭哭啼啼的女兒，急道：「三郎這邊，我出銀錢幫他蓋屋子、添置家什。」
「我家還沒應下，你說的什麼話？再說，你看你家丫頭，根本不想過來。」
「我不願意！」張月桃捣著腫得老高的臉。「我已經有了身子，我要去找薛郎！」
這句話，讓屋裡安靜了，只剩她抽抽噎噎的哭泣聲。
張婆子的怒火突地燒起來。敢情張屠夫是想讓莫恩升當個便宜爹？氣得臉直抽搐。
「把我家三郎當什麼？」張婆子不會因為對方是自己的兄弟便嘴下留情。「你家閨女有了別人的種，現在卻往我家裡送？」
張屠夫知道這樣做不對，可他實在沒有辦法了，女兒的肚子眼看要藏不住，但那個男人在哪兒，她又死活不肯說。
「姊，月桃是妳看著長大的，她就是單純，才會被人欺騙。」既然來了莫家，張屠夫自然是豁出臉面。「妳放心，等月桃過來，肯定把她肚裡的孽障收拾乾淨。」
莫振邦很生氣，但他一個男人，不能說什麼，只是沈著臉；莫恩升臉上閃過譏諷的笑。今日張家是來羞辱他的？他再怎麼沒出息，也是個頂天立地的男兒，不可能答應這種事。
「這件事，姊實在幫不了你。」因為顧念親情，張婆子勉強壓著怒火，道：「我家三郎已經有了屬意的姑娘。」
張屠夫沒想到張婆子會這樣說，但他不想放棄，若讓外人知道張月桃的醜事，那他家這輩子都別想抬起頭了。

「姊，妳看這樣行不行，讓月桃過來做偏房。」張屠夫為了把女兒塞來莫家，用盡了心思。「成親的東西，還是我來置辦。」

張婆子聽了，沒好氣地道：「我們莫家沒那種壞習氣，我家孩子就該一心對待自己的媳婦。」她一輩子跟著莫振邦，平平淡淡，偶爾鬥嘴，但男人沒讓她吃過虧，更沒有打罵。

「月桃會沒有活路的。」張屠夫哀求。「以後她怎麼辦？」

「去找那男人！」張婆子生氣。「有膽子做，沒膽子承認？好好的姑娘，想騙就騙？」

張屠夫長嘆口氣。「話都說到這裡，我也不瞞你們了，那混蛋就是後山大宅裡的貴人，他那般花言巧語，月桃又什麼都不懂，豈是他的對手？」

這話，張婆子不信，要說單純，有誰比得過洛瑾？當初那人威逼利誘，也沒見她被騙走，她還寧死不從，拚命地逃了回來。

「我看，還是想別的辦法吧！」張婆子不會讓張月桃進門，莫家是清清白白的人家，豈能隨便被玷污，遂說出之後的打算。「我家三郎是真要訂親，對方是碼頭的姜家。」

這時，洛瑾進來送茶，剛才她在外面也聽到一些，心驚張月桃竟被薛予章欺騙，之前她便勸過張月桃，說姓薛的不是好人了。

莫家人的臉色都不好看，張屠夫一直搖頭嘆氣，張月桃則是哭著縮在角落裡。

「二郎媳婦。」張屠夫瞧見洛瑾，像發現救星。「妳發發善心，把月桃留在西廂房吧！」

洛瑾手一抖，手中茶壺差點掉到地上。這是莫恩升那邊不行，又盯上莫恩庭嗎？「這可不成。」莫振邦開口了，二兒子是什麼身分，哪能要這樣的姑娘。「二郎要上學，實在顧不上那麼多。」

眼見自己白跑一趟，張屠夫知道自己理虧，開始打罵躲在角落裡哭泣的張月桃。這個嬌生慣養的女兒，現在讓他丟盡了臉面，就該送到山上做尼姑！

洛瑾連忙上前拉開張月桃，趙寧娘則乘機把人帶出裡屋。

這邊的吵鬧，終於引來在西廂房讀書的莫恩庭，好一番勸說，才讓張屠夫帶著張月桃離開莫家。

莫振邦心善，怕父女倆在路上出事，便叫莫恩席送他們回去。

夜已深，莫家安靜下來，但兩個老人卻無法安歇，剛才的事著實讓他們氣憤，要不是礙於親戚面子，早拿棍子把人趕出去了。

張婆子想到今晚莫恩升受了委屈，便道：「這群混帳怕是沒了辦法才過來的。」

莫恩升不在意，他從沒把張月桃放在心裡。「我沒事，您們別動氣就行。」

「有好姑娘趕緊娶回來。」張婆子又開始嘮叨。「萬一被別人搶去，你只能後悔了。」

後悔？莫恩升想起碼頭上那個俐落的身影，做事乾脆，特別愛笑，兩個酒窩甜甜的，好像真有幾個小子喜歡圍著她；雖說他總是一副黑臉，但她卻願意跑來跟他說話。

收拾完正屋，洛瑾回到西廂房時，已經很晚了。

裡間還亮著燈，莫恩庭掀開門簾叫了聲。「洛瑾，妳進來。」

洛瑾擦乾手走進去。「二哥，你還沒睡？」

「沒和妳說說話，我睡不著。」莫恩庭笑了笑，從矮桌上拿起一張紙。「給妳的。」

洛瑾狐疑地接過，低頭看著，眼睛漸漸睜大，手有些發抖。「我的賣身契？」上面是母親的指印，寫著三十兩的字跡尤為顯眼。

洛瑾看著莫恩庭。他把這個還給她，那她是自由身了？

「是。」莫恩庭的腿搭在炕沿上。「現在妳可以撕了它。」

「那你我去年寫的借據……」她還收得好好的。

「還有用嗎？」莫恩庭笑道：「撕了賣身契，借據便無用了。」

洛瑾低頭看著賣身契，有些猶豫。真的可以撕掉嗎？

一隻細長的手伸來，拿走她手裡的紙，放到油燈上，紙張瞬間化為灰燼。

「妳看，沒有了。」莫恩庭攤開空空的雙手。

「我是自由身了？」洛瑾問道。這一切發生得太快，剛才還在正屋為張月桃的事煩心，現在自己的賣身契就化成了灰。

「自由身？」莫恩庭念叨著，拉住洛瑾的手。「妳想跑去哪裡？」

「哪裡也不去。」洛瑾回道。安安靜靜的大石村，讓她很安心，有什麼事，這裡的人都會幫她。

「我不放心。」莫恩庭搖頭，從矮桌的書下抽出另一張大紅色的紙。「這也是妳的。」還有什麼？洛瑾納悶接過，打開來看，上面有她的生辰八字，是她和莫恩庭的婚書。

「沒了賣身契，換成這個吧！」莫恩庭抽回婚書，重新摺好，夾回書頁中。「妳一樣跑不了，這下就是一輩子了。」

「你什麼時候弄的？」洛瑾問道。

「之前我讓小七提前回來，請村長去衙門辦的。」莫恩庭回答她。當時有先斬後奏的意思，就算謝家不同意，他還是會這麼做。

一個人強大了，就不必看別人的臉色，謝家遲早會靠他。回去的這段日子，莫恩庭已經摸清了謝家，每個人為了利益明爭暗鬥，只是表面上看起來風光而已。

其實，不管賣身契或是婚書，都無所謂，因為洛瑾會跟著他，他燒了賣身契，是想告訴她，她並非矮人一等。

日子安靜地過去，莫家兩老為莫恩庭和洛瑾挑好了日子，準備辦親事。

張屠夫沒再過來。事後，張婆子消了氣，回過張村，畢竟是親戚，又看著姪女長大，總要幫忙想想辦法。

張月桃一直被關在家裡，張屠夫的婆娘整日看著她，生怕一時沒看緊，人就跑出去。直到現在，張月桃還幻想薛予章會帶她回州府，拚命地保護肚子，說著母憑子貴的胡話。

莫家果園裡的桃子熟了，細細枝椏被果實壓彎，一派豐收景象。晚上，莫家想請人過來看著園子，避免遊手好閒之輩來偷摘搗亂，白天再讓莫恩席和莫恩升採去鎮上賣。

果園增添了不少進項，採收時是家裡最忙的時候，於是莫恩庭就攬下看守的活。他鎮日讀書，為家裡做的實在太少，晚上可以幫些忙。

這日，吃過晚飯，天還亮著，莫恩庭帶著大黑狗去了果園。大黑狗原是素萍養的，莫家出事後，他便牽回來養。

莫恩庭走後，下起了絲絲細雨，洛瑾回到西廂房，發現他沒帶水壺，想幫他送去。

洛瑾拿了把傘，提著水壺出了院門。天氣悶熱，雨下得不大，似乎憋著一場大雨未發，到處一片潮濕。

果園棚子裡，莫恩庭藉著最後的陽光再看了幾頁書便合上了，轉頭瞧見那纖細的身影。

「妳怎麼來了？」莫恩庭冒著雨絲，鑽到洛瑾身旁，伸手接過傘。

洛瑾舉起水壺。「你忘記帶水。」

莫恩庭笑了笑。「跟我來。」

兩人走到棚子裡，黑狗趴在鋪板下面，看見洛瑾，搖了搖尾巴。

洛瑾坐在鋪板邊，棚頂落下的雨水濺到了腳上。

「妳坐那邊會淋著，到我這邊來。」莫恩庭倚著被褥，神態慵懶，對著洛瑾伸手。

「我回去了，等會兒天就黑了。」洛瑾跳下鋪板想出去，不想卻撞到棚頂，上面的水澆了她一身，她摀著腦袋，愣愣地站在那裡。

「妳呀！」莫恩庭把人拉到棚子裡，找手巾幫她擦頭髮。「叫人怎麼放心。」

「我自己來。」洛瑾去抓手巾，卻一把握住了莫恩庭的手。

莫恩庭的眼神變了變，眼前的人，髮絲濕漉漉地貼著臉頰，薄薄的夏衣濕透，勾勒出婀娜身形，偏偏她還一無所覺。

洛瑾抿好頭髮，往鋪板外挪了挪。「二哥，我回去了。」忽覺腰間一緊，被帶進某人懷裡，灼熱氣息噴灑在她的脖子上。

「別走。」莫恩庭抱緊她。「雨下大了，不好走，等雨小些，我送妳回去。」

「不要緊的，我慢慢走。」洛瑾突然有些心慌意亂，緊接著一陣暈眩，她已經躺在鋪板上。「二哥！」

「二哥只是想抱抱妳。」莫恩庭說著，撫著洛瑾的臉蛋，毫不遲疑地印上紅豔豔的軟唇，帶著她一起沈淪。

洛瑾無法動彈，驚恐地睜大眼睛，嘴中嗚嗚著，無法言語，也推不開莫恩庭。

莫恩庭的唇游移到細細脖子上，那裡嬌嫩脆弱，帶著絲絲冷香，迷人心智。

洛瑾推拒著，她害怕。

莫恩庭抬頭，目光深沈，手指滑過洛瑾的眼角，低聲安撫著。「別怕。」

「我們還沒成親。」洛瑾忙道，腰上的火熱簡直快讓她瘋掉，連說話都顫抖著。

「三日後就成親了。」莫恩庭嘴角一扯。「還有婚書為證，可是，我不想等了。」

雨真的下大了，偶爾會飄進幾滴雨，滴在洛瑾臉上。她不由想起張月桃，更加不安。

「二哥，你讓我回去。」洛瑾試著商量，她無法阻止那隻作亂的手。

「別說話。」莫恩庭的唇堵住洛瑾的，他放過她許多次，但這次是她自己送上門，他又不是正人君子，當然心動。

洛瑾的黑髮散在鋪板上，有些無措地抓著一旁的被子。莫恩庭微微瞇起眼，看著身下的小妻子，一副無力反抗、任人宰割的樣子，不再猶豫，決定直接吃了她。

「洛瑾喜歡二哥嗎？」莫恩庭沙啞問道。

洛瑾頭腦暈沈，應了聲。是，她喜歡他，他一直護著她，沒有他，她不知道早已淪落成什麼模樣。

莫恩庭抱住她，臉貼上去，喃喃低語。「洛瑾是我的，這輩子，我都會纏著妳。」雨絲纏綿，恰似棚裡交疊的一對人兒，彼此眷戀，融為一體，生生世世。

雨聲不斷，擊打著棚頂，清脆悅耳。

鋪板上的兩人依舊糾纏在一起。洛瑾累極，趴著沈沈睡去，抱她的人卻不太老實，無法安眠，無數次想把懷裡的人叫醒，又無數次忍住。

這丫頭為什麼能睡得著？軟玉溫香在懷，又是心愛的女人，莫恩庭覺得自己快要發瘋，無奈嘆氣，閉起了雙眼。

第五十二章

雨下了半宿，天未亮時，莫恩庭叫醒了洛瑾，又是一頓廝磨纏綿。她太過嬌軟，讓他喜歡上那種蝕骨的滋味，總覺得怎麼樣也不夠。

「二哥，天亮了，我要回去做飯，你還要去縣學。」洛瑾討饒。這人怎就一刻也不放開她，萬一有人經過怎麼辦？

「別說話。」莫恩庭按住她的唇。今天去了縣學，怕也是沒心思讀書吧！書中自有顏如玉，只有體會過，才知道書裡說的，遠不如親自感受來得歡快。

黑狗趴在鋪板底下，聽見傳來的嘎吱聲，懶得再抬眼皮。

天亮後，小路泥濘，莫恩庭揹著洛瑾下坡。她身子嬌弱，卻十分聽話地任由他胡作非為，讓他很心疼她，心裡軟軟的。

兩人到了門口，莫恩席和莫恩升正好推著裝桃子的板車去鎮上。

籠罩在晨霧裡的院子很安靜，莫恩庭回到西廂房，急急生火。他要去上學了，想快些為洛瑾燒些水，等會兒好讓她漱洗。

「我去正屋跟娘說一聲，妳晚些過去就行。」莫恩庭看著坐在炕上、臉色疲憊的洛瑾，有些自責，但毫不後悔。「妳沒事吧？我聽說女子初次行房，會很疼的。」

是很疼，簡直要疼暈了。洛瑾現在回想，都覺得害怕，萬一以後成親也這樣，豈不要了她的命？但現在聽來只覺得羞赧，低下頭，臉紅得不知往那裡藏。

「妳別不說話呀！」平時莫恩庭好口才，現在見媳婦不說話，猜不出她是不是生氣了。「妳是怨我？」

洛瑾更加不好意思開口，難道要說她願意？「二哥，你快去縣學吧，我沒事。」

莫恩庭捧住洛瑾的臉蛋，輕吻了一下。「妳放心，二哥一輩子只對洛瑾一個人好。」

洛瑾點頭，已經聽見院子裡的動靜，是莫振邦起來了，想著趕緊去梳頭髮，然後去正屋燒火做飯，不想，剛下炕，就覺得走路有些不舒服。

莫恩庭見狀，有些擔心，洛瑾便催促道：「二哥，公公在等你，快去吧！」

「那我走了，妳好好歇著，家裡的活先不用做，我讓小七來幫忙。」

莫恩庭說著，拿起矮桌上的書，匆匆出了門。

莫家的男人都出去了，家裡安靜下來，偶爾響起莫大峪在院子裡跑進跑出的聲音。門前的梧桐樹一片茂盛，大大的樹冠遮住了半個院子。

洛瑾不敢出去，留在西廂房裡，脖子上是曖昧的痕跡，此時是炎熱夏日，薄薄衫子哪裡遮掩得住？

這時，趙寧娘過來了，手裡拿著布料，說是洛瑾要成親，想縫件衣服送給她。

兩人坐到梧桐樹下，一起做著針線活。洛瑾的閃躲，當然逃不過趙寧娘的眼睛，她是過來人，知道洛瑾臉皮薄，沒說什麼，只當沒看見。

「妳的嫁衣怎麼做呢？」趙寧娘問道：「兩日後就要成親，來得及嗎？」

「二哥說，已經在城裡訂了一件。」洛瑾回答，很想拽緊自己的領子，遮住那些羞人痕跡。

「我還沒見過。」

「二郎就是心細，什麼事都幫妳想好了。」趙寧娘笑著。「妳這丫頭老實本分，什麼都不爭不搶，卻是有福的。」

洛瑾看著趙寧娘的肚子，已經大了不少，便想幫肚裡的孩子做幾件小衫。「嫂子，以後我幫妳的小娃娃做衣裳吧！」

趙寧娘笑出聲。「那敢情好，妳的針線可比我強多了。」

半天後，趙寧娘有些累，回去休息了。小七隨即進門，樣子疲憊，手裡提著東西。

「姑娘，這是公子讓我帶來的。」小七把包袱遞給洛瑾。「他還說，家裡要做什麼活，妳就跟我說。」

「小七，你的衣裳怎麼了？」洛瑾看小七的頭髮凌亂，袖子破了個洞，像是燒的。

小七猶豫了一下，還是說了實話。「姑娘，妳說奇不奇怪，昨晚下著雨，但後半夜院裡竟起了火。」

洛瑾一驚。「二哥的院子失火？那素萍嫂子有沒有事？」

「嫂子沒事，那時我正好起來去茅廁，見伙房著火，立刻叫她跑出去。」小七講著昨晚的凶險。「誰會想到濕漉漉的雨天會失火，又是大半夜，根本叫不到人幫忙。」

「院子怎麼樣？」洛瑾又問。火是從伙房燒起來的，難道是灶裡的火沒熄掉？可是也不至於在大半夜燒起來呀！

小七一屁股坐在凳子上，忙碌了半宿，讓他累極了。「伙房、主房和一間廂房都燒掉了，嫂子住的那間沒連著主房，倒是沒事。」

「齊先生他們過去了？」洛瑾問道。莫恩庭的院子裡只住了小七和素萍，齊先生等人則住在附近的小屋。

「是。」小七晃了晃胳膊。「齊先生說，這把火像是有人故意放的。」

洛瑾不明白，誰會跑去莫恩庭的院子放火？素萍待人和善，從不與人爭執，而住在那邊的人家，也是良善的人，當初齊先生找院子，是用過心思的。

小七看洛瑾沈默不語，知道自己可能又多話了，忙道：「妳別擔心，不過是一處院子，修修就好，大不了，再找一間。」

洛瑾點頭。小七來後，家裡簡單的活不用她做，她實在太累，就回西廂房歇息。

下午，莫振邦早早地回來，臉色不太好看，將驢子拴好後，坐在院子裡的陰涼處，一句話也不說。

張婆子上前問道：「今兒這麼早就回來，又要去外地了？」

莫振邦搖頭，兩隻手搭在膝蓋上，悶悶地說了聲。「不去。」

洛瑾端水過來，送到莫振邦手裡。

「那是怎麼回事?」張婆子搬了凳子坐下。

「是東家不做了。」莫振邦不想多說:「說是糧鋪被人盤走,把人都遣了回來。」

「什麼?!」張婆子聲音一尖。「說攆就攆?怎麼這麼不講道理?」

「道理?」莫振邦嘆氣。「現在鋪子換了主人,又不是東家說了算。」

「東家怎麼說盤就盤?之前沒有一點風吹草動。」張婆子也跟著嘆氣。東家一向信任莫振邦,莫振邦也盡職,這事實在來得太突然。

眼看兩日後莫恩庭就要成親,得花不少銀子,接下來則是莫恩升訂親,現在莫振邦被遣回來,家裡好像拿不出那麼多錢了。

莫振邦也不解。「東家是迫不得已,做了這麼些年,有了名聲,但對方一定要盤這鋪子,看樣子,對方勢大,東家也沒有辦法。」

洛瑾也有些不安,還有兩日就成親,為什麼家裡的事忽然多起來?

這時,一個村民跑進莫家,叫道:「莫二嬸,妳家果園出事了,不知道是哪個缺德鬼幹的,園子西邊的桃樹被砍了一大片。」

莫振邦一聽,快步出了院門。「我去看看。」

張婆子眼前發黑,邁開步子追上他。那些樹可是她一點點看著長起來的,聽村民這麼說,什麼都顧不得了,只想抓住作惡的人,狠狠收拾一頓!

洛瑾見張婆子出院門,忍著身上的不舒服,帶著小七跟著去了。

幾人到了果園，地上已是一片狼藉，精心栽種十幾年的大片桃樹被生生砍掉，頹然地倒在地上，枝葉與果實落了一地，讓人好不心疼。

「這是哪個天殺的幹的！」張婆子嚎了聲，癱在濕漉漉的地上，手裡攥著桃樹枝，心疼得直掉淚。

莫振邦皺著眉，在倒下的桃樹間穿梭，滿是老繭的手從地上撿起一顆半熟的桃子，眼裡盡是心痛。

桃園為莫家賺進最多銀錢，賣掉桃子，可以修繕東、西廂房，再添置幾樣家什，替兩個兒子娶媳婦，現在卻變成這樣。

「報官！」張婆子抖著臉，一雙小眼冒著恨意。「把人抓起來，讓他賠！」

莫振邦嘆氣。報官有什麼用，人哪是那麼容易就能找到，這些樹是他親手栽的，心裡比誰都難受。

「回家拿竹筐來，把這些桃子摘一摘，沒熟的，只能賤賣了。」

至於張婆子，任洛瑾怎麼拉她，就是不起來，坐在地上罵著。莫家沒有得罪過人，是誰下這麼大的狠手，這是想斷了莫家的生計呀！

小七見狀，回去抱來竹筐，幫忙收拾掉在地上的桃子。

莫振邦蹲在地上，皺眉看著開始枯萎的桃樹。這些為家裡帶來進項的寶貝，最後竟成了一堆燒飯的柴火。

張婆子氣不順，胸口悶得厲害，被洛瑾扶到棚子裡坐下，但棚子裡也沒有倖免，被褥被扔到了外面，浸了水，沾了泥。

張婆子看見，捶著自己的胸口，道：「這麼做是傷天理啊！不給人留活路了嗎？」

「婆婆，我扶您回去。」洛瑾勸著。「等大哥他們回來，再一起想辦法。」

「我心疼呀！」張婆子望向那片倒下的樹。「當年我和妳公公費了多少心，才種活這些樹，指望著給他們三兄弟娶媳婦，供二郎唸書。」

這麼恨莫家的會是誰？洛瑾不免想起後山的人。如果真是薛予章，那就麻煩了。當日她傷了他，他沒死，定會回來報復，如今莫家在明，他在暗，要怎麼辦才好？

「這麼多年，這些樹都有靈氣了。」張婆子抹了把眼淚。「有什麼事，不能衝著人來嗎？暗地裡玩手段，想逼死誰？」

「婆婆，別難過了。」洛瑾不太會說話，走到地裡，想把髒掉的被褥收起來，但被子吸了水，一片濕黏，重得不行。

「別弄了，被子變成那樣，也毀了。」張婆子說話有氣無力，心裡難受得很。「那個人真是狠心，連床被子都不留。」

昨夜還和莫恩庭一起蓋著的被子，現在卻躺在泥地上，成了一堆廢布，洛瑾也不由嘆氣。

另一邊，莫恩席和莫恩升回家後聽到這邊的消息，也趕了過來。

兩個男兒看著一地桃樹，一句話都說不出口。一年到頭精心打理，地裡連根雜草都不留，春天施肥、修枝……

莫恩升默默地走過去，和小七一起，撿起掉在地上的桃子；莫恩席性子直，當場氣得不行，但又無可奈何，畢竟還沒抓到做這些事的人。

最後，莫家人抬著滿滿三大筐桃子，誰都不說話，把竹筐綁在板車上，拉回莫家。

回到家裡，院門外站著幾個人，看見莫振邦，笑著跑過去。「莫叔，你家訂的家什送來了，一共五兩銀子。」

「還讓你們送來。」莫振邦扯出笑容，看著放在院門外的木櫥，那是他替莫恩庭添置的。「進屋坐吧！」

「不了，天晚，還有活，要回去。」來人笑了笑。

莫振邦點頭，回頭對張婆子道：「裝些桃子給人家帶著，我進屋拿銀子。」

一會兒後，送家什的人走了，莫家男人去了正屋，女人們則留在院子裡揀桃子。熟透的好果子分開裝，一般的裝在另一處，掉在地上、有了傷痕的，便拾進盆子裡，準備送給村人。

「二郎媳婦，把這盆送去孟三嬸家。」張婆子坐在一旁，盯著那堆桃子，仍是滿臉心疼。「就說讓她挑著好的吃，不好的扔掉。」

洛瑾應聲，端起盆子出了門。

孟三嬸家在村口，洛瑾走到半路，碰上下學回來的莫恩庭。

「要去哪裡？」莫恩庭接過盆子，將手裡的書和小包袱遞給洛瑾，臉上笑著。「不是讓妳在家歇著？」

「二哥，我聽小七說，縣城的屋子著火了？」洛瑾問道。為什麼莫恩庭總是一副沒事的樣子，是不想讓她擔心嗎？

「小七的嘴就是欠抽。」莫恩庭道了聲。「妳別擔心，只是伙房失火。」

但小七明明說，是有人放火。洛瑾不再問，既然幫不上忙，就不要再添亂，隨莫恩庭去孟三嬸家送桃子。

回家路上，洛瑾開口道：「二哥，家裡的桃樹被人砍了。」

莫恩庭停下腳步，眉頭一皺。「桃樹？」

「還有，糧鋪的東家也不做了，公公被遣了回來。」洛瑾覺得害怕。「二哥，是不是姓薛的回來了？」

「別瞎想，先回家看看。」莫恩庭往前走著，走得不快，像在思索什麼。

洛僅見狀，也不說話了，跟著莫恩庭回去。

第五十三章

晚上，一家人聚齊了，吃了頓沒滋沒味、各懷心事的晚飯。沒有一個人不覺得心疼，連小小年紀的莫大峪都不再鬧騰，安安靜靜的。

「今兒晚上，大郎和三郎都到果園裡看著。」莫振邦吩咐道：「白日裡，換我過去，我就不信，人在那裡，他們還敢胡來。」

兩個兒子應聲點頭，心裡也憋著一肚子氣。

「二郎，你還是安心唸書，別操心家裡的事。」莫振邦又道：「兩日後成親，到時候向縣學告一日假。」

莫恩庭沒說話。家裡現在這樣，他哪還有心思成親？只是不成親又對洛瑾不公平，覺得虧欠她，讓她受委屈。

「就這樣，你們都回去休息吧！」莫振邦覺得有些累，揉了揉額頭。「明日還有送酒的人過來，得招呼著。」

回了西廂房，莫恩庭拿起一本書，卻怎麼也看不下，一直盯著燈火。

「二哥。」洛瑾掀開簾子走進來。「要不，親事往後延吧！」

莫恩庭把洛瑾拉到身前，撫上她的髮。「妳不覺得委屈？明明都說好了。」

「我不委屈。」洛瑾道：「以前二哥為我做了很多，家裡也為我做了很多，這時候這麼多事，成親晚幾天也沒什麼。」

「傻丫頭，可是我覺得虧欠妳。」莫恩庭心疼洛瑾。「以前妳過得不好，總是患得患失，對什麼都防備，害怕失去。」

「以後二哥會越來越好的，我也不想一直膽小。」洛瑾說道。一直以來，都是他護著她，她什麼也沒為他做過，若依然怯懦，鐵定會拖累莫恩庭；她不要，她要他沒有後顧之憂，她想像姑姑那樣，做個懂事的妻子。

「洛瑾不是膽小。」莫恩庭把她攬進懷裡，輕輕捏著那隻柔若無骨的小手。「妳只是讓人心疼，明明無依無靠，卻還倔強地想離開，妳很勇敢。」

洛瑾環上莫恩庭的腰，臉埋在他的胸口上。這個人給了她從未有過的安心，只要被他抱著，煩惱、憂愁都會消失不見。

「二哥，我怕是姓薛的回來了，一定是他幹的。」洛瑾說出自己的擔憂。「除了他，家裡沒有別的仇家。」

「這些事，我來想辦法。」莫恩庭捏了捏洛瑾的鼻子。「給妳看一樣東西。」說完打開矮桌上的包袱，一片紅色布料露了出來，光彩奪目。

「嫁衣！」洛瑾歡喜，撫摸滑滑的料子。這是她心愛的男人給她的，是對她一生一世的承諾。「真好看！」

莫恩庭抖開嫁衣，往洛瑾身上比了比，小小的裡間被衣料映得發紅。「妳穿上，一定很好看。」

洛瑾接過去，手指描著上面的刺繡，嘴角不覺上揚。「繡得真好，比我繡得好看。」

「以後，妳繡的花不用再穿在別人身上，我要讓別人繡花給妳穿。」她跟著他苦過，所以，餘生他會好好待她。「不過，妳可以替我做衣裳。」

洛瑾聽了，目光戀戀不捨地從嫁衣上挪開。「我做得不好，還比不上嫂子做的。」

「誰說的？」莫恩庭道：「我媳婦做得最好。」

洛瑾覺得臉發燙，任那隻無賴的手攬著她，羞澀地伸出雙臂環上莫恩庭的脖子，卻一眼都不敢看他。

「委屈妳了，等這件事過去，咱們就成親。」她為了他推遲親事，這般懂事，讓莫恩庭欣慰不已。「二哥起誓，一輩子不負洛瑾。」

「公子！」小七忽然掀開簾子進裡間，看見抱在一起的人兒，忙放下簾子退出去。

郎情妾意，熨貼了彼此的心，他願意為她拚命，她亦願意為他靜靜等待。

洛瑾尷尬極了，慌忙推開莫恩庭，將鋪在炕上的嫁衣收好。

「洛瑾，妳等著，我現在就出去摳了那小子的眼珠！」莫恩庭對著門簾哼了一聲。

小七聽了，身子不由一抖。這段日子，他跟在莫恩庭身邊，怎會不知主子是什麼樣的人，外表一副謙謙君子的模樣，心卻比誰都黑。謝家那些少爺加起來，也不是主子的對手。

莫恩庭到了外間，冷冷道：「謝家就是這麼教你規矩的，可以直接闖進主子的屋子？」

小七忙道：「少爺，是家裡來了客人，老先生讓您過去呢！」他說得小心翼翼，可不認為莫恩庭那句摳眼珠子只是說說而已。
「燒火。」莫恩庭指著灶臺，吩咐完便出門。以後，就讓這小子專門替洛瑾燒水了。
來人是張屠夫，自從上次想將張月桃塞來莫家未果便沒再上門，這次卻大半夜跑來。
「姊，桃丫頭有沒有來過？」張屠夫滿臉焦急。「今兒晌午過後她就不見了，我把村裡翻了個遍，都沒找著。」
「不是在家裡看得好好的，怎麼就跑了呢？」張婆子也是頭疼。自家的事夠她煩了，這個姪女又來添亂。
「她娘也不知道怎麼了，說是午後睡著，醒了便不見桃丫頭的人影。」張屠夫嘆氣。
「讓大郎他們幫忙找找行嗎？」
自己親戚，當然要幫忙，莫振邦遂叫三個兒子過來想辦法。
「後山那邊找了沒有？」莫恩升故意說了一句。誰看不出來，張月桃定是跑去找薛予章那個混蛋，害得父母、兄弟擔心。
「找了。」張屠夫搖頭。「那大宅早已沒有人住，只留下看門的人。」
莫恩庭沈默不語。接二連三出事，根本不是巧合那麼簡單；至於張月桃，實在太傻，是自尋死路；又想起他的小媳婦，雖然心思簡單，但做事規矩，從不用怕她做出過分的事。
這下，莫家人沒辦法睡了，男人們全上山找張月桃，果園沒人看管，張婆子便去求村長，找個年輕人幫忙看著，再給些報酬。

等張婆子安排好回到家，只覺天昏地暗，頭疼得要命。

見兩個媳婦都在正屋等著她，也是一片孝心，但張婆子實在心煩，遂對趙寧娘道：「大郎媳婦，妳要照顧大峪，還帶著身子，先回去休息。」

趙寧娘應了聲，回老屋去，囑咐洛瑾好好照顧張婆子。

「婆婆，您要喝水嗎？」洛瑾小聲問了句。

「不喝了，頭疼得厲害。」張婆子咕噥著。

「我幫您揉揉吧！」洛瑾問道：「以前我幫祖母按過。」

張婆子抬了下眼皮。「好吧！」

洛瑾找了枕頭，讓張婆子躺下，手指在她頭上捏著。

張婆子問起兩日後成親的事，叮囑到時候要怎麼做，交代了新嫁娘不能開口、坐上炕就不能再動彈、得等男人挑了蓋頭才行等等的話。

「二哥說了，親事不急。」洛瑾回道。

「親戚那邊都說好了，怎麼能變卦呢？」被洛瑾按著，張婆子舒服許多。「家裡是事多，但真的延後，女人心裡都會覺得委屈。」

「不委屈。」洛瑾道。現在家裡這樣，她哪能再添亂。「我跟二哥說好了。」

「難得妳這麼想。」張婆子深吸了一口氣。「當初我是真不喜歡妳，邋裡邋遢，要死不活的，好像莫家配不上妳。」

洛瑾記得，當初來莫家時，張婆子總是對她冷言冷語，想來那副髒兮兮的樣子，在她挑剔的眼裡，十分惹人厭吧！

「以後不會了。」她要一心一意跟著莫恩庭，不管他去哪裡，是富貴還是貧窮，她都會陪著他。

「其實我早看出妳帶了福相。」或許是白日裡憋得太多，也或許是現在頭不再疼，張婆子的話也多了。「那張嘴長得像顆小元寶，盛滿福氣，就是太瘦了，怕不好生養。」

洛瑾手一顫，想起昨晚的荒唐，不知該說什麼好？

這時，張婆子傳出微微的鼾聲，洛瑾輕輕拉過被子幫她蓋上，吹熄了燈，走出正屋。

她回到西廂房時，小七燒的水早已涼透，洛瑾便走進裡間坐下，等莫恩庭回來。

一夜過去，莫恩庭沒有回來，其他人回來了，卻找不到張月桃。莫恩席和莫恩升來不及休息，拖著疲憊的身子，推著板車去鎮上。

小七進西廂房時看見洛瑾，說莫恩庭去了鎮上，叫他回來幫忙照顧家裡。

太陽出來了，今日又是個大熱天，莫振邦吃完早飯，就去果園看著。

趙寧娘和洛瑾在西廂房的炕上縫新被子，又提起張月桃的事。

「這個姑娘就是不懂事。」趙寧娘穿著線。「這是要把自己賠進去。」

「是姓薛的太壞了。」洛瑾道。張月桃是個鄉下姑娘，怎麼可能是那種紈袴少爺的對手，定是聽信了花言巧語。

「這件事，一個巴掌拍不響。」趙寧娘不這麼認為。「妳想，當初她為何往半斤粉的家裡跑那麼勤？後來我聽說了，是月桃先看上人家，拖著半斤粉想辦法。」

「半斤粉這種人怎麼能信。」洛瑾想起當日鳳英是如何夥同莫鐘綁走她跟素萍的。

「可不是，而且那些話都是半斤粉傳的，月桃是真傻。」趙寧娘搖頭。「現在可好，帶了個孽種，一輩子算是毀了。」如果張月桃不是有了不該有的心思，哪會落到這步田地？

兩個人幹活很快，沒一會兒工夫便縫好了兩床被子。

送酒的人來了，也是莫振邦為莫恩庭成親置辦的。張婆子給了銀子，看著院子裡的幾罈酒，嘆了口氣，覺得延後婚期有些對不住兩個孩子。

晚上，莫恩席和莫恩升去果園看守，莫振邦則到村民和親戚家走動，說莫恩庭的親事要推遲幾日。

張婆子病倒了，急火攻心，暈了一整天，早早便睡下了。

至於小七，他來到莫家後，原先洛瑾睡覺的床板成了他的，洛瑾被逼迫住進了裡間。

「妳怎麼一副不情願的樣子？明明什麼都做過了。」莫恩庭打趣道，果然瞧見那張雪白的臉飛上了紅暈。

洛瑾低著頭，爬到炕上，為莫恩庭收拾好矮桌上的書本，假裝沒聽見那些羞人的話。

「公子，有人找你。」經過前一次的事，小七學乖了，站在門簾外問道。

莫恩庭下炕，伸手掀開門簾，叫了聲。「九哥來了？」

進來的人竟是段九，洛瑾知道莫恩庭可能有事要跟他談，便道：「我去泡茶。」

段九吊兒郎當地看著洛瑾，毫不掩飾眼裡的驚豔。「有勞嫂子了。」

莫恩庭不喜歡別人盯著自己的妻子，但現在用得著眼前的人，遂放下門簾，將內外隔絕開來。

「二郎，你說你坑得我多慘。」段九跳到炕上坐著，拿起莫恩庭的書，翻了幾頁，又扔回矮桌上。「莫鐘被發配塞外，銀子收不回了，我又不能大老遠跑來耕種那塊地。」

聽著段九的牢騷，莫恩庭的表情不變。「九哥可以把地賣了，一樣能得到銀子，那塊地靠近河邊，澆水方便，應該有人要。」

「肯要的，也就你們村的人，別的村，誰會跑到這裡來？」段九用手臂撐著身子。「要是你，你買嗎？」

「九哥覺得可以，我家買來也行。」莫恩庭應道：「反正日後三郎成了親，總是要分家的，地多些，不是壞事。」

段九聽了，抬手指著莫恩庭。「我就說，當你的兄弟真好。」

「兄弟之間，應該的。」莫恩庭掛著儒雅的笑，仔細看，那笑卻是不達眼底。「那塊地，我出十兩銀子。」

段九笑了。「二郎，你忘了利息，讀書人怎麼就不會算帳？」

「利息呀！」莫恩庭伸指在腿上敲著。「讓讀書人仔細算算。」

這時，洛瑾泡好茶，送進裡間，放在矮桌上，斟滿茶碗。段九肆無忌憚地打量她，他本就是什麼都不怕的人，整個金水鎮，誰也不敢惹他。

段九的目光讓洛瑾很不自在，覺得十分厭惡。

「二十兩。」莫恩庭道了聲。

這下，段九不再看美人，有些不可思議地瞪向莫恩庭。「二十兩？」隨即拉下臉。「是不是有些少？」

洛瑾掀簾走出去，不再多聽兩人的交談。

夜深了，莫振邦回到家時，段九已離開了大石村，莫家終於靜下來。

洛瑾幫莫恩庭在炕南頭鋪好被褥，他躺下便睡了，想來是兩宿沒休息好，累了。洛瑾鬆開自己的頭髮，躺在炕北的褥子上。

夏日夜晚燠熱，所幸大石村靠著山，稍微涼快些，洛瑾放鬆身子，忽覺有隻手伸進她的身下，連忙躲開。

「我一直等著妳鑽我的被窩，妳卻不來，枉費我一番期待。」莫恩庭輕笑，摟住洛瑾，輕咬她的耳朵。「妳說，怎麼補償才好？」

「二哥，別這樣！」洛瑾壓低嗓子，生怕兩人的動靜傳到外間被小七聽見，只隔了一張布簾，還不是清清楚楚。

「不怕，我又不做什麼，只是抱抱妳。」莫恩庭是這麼說，但並不是這麼做，手纏上細細的腰肢，吻住了她。

糾纏了好一會兒，洛瑾推開眼前的臉，呼吸才順暢些。

「睡了。」莫恩庭的臂彎緊了緊，滿足地抱著自己的妻子，安心地合眼，沒一會兒，便傳來均勻的呼吸聲，兩日來不曾好好休息，他的確累極了。

黑暗裡，洛瑾伸出手指，描畫著莫恩庭的眉眼。他的每一處都長得那麼好看，像美玉雕刻而成，現在他睡了，她才敢這般大膽，若是醒著，只怕會羞死呢！

一夜過去，隔日清晨，莫恩席和莫恩升依舊拉著桃子去鎮上賣，這次莫恩庭和他們一起去。莫振邦惦記著桃園，吃過早飯，便帶著大黑狗去巡視。

新被子縫好了，趙寧娘過來陪洛瑾縫衣裳，順便看了那件大紅嫁衣，嘖嘖稱好著。

「其實推遲幾天也無妨。」趙寧娘安慰她。「畢竟之前訂日子時，的確倉促了些。」當時，兩人剛從州府回來，張婆子說服了莫振邦，想著快些把親事辦了，讓莫恩庭一心一意上學，不然一直拖著也不妥當。

「嫂子說得是，正好可以多些時日準備。」洛瑾回道：「月桃回來了沒有？」

「沒有消息。」趙寧娘低頭縫著手裡的衣服。「這個姑娘就是不懂事，從小吃穿不缺，比一般人家的女兒強了不知多少，偏要去攀高枝。」

洛瑾應了聲。張家那邊，現在恐怕不比莫家平靜多少。

至於張婆子，這幾天家裡沒人搗亂，休息後，精神好了些。家裡人知道她的脾氣，便不在她面前多提桃樹的事了。

第五十四章

這日，張屠夫忽然匆匆忙忙地跑來，表情萬分焦急。

兒子們都不在家，莫振邦從桃園裡回來，就見張婆子不停地勸張屠夫，知道他又是為了張月桃的事情而來。

「姊夫，這次你可真要救救桃丫頭啊！」張屠夫一個堂堂漢子，急得差點跪下。「讓二郎去換回她吧！」

莫振邦看著張屠夫，又看了看張婆子。「怎麼回事？好好說。」

張屠夫拿著一朵絹花。「這是今兒早上在門口看見的，還有一封信。」邊說邊從腰間掏出信，遞到莫振邦手裡。

莫振邦接過信拆開，越看眉頭皺得越深，最後雙眼簡直要噴出怒火，饒是他這種脾氣好的人都受不了了。

「這還有王法嗎？」莫振邦罵道：「拐走好好的姑娘，不放人也就罷了，竟還要挾她家的人！」

「都是桃丫頭的錯。」張屠夫也氣。「可我只有這麼個閨女，我不救她，她就死了。」

「所以就叫我的兒子與兒媳去換？」莫振邦氣得把信紙揉成一團。「他們都是孩子，不管是哪一個，我都不希望有事。」

「姊夫，我只是急糊塗了。」張屠夫忙賠不是。「我知道這人和二郎有些仇怨，讓二郎過去跟他說說，把桃丫頭帶回來好不好？」

莫振邦沈默不語。這事的確是衝著莫家而來，指使的人看來就是薛予章，最近莫家經歷的禍事，應該也是他所為。

「這事並不是那麼簡單。」莫振邦皺眉。「等大郎他們回來，再商議一下。」

於是，張屠夫便留在莫家等。要是帶不回女兒，他家婆娘又是上吊、又是跳井，把家裡鬧得雞飛狗跳。

晚上，三個兒子回來，知道這件事都很生氣，但薛予章躲在暗處，他們實在找不到人。

莫恩庭捏著那封信，看了幾遍。「我去瞧瞧。」

莫家人吃驚地看著他，莫恩升最先開口。「別去，他就是衝著你來的，去了是送死。」

「不怕，他並不急著動手。」莫恩庭把信扔在炕上。「不然他也不會送這封信來，他是想看著咱們自亂陣腳。」

「二郎，你想想辦法，把桃丫頭帶回來。」張屠夫忙擠上前。「你們從小一塊兒長大，她最聽你的話。」

「舅舅，您先回去，我會去看看的。」莫恩庭道：「只是表妹願不願意回來，就不是我能左右的了。」

張屠夫一愣。張月桃的確是偷跑出去的，怪不得莫家，他厚著臉皮過來，也是沒辦法了。

一會兒後，莫恩庭帶著信回到西廂房，洛瑾從他的手裡接過信，看了兩眼。

「如果不去，薛予章真會切月桃的手指頭？」洛瑾知道，以薛予章的心狠手辣，他幹得出來；但張月桃怎麼說也跟過他，還懷了他的骨肉，這人怎就這麼狠心？

「別擔心。」莫恩庭知道洛瑾自責。「妳看，咱們經歷了很多事，現在不是好好的嗎？這次也會的。」

「但是你去了，他不會放過你。」洛瑾拉住莫恩庭的手。他已是她的夫君，她不要他有事。「我們可以報官。」

莫恩庭笑了，摸了摸洛瑾的臉頰。「不報官，報了官便沒意思了。」嘴角笑著，卻露出一絲殘忍。

現在這麼亂，洛瑾知道自己幫不上忙，只能跟以前一樣，收拾好家裡，不給莫恩庭添亂。她決定做個懂事的妻子，就該相信他，像姑姑相信姑父一樣。

「我知道了。」洛瑾道了聲。「二哥，你不要有事。」

「當然不會，我還沒有成親，我不做虧本的事。」莫恩庭臉上看不出多少煩憂。「洛瑾那麼好，我也捨不得有事。」

他總是這樣，最後都要說上幾句沒皮沒臉的話，卻讓洛瑾放下了心，點了點頭。

信上約定的地方是鎮上花街最大的花樓，莫恩庭依照約定好的時辰過去。

晚上是花街最熱鬧的時候，來往的人絡繹不絕，亭臺樓閣，處處都有曼妙女子的身影，腰身扭得像風中柳枝，讓人覺得做作得很。

莫恩庭站在花樓門前，眼睛望向裡面，人聲嘈雜，正想抬腳進去時，一隻手臂攔下了他，擋住他的去路。

莫恩庭眼睛微瞇，打量攔住他的男人，身材高大，滿臉橫肉，一看就不是善類，輕輕問了一句。「何事？」

「還缺個女人。」男人並沒將看起來文弱的莫恩庭放在眼裡，把手中木盒遞過去。「我家主子說了，少一個，就送一份禮物給你。」

莫恩庭接下，這趟是見不到薛予章了，其實他早知今晚會白跑，薛予章只是想玩他自以為是的有趣遊戲。

莫恩庭轉身便走，不再理會男人。走遠後，他低頭打開木盒，裡面是截手指，上面套著銀戒指，一看便是張月桃的。事情如他想得一樣，薛予章無非是在玩弄他們，指上的血跡已經凝結，根本是早被切下來的。

「識人不清，落得這樣，怨得了誰？」對於張月桃，莫恩庭沒有憐憫之意，她是自作自受，竟想去攀一條毒蛇。

張屠夫領著自家婆娘到莫家等待，希望莫恩庭能夠帶回張月桃，不想卻等回一截指頭。張家婆娘當場暈了過去，眾人只好把這添亂的女人送去老屋。

莫恩庭回了西廂房，張屠夫吵得他不勝其煩，還不如回來守著安靜的媳婦。

「真切了月桃的手指？」洛瑾問道，覺得薛予章實在狠毒。「你沒被為難吧？」

「沒有。」莫恩庭坐到炕上。這次他可以確定，薛予章想讓莫家陷入驚慌，繼而毀掉莫家，他必須除去這個禍患。

「他不會殺了月桃吧？」洛瑾又問，不管張月桃做錯多少事，到底是一條人命。

「會。」莫恩庭答得斬釘截鐵。薛予章不在乎人命，不但會殺張月桃，莫家人也一個都不會放過。「別跟家裡人說這些。」

洛瑾應了聲，便要出門。「家裡幫你留了晚飯，我去端來。」

「洛瑾。」莫恩庭拉住她。「妳說，原先鐘哥押給段九的那塊地，值不值五十兩？」

洛瑾不明白莫恩庭為何突然問這個，搖了搖頭。「我不懂，不過二哥覺得值，那就值。」

「好。」莫恩庭點頭。「明日我就與他立契，明面買賣，白紙黑字，過後兩不相欠。」

「買地不都是這樣嗎？」洛瑾看著莫恩庭。眼下莫家的事這麼多，為什麼突然要買地呢？

如莫恩庭所言，隔日他與段九簽了契約，付清銀子後，地就是莫家的，白紙黑字，寫得清清楚楚。

寫完後，莫恩庭吩咐小七回縣城，找齊先生拿銀子。

晚上，張屠夫的婆娘過來了，又對張婆子一頓哭訴。這些日子，她過得並不好，雙眼布滿血絲，說著以前張月桃多聽話、多懂事。

張婆子心煩，無奈這弟妹就是不走，死活賴在莫家，好像是莫家綁了她閨女一樣，但夜深了，也只能留人住下。

幸好，莫恩升去了果園，張婆子便叫她過去睡，好讓自己的耳根清靜一下。

晚上，莫恩庭和莫恩升看著果園，趙寧娘身子有些不舒服，莫恩席便留在家裡。

夜深人靜，草叢裡的小蟲低聲鳴叫，山村陷入了沈睡。

張家婆娘並沒有睡下，待到莫家人全睡去，才悄悄出了東廂房，輕輕去敲西廂房的門。

洛瑾醒了，披著衣衫來開門，見張家婆娘站在門外，問道：「舅母，您有事？」

張家婆娘當即跪下。「二郎媳婦，妳救救桃丫頭吧，她是我的命呀！」

洛瑾伸手去扶她。「舅母快起來，您這是做什麼？」

張家婆娘流著眼淚。「現在只有妳能救她，妳就幫幫舅母吧！」

洛瑾聽了，心裡不太舒服。那不就是要她自投羅網，去找姓薛的混蛋？張月桃是人，難道她不是？在張家婆娘眼裡，是不是她到了薛予章手裡，他就會善待她？

「我知道自己自私。」張家婆娘見洛瑾不說話，又道：「但薛少爺先前看上妳，想來不會傷害妳的。」

洛瑾還是沒說話，不知是不是山裡的夜晚涼，竟讓她覺得有些發冷。以前她傻過，可是現在不會了，她不會用自己去換張月桃，她要和莫恩庭站在一起。

「我不知道桃丫頭是死是活，沒了她，我也不想活了！」張家婆娘壓低聲音哭泣，在寂靜的夜裡，聽起來有些恐怖。

「舅母，您還是回去休息吧！」洛瑾勸道：「這件事需要家裡人一起商議，我實在做不了什麼。」

「妳的心腸怎麼這麼狠？」張家婆娘咬牙切齒。「要不是妳不檢點，引來薛予章，他會搭上我家月桃？妳可好，自己沒事，就想看著我家家破人亡？」

洛瑾不明白張家婆娘怎麼會這麼說她，難道不是張月桃找上薛予章的，為什麼事事都要往她身上推，她何曾主動招惹過薛予章？

張家人實在有些沒道理，現在莫家的事情已經夠多，還日日過來添亂，又不是莫家人把張月桃綁去薛予章那裡的。

「我明早還要起來做飯，舅母請回吧！」洛瑾有些生氣，礙於張家婆娘是長輩，不能發怒，說完便直接關上了門。

翌日，莫家還和往常一樣，該做什麼就做什麼，家裡有難事，但日子還是要過下去。

莫恩庭去了縣學，洛瑾沒把昨晚張家婆娘找她的事告訴他，怕他在學堂還記掛她，打算晚上他回來再說。

張家婆娘依舊纏著張婆子哭哭啼啼，好像張月桃是因為莫家丟的一樣，時不時提兩句洛瑾的不是，說那女子就是禍端，留在家裡遲早出事，該趁早趕出去。

張婆子不勝其煩，剛剛好些的身子又開始發暈。「妳在這裡哭就有用了？我家三個兒子，哪個沒幫妳出去找月桃，二郎也去換人了，是人家不露面。」

「姊呀，丟的不是妳的孩子，妳怎能體會我心中的苦？」張家婆娘不高興了。「若非妳家惹了薛少爺，哪會連累我家？」

這話沒道理，張婆子不愛聽，臉色不好看了。「說到底，還不是月桃想跑出去，又沒有人拿刀架著她的脖子！整日作著嫁進大戶的美夢，不清楚自己幾斤幾兩嗎？」

張家婆娘聽了，不敢哭了。張婆子說到她的痛處，的確是張月桃不爭氣，才造了孽。

張婆子覺得待在家裡實在不清閒，不再理會張家婆娘，走出正屋，去看自家菜地了。

近晌午時，莫恩庭回來了，手裡抱著幾本書。

平常都是晚上才到家，今日卻這麼早，洛瑾以為莫恩庭是擔心家裡的事，向縣學告了假，便上前接過他的書。

「二哥，怎麼這麼早回來？」

「戶籍出了點問題。」莫恩庭淡淡說了聲，走到盆邊洗手。

洛瑾一驚。現在連莫恩庭也出事了，薛予章是真的想搞垮莫家？

莫恩庭用手巾擦乾手，湊到洛瑾面前。「怎麼了，不好嗎？這幾日，我可以多陪妳。」

「以後，你是不是就不能去縣學了？」洛瑾問道，想到州府謝家。「你要回謝家嗎？」

「不回去，等過兩日查清楚，我就可以回縣學了。」莫恩庭說得輕鬆。

洛瑾擔憂著，想了想，把書放好，說起昨晚的事。

莫恩庭聽後，臉色一變。「舅母說，讓妳去換月桃？」

洛瑾點頭。「應該是這個意思，可是，就算我去了，月桃也不一定會被放回來呀！」

「沒錯。」莫恩庭讚賞地捏了捏她的下巴。「月桃不可能回來，放了人，他怎麼玩？」

「那怎麼辦？」洛瑾覺得這種日子過得提心弔膽，但莫恩庭好像不著急，坐到炕上，和往常一樣看著書。

晚上，小七回來，把銀票交予莫恩庭，說是齊先生給的買地銀子。

莫恩庭接過，拉著洛瑾出西廂房，去了正屋。

另一邊，張家婆娘一直賴在莫家，不管張婆子如何勸說，就是不走，說是女兒不回來，她便一直等，似乎是逼著莫家的人去換張月桃。

「舅母，我們去。」莫恩庭揚聲道，牽洛瑾進了正屋，面無表情地看著張家婆娘。

「真的？」張家婆娘喜道。

莫恩庭點頭。「只是，我們去了，到時月桃回來時是什麼樣子，我們可不敢保證。」

張家婆娘才不管，知道莫恩庭願意去換張月桃回來，似吃了定心丸，便回張家等消息。

消息來得也快，當天晚上，張屠夫趕到莫家時，手裡拿著一封信，說是在自家門口撿到的，上面寫了要莫恩庭跟洛瑾去的地方與約定的時辰。

第五十五章

翌日，雲層厚厚的，天氣有些悶，多走幾步，就會出一身汗。

「怕不怕？」莫恩庭為洛瑾整了整衣領，輕聲問道。

洛瑾搖頭，她膽子很小，但跟在莫恩庭身邊，就不覺得害怕。

「有些事情處理乾淨，日子才會過得安心。」莫恩庭笑著捏了捏洛瑾有些僵的臉蛋。說不害怕，還緊張成這樣？

村口停著一輛尋常馬車，趕車的是個彪形大漢，正是上次莫恩庭在花街見到的人。

見莫恩庭和洛瑾走過來，大漢用馬鞭敲著車壁。「上車吧！」

莫恩庭扶著洛瑾上車，然後在她身旁坐下，握住她的手。

馬車在顛簸不平的路上駛著，洛瑾有些不安，微掀車簾看出去，離大石村已經越來越遠。

「二哥，會去哪裡？」洛瑾問道。

「不知道。」莫恩庭輕輕搖頭。「回來後，咱們就成親。」

洛瑾應了聲。

馬車往城裡方向趕著，大半天後，卻越駛越偏，路更加不好走。

「戴上！」大漢從車外扔進兩塊黑布。

莫恩庭拾起來，照他的話做，對洛瑾說：「妳的眼睛好看，實在不該藏起來，可惜。」

洛瑾摸著臉上的黑布，眼前一片黑暗，知道很快就要到地方了，心跳得厲害。

又駛了一段路，馬車停下，兩人被拖了出來，由於蒙著眼睛，根本不知身處何地，只能被人拉扯著前行，但莫恩庭一直握著洛瑾的手，一刻都沒有鬆開過。

天氣依舊悶熱，沒有一絲風，旁邊樹上蟬鳴聒噪，叫得聲嘶力竭。

「到了。」大漢用粗嗓門喊道。

莫恩庭和洛瑾停下腳步，有人揭去他們臉上的黑布，他們才看清了身處何地。

這裡是一座破舊的廟宇，荒廢已久，蛛網密布，窗扇早已不知去向，四周的牆年久失修，搖搖欲墜，一股陰潮味縈繞在鼻間。

坐在正中間的人，一身華貴，好看的臉陰冷無比，眼睛低垂，手一下一下地摸著蹲在一旁的大狗，廟裡還有四個男人，面相可怖，身形魁梧，看起來就不像良善之輩。

真的是薛予章！洛瑾往莫恩庭身邊靠了靠。

「好久不見。」薛予章抬頭，看向躲避的洛瑾，聲音沒了以前的清脆，像是氣力用盡，嘶啞難聽。

原來，當日那一簪沒扎死薛予章，卻毀了他的嗓子。洛瑾緊緊握著莫恩庭的手，手心裡全是汗。

「煩勞貴人一直惦記，我和內子很好。」莫恩庭接話。「不日就要成親，薛少爺不過來喝幾杯？」

薛予章抬起脖子，上面繫著一條絲巾，張開嘴笑著，發出奇怪的啊啊聲。「成親？你們能活到那時候嗎？」

「你對莫家做的一切，無非就是想逼我們過來。」莫恩庭盯著他。「現在，我們來了。」

「我這人有仇必報。」薛予章摸了摸自己的脖子，嘴角惡毒地抽了下。「誰也跑不掉。」

「要是我沒說錯，就算我們來了，你還是不會放過莫家。」莫恩庭並不慌張，像和一個舊識聊天般。

薛予章讚賞地點頭一笑，微微回頭，對後面招手，一個大漢走過去彎腰聽他的吩咐，聽完便朝洛瑾走去。

大漢走了過去，將洛瑾從莫恩庭身邊扯開，拉到一旁。

「二哥！」洛瑾喊著，她不想離開他，捶打著拉她的粗壯手臂。

「洛瑾，記著在馬車上二哥跟妳說的話。」莫恩庭嘴角浮出一絲笑，他答應跟她成親，絕不食言。

緊接著，他被另一個男人推到離薛予章幾步遠的地方。

啪啪！薛予章拍了拍手，站起身，用難聽的嗓音道：「真是郎情妾意，讓人羨慕。」盯著莫恩庭。「要是讓她親眼看你慘死，會怎麼樣？」

「不要！」洛瑾喊道，這是她聲音最大的一次。「是我傷了你，你放了二哥。」

薛予章聽了，轉頭對洛瑾笑著，像以前一樣。「洛瑾，我一片情意竟被妳踩進泥裡，妳太傷我的心了。」蹲下身子，摸著大狗。「還是畜生好哇！」

「薛予章，州府薛家的小兒子。」莫恩庭對洛瑾輕輕搖頭，示意她不要慌亂，轉而看著蹲在地上的人。「在州府裡鬧出人命，跑來金水鎮避禍。」

薛予章惡狠狠地看著莫恩庭。「對，所以我不介意再揹上兩條命。」邊說邊怪笑著。「再說，有誰會知道你們怎麼死的？就算知道，也不能證明是我做的。」

「薛家身為商戶，卻勾結朝中官員，販賣私鹽，當是死罪。」莫恩庭回謝家時，也查明了薛予章的底細。當街打死人還能逃脫，繼而去金水鎮躲避，一個商戶自然做不到，證明薛家背後有靠山。

薛予章抓著大狗的脖子。「查得倒是清楚，可是有用嗎？你還是落到我手裡了。」拍了拍雙手，看著洛瑾。「要不，我先從你的小媳婦開始下手，再把你們全家除掉。」

薛予章一步步走近，洛瑾實在掙不開身旁的大漢，急道：「你走開！」

「嘖嘖嘖！」薛予章搖著頭。「本以為妳是個可人兒，不想竟是一條毒蛇，妳說，拿妳來泡酒可好？」

洛瑾聽了，目光落在破廟角落，那裡有口大水缸。難道裡面裝的是酒？

「啊啊！」薛予章發出奇怪的笑聲。「這才是真正的女兒紅呀！等妳醉了，我就把妳賞給他們，讓妳的二哥看著，好不好？」指著廟裡的男人們。

男人們一聽，看向洛瑾的眼神變得飢渴。這種嬌滴滴的美人，最後不就是被他們活活折騰死嗎？

「你是個混蛋！」洛瑾罵著，揮舞手臂，想推開走近的薛予章。

「把她扔進去。」薛予章對洛瑾一笑。「衣服礙事，我幫妳除去。」

「你敢！」莫恩庭從後面抓住薛予章的手臂，眼裡帶著濃濃殺氣。「沒人可以動她！」

薛予章皺眉，不悅地盯著莫恩庭的手。「鬆開！」

莫恩庭不理會他，在身後的大漢撲上來前，抬腳把薛予章踹出老遠。

薛予章重重地摔在地上，沾了一身灰土，摀著肚子，扭曲了臉，指向莫恩庭，想用口哨喚狗，但嗓子壞了，口哨的音調變了，狗兒沒有過來。

「打死他！」薛予章癲狂地睜大雙眼。「誰先打死他，本少爺重重有賞！」

這下，四個亡命之徒再也不管嬌滴滴的美人，紛紛摩拳擦掌，全朝莫恩庭聚過去。在他們眼裡，這種文弱書生，幾拳下去就沒命了。

洛瑾跑到莫恩庭身邊，緊緊抱住他，那隻手像以前一樣，纏上了她的腰。

「想殺我？」莫恩庭冷笑。「薛予章，你是不是太低估我，還是太高估自己？」

不待那些惡漢動手，廟裡忽然跑進來一群官差，將整座廟圍得嚴嚴實實。

剛剛站起來的薛予章有些錯愕，大狗走到他腳邊，對一群有敵意的人齜著牙，嘴裡嗚嗚出聲。

方才還面露殺氣的亡命之徒，登時慌張起來。他們本就是身上揹著案子的人，這種情況，哪會坐以待斃，紛紛對官差動起拳腳，想殺出一條血路，管不了莫恩庭。廟裡頓時亂成一團，打鬥聲四起，塵土飛揚。

莫恩庭拉著洛瑾，退到角落。「妳跑過來做什麼？」

「我怕他們打你。」洛瑾顫著聲音。「我做錯了？」

「不是。」莫恩庭擋在她面前。「我能應付，以後別這麼傻。」

縱使惡徒身手不錯，腿腳狠辣，可架不住官差人多，又有兵器在手，很快便落了下風。

「妳去後面躲著，在這裡會傷到妳。」莫恩庭撿起一根棍子。有些情景，還是別讓洛瑾看見得好。「等會兒我去找妳。」

洛瑾點頭，從廟堂的小側門跑了出去。

破廟後面是個廢棄院子，雜草叢生，地上全是破磚爛瓦。

洛瑾想尋個地方躲起來，等著莫恩庭，忽然腳下一絆，好不容易穩住了身子，發現套著她的是個鐵環，遂蹲下身子，發現那鐵環連接著一扇鐵門，拉扯一下，竟出現了洞口，像是莫家正屋的地窖。

洛瑾趴在洞口，往裡面看了看，雖然有點黑，但可以藏在這裡。她爬下洞口，但地洞遠比她想像得深，腳下一滑，跌了進去。

潮濕的氣味鑽進鼻子，洛瑾抬手摀住鼻子，慢慢爬起來，隱約看清楚這個地洞。

原來裡面遠比想像中要大，能看見路延伸出去；同時發現，洞口離她站的地方太高，已經搆不著那扇小鐵門，心裡埋怨自己笨，被關在這裡，莫恩庭怎能找到她？

忽然間，女子的抽泣聲傳來，嚇得洛瑾打了個冷顫，對黑漆漆的地洞問了聲。「誰？」沒有人回應，抽泣聲依舊斷斷續續，洛瑾只好壯起膽子，慢慢朝聲音靠近。她也害怕，但現在想出去也出不去。

前面有一絲光亮，是從縫隙照下來的，有個女子瑟縮著身子，發出低微的嗚咽，剛才洛瑾聽到的哭泣聲，就是從這裡傳過去的。

洛瑾輕輕往前走了兩步，女子抬頭看向她，亂髮遮住了臉，身上衣裳已經看不出原來的樣子，愣在那裡，停止哭泣，一動不動。

「妳是誰？」洛瑾試著往前兩步。關在這裡的人，莫非是張月桃？

「妳走！」女子大喊。「我不想看見妳！為什麼妳老是陰魂不散地跟著我?!」

洛瑾站在原地，叫了聲。「月桃？」聽見聲音，確定那女子就是張月桃。

「妳就是個狐狸精！」張月桃咒罵著，將幾日來受的氣統統發到洛瑾身上。「沒有妳，誰會跟我搶表哥？妳這個賤蹄子，買來的女奴，就是妳迷惑了他們！」

等張月桃罵得喘不上氣，洛瑾才開口。「妳自己的錯，為什麼要推到我身上？」

「就是妳！」張月桃還沒罵完，扶著洞壁站起來，一步步朝洛瑾走去。「要不是妳，薛郎怎會這般對我？他竟然不認我肚裡的孩子，說我低賤。」聲音痛苦地顫抖著，夾雜著委屈與不甘。

張月桃走近，洛瑾才發現她身上凝結的血跡，以及她臉上的猙獰，像是從地獄裡爬出來的惡鬼。

「就是因為妳，妳傷了他，害他連我都厭惡！」張月桃控訴洛瑾的種種不是，完全沒了剛才哭泣時的無助，眼裡全是恨。

「不是我的錯。」洛瑾回道。她或許連累過莫家，但她真的不欠張月桃，甚至還勸過張月桃遠離薛予章。「落到今天的地步，全是妳自己造成的。」

「胡說！」張月桃吼道：「沒有妳，我一切都好好的，自從妳來了，什麼都變了！」

「是妳所託非人，識人不清，為何怪到我頭上？」洛瑾生氣了，就因為她性子軟，所以什麼罪名都往她頭上扣！

「老天爺有眼，今天讓妳落到我手裡。」張月桃嘴角浮現一抹詭異的笑容。「現在我就掐死妳，沒了妳，他們都會對我好的。」

「妳瘋了！」洛瑾看著撲過來的張月桃，眼中的恨意想置她於死地。

她不想死，她要和莫恩庭白頭偕老，要為他生兒育女，他說過，會帶她賞盡世間風景。

洛瑾再也顧不了別的，快走兩步，伸出手臂推張月桃。張月桃本就體虛，躲避不及，當即倒在地上。

張月桃恨恨地盯著洛瑾。「妳敢打我？」

「我敢！」洛瑾道：「我沒有錯，是妳錯了。」

「我錯了？」張月桃坐在地上狂笑，笑得眼淚都流出來了。

洛瑾看著瘋癲的張月桃，有些心慌。好好的一個人，怎麼就成了這樣？

不知過了多久，一直狂笑的張月桃沒了氣力，再次抱著雙腿哭泣。

刺耳的聲音忽然響起，洛瑾渾身一顫，聽見有人跳進洞裡，腳步聲往這邊走來。

知道這個洞口的，肯定是薛予章。

洛瑾抓起地上的石頭，緊貼著石壁，不敢出聲。聽著越來越近的腳步聲，見人影投在地上，用盡力氣衝出去，朝著來人就砸。

一隻手輕易攥住她，在黑暗裡傳出笑聲。「想謀殺親夫？」

洛瑾站著，眼淚止不住地流出來。「二哥！」撲到莫恩庭身上，大哭出聲。

「媳婦，妳哭可以，但別把鼻涕往我身上抹呀！」莫恩庭摸著洛瑾的腦袋，愛憐道：「讓妳受驚了，一切都過去了。」

「什麼？」洛瑾帶著濃濃的鼻音。「薛予章被抓起來了？」

「傻瓜，二哥帶妳回家成親。」莫恩庭用指腹拭去洛瑾眼角的淚。「別哭了。」

張月桃聞聲，抬頭看去，暈沈的腦子恨極了，為什麼她得不到的，那個女人都能得到？她扶著洞壁站起來，不願意看見洛瑾得意。

正在擦眼淚的洛瑾，忽地被莫恩庭一把拉到身後，驚訝地看見張月桃面目猙獰地撲過來，手裡還舉著一塊石頭。

莫恩庭抬起腳，把張月桃踢飛出去，而那塊石頭卻落在他的肩頭上。

「張月桃，妳想死，我就成全妳！」莫恩庭看了看自己的肩膀，若非他眼疾手快，那塊石頭早已砸在洛瑾頭上。

「你們都向著她！」張月桃搗著肚子，像隻蝦一樣趴在那裡，另一隻手指著洛瑾。「我要殺了她！」

莫恩庭冷笑一聲。「殺她？就憑妳？」邊說邊撿起地上的石頭，一步步朝張月桃走去，任何傷害洛瑾的人，他都不會放過，以後手上必定白骨累累。

「二哥！」洛瑾拉住莫恩庭，以後他要走仕途，豈能沾上人命。「她夠慘了，肚裡還有孩子。」

張月桃聽見，愣住了。「孩子？我的孩子呢？」她坐起來，摸著自己的肚子。「沒了！你爹不要你，他不相信你是他的孩子。」

聽到這裡，莫恩庭才發現張月桃有些不對勁，剛才情急之下，他踢了她一腳，可是她卻沒什麼反應，現在看來，應該是薛予章提前處置了張月桃的孩子。

「我帶妳回家。」莫恩庭丟掉石頭，拉起洛瑾的手，不再去管瘋瘋癲癲的張月桃。

「薛予章呢？」洛瑾問道：「萬一他還是不放過咱們呢？」

「誰要他放過？」莫恩庭哼笑。「與其去求別人，倒不如自己掙，任何時候，還是相信自己得好。」

「靠自己？」洛瑾搖頭，越聽越糊塗。

莫恩庭沒解釋，帶著她走向洞口。

第五十六章

兩人走到洞口時，有隻手伸了下來，準備拉人。

「二嫂，把手給我，我拉妳上來。」是莫恩升的聲音。

「滾開，我自己來。」莫恩庭拍掉那隻手，蹲下身子，把洛瑾扛在肩上，托了上去。重新到了地上，洛瑾才看清眼前的景象。薛予章被綁著扔在一旁，俊俏臉上滿是傷痕，嘴角掛著血跡，有一塊破布把他的嘴堵得嚴嚴實實。

而且，除了莫恩升，莫恩席也在這裡，還有小七。

「小七，這是怎麼回事？」洛瑾不解。

現在小七學乖了，知道自己不該亂說話，看了看從洞裡爬上來的莫恩庭，道：「姑娘，妳還是親自問公子吧！」

有人下去將張月桃拉了出來，她卻大喊大叫地不肯走，說自己的孩子還在洞裡，對來人又打又抓。

「這位公子，委屈你了。」小七拔出薛予章嘴裡的破布，臉上是欠打的笑。「你就去洞裡享受一下，我家公子吩咐過，說你是個講究的人，所以小的特地準備了您喜歡的東西。」

「你們敢?!」薛予章瞪著血紅的雙眼，沒奈何雙手被縛，無力反抗。「莫恩庭，你到底是誰！」

「不敢～～」小七拖著長腔，手下動作不停，把薛予章扔進了洞裡。「誰叫你得罪了我家公子呢！他是誰，輪得到你來問？」他有些同情這傢伙，竟敢跟莫恩庭作對，這不是找死嗎？

莫恩庭站在洞口，看著洞裡面的薛予章，嘴角一抿，用眼神示意小七，小七將一個布袋拖到洞口，打開後，把一個東西倒進去。

「薛公子，我家公子想得可周到了。」小七將麻袋往旁邊一丟。「小小心意不成敬意，還請你笑納。」

洞裡傳出狗叫聲，緊接著是薛予章的慘叫，讓人毛骨悚然。

洛瑾看得真切，布袋裡是一條狗，還是毛都沒了的病狗，身上立時起了一層雞皮疙瘩，望著朝她走來的莫恩庭，覺得他跟以前不太一樣了。

「怎麼了？」莫恩庭拉住洛瑾的手。「薛予章喜歡狗，我就找了一隻去陪他。」

洛瑾一愣。哪是他說得那樣，被那病狗咬了，人還能活幾天？

「沒事，我們回去。」莫恩庭道。自己的媳婦實在不該看到這些，萬一覺得他心狠手辣，不願意親近他怎麼辦？

另一邊，官差抓住了兩個薛予章找來的亡命之徒，其餘的都死了，領頭的人見莫恩庭出來，上前道：「公子，我們要回去交差了，剛才被您帶走的人？」

莫恩庭整了整自己的袖子。「麻煩各位等上一個時辰，到時候我自會把人交出來。」

那人想了想，點頭應下。「薛予章罪大惡極，在州府就揹著人命，又來金水鎮搶掠良家婦女，現在還想殺人行凶，回去定會重判。」

「重判？」莫恩庭嘴唇微翹。他並不想薛予章被重判，想讓他直接慘死，遂低聲吩咐了齊先生幾句，便帶著洛瑾離開。

兩人出了破廟，陰鬱天空透出一絲陽光，依舊是熱浪翻滾。

上了路旁齊先生安排的車，莫恩庭捲起馬車的竹簾，讓裡面不至於太悶熱。

馬車緩緩前行，離破廟越來越遠，洛瑾看著進進出出的人，問道：「二哥，月桃怎麼辦？不帶她回去？」

「帶什麼？能救她一命已經不錯，還送她回去，她是誰呀？」莫恩庭盤腿坐著，讓洛瑾靠著他。「洛瑾，妳真的不出汗啊！」

洛瑾看著兩人握在一起的手。「可是，方才手心裡全是汗。」

莫恩庭的臉湊近她，小聲道：「其實那是我的汗，我也怕，怕妳有個萬一。」將食指放在唇邊噓了聲。「妳不要告訴別人。」

又開始不正經了。洛瑾心裡還有很多不明白，便開口問道：「今日到底怎麼回事，為什麼官差會來？你不是說過不報官嗎？」

「不是不報，是不能早報，要讓薛予章以為咱們走投無路，自己送上門來。」莫恩庭解釋著。「要是直接去找他，他會像上次一樣不露面。

「這次調動官差，是用了謝家的名號。謝家是名門望族，地方上的官員慣會見風使舵，自然懂得怎麼做，這事做得好，說不定就會得到上面的賞識，繼而高升。」

「以後二哥還要考試，這樣不會惹上麻煩嗎？」洛瑾又問。

「無礙，一樣的道理，若我高中，自會記得他們今日相助之事。」莫恩庭摸了摸洛瑾的腦袋。「不要擔心了，沒事的。」

「所以大哥、三郎和小七才跟官差一起來？」聽莫恩庭的意思，應該是這邊的地方官想巴結謝家吧！

「上陣親兄弟。」莫恩庭感慨道：「我很幸運，今生得了這兩個兄弟，他們早早便藏在破廟附近，天氣還這麼熱。」

「所以，戶籍的事是假的？做給薛予章看的嗎？」洛瑾問道：「怎麼知道他躲在破廟？」

「我不知道，但有人會查到。」事到如今，莫恩庭也鬆了口氣。「段九在金水鎮橫行一方，那些暗地的人或事，他一定能得到消息，只要有那些逃犯的行蹤，就能找到薛予章。」

早在花街時，段九就暗中盯上與莫恩庭見面的大漢，他在市井混，查個人的行蹤不難。

「段九是個地痞，日後萬一被他纏上……」洛瑾擔心，日後莫恩庭走上仕途，段九是否會將此事當成莫恩庭的把柄？

「我向他買了塊地，已經付清銀子，還有白紙黑字的契約，他憑什麼纏上我？」莫恩庭對洛瑾眨了眨眼睛。「要纏，也希望洛瑾纏著我呀！」

「謝家知道了怎麼辦？」洛瑾總覺得有無盡的擔憂。齊先生是謝敬派到莫恩庭身邊的人，這次又是銀子，又是調動官差，萬一他告訴謝家，那邊肯定會干預。

「知道也無妨。」莫恩庭拍了拍洛瑾的手。以後這種事，只會多，不會少。「齊先生是個聰明人，曉得以後會跟著誰，做事有分寸。」

「薛家會不會來找麻煩？」洛瑾追問：「你說他家後面有撐腰的人，而且，小七還放了一隻病狗進洞裡。」

「巴不得他家來找麻煩，那樣的話，無須咱們動手，他們身後之人就會先除掉他們。」至於洛瑾問的第二句，莫恩庭猶豫著，怕她覺得自己心狠手辣，遂輕描淡寫地說：「是隻病狗，若是薛予章被咬，沒有醫治，就會得神志不清的怪病，活不了多久。」

事情有些複雜，洛瑾大概理清楚了，反正現在莫家沒事了，這是最好的。她偷偷看了莫恩庭一眼。他說過，這次回去就成親的。

兩人回到大石村時，張婆子坐在門口張望著，姜鶯蘭站在旁邊陪她。一向喜歡嘮叨的張婆子，今天還沒說過幾句話，瞧見走近的熟悉身影，才鬆了口氣。

「我家月桃呢？」張家婆娘看著回來的只有莫恩庭和洛瑾，忙問道。

「在後面。」莫恩庭沒理會張家的人，拉著洛瑾，到莫振邦夫婦面前跪下。「爹、娘，讓你們擔心，現在沒事了。」

「老天保佑。」張婆子拭了拭眼角。「一身灰土，快進屋洗洗吧！我下麵給你們吃。」

洛瑾站起來，跟著張婆子去，想幫她的忙，她發現，張婆子的手一直在抖。

「二嫂，我幫忙大娘就行，妳回去換件衣裳。」姜鶯蘭對洛瑾笑著，眼睛不時瞟向門口，她等的人還沒有回來。

洛瑾看著自己的衣衫，應了聲，看莫恩庭正與莫振邦說話，便回西廂房燒水了。

一個時辰後，天黑了，莫恩席與莫恩升才到家，後面的驢子馱著張月桃，張月桃身上披了件斗篷，加上夜色掩飾，沒人會發現她有多狼狽。

「妳這丫頭，這是怎麼了！」張家婆娘抱著張月桃，哭得上氣不接下氣。

「妳閃開，我打死她！」張屠夫捋起袖子，找了根棍子，朝張月桃走去。

「那你乾脆連我也打死算了！」張家婆娘攔在張月桃身前。

院子裡亂起來，張月桃的尖叫、張家婆娘的哭喊、張屠夫的罵聲，吵得左鄰右舍全走出了家門。

「你敢打！」張月桃披散著頭髮，指著張屠夫。「我讓薛郎滅你全家！」

張家婆娘一愣，站在原地，看著瘋癲的女兒。

張月桃罵完，低頭找著，看見洛瑾平日裡切豬草的刀，彎腰拾了起來。「你們都想殺我和薛郎，我要砍死你們！」說完，揮舞著刀子，見人就砍。

一時間，一群人圍著張月桃，不知如何是好？現在她瘋得六親不認了，硬上的話，又怕傷到她。

姜鶯蘭膽大，找了根竹竿，對張月桃的手臂揮下，結果張月桃轉身躲掉了，發瘋地朝姜鶯蘭衝去，不管不顧地舉刀亂砍。

莫恩升趕緊護著姜鶯蘭，蹲下身，伸腿一掃，將張月桃絆倒在地，一群人才上前奪走她手中的刀。

「妳不會躲遠點啊！」莫恩升對姜鶯蘭大吼。「不要命了？」

姜鶯蘭被吼得一怔，手上還握著竹竿，卻對莫恩升笑了，笑得停不下來。

莫恩升皺眉，奪過姜鶯蘭手裡的竹竿。「要是刀砍在妳身上，我看妳笑不笑得出來？」

姜鶯蘭還是笑著，聽著莫恩升對她的數落，覺得開心。原來他心裡在乎她。

莫恩升見狀，話堵在嗓子裡出不來了，咳了聲。「傻乎乎的。」轉身去幫忙。

張月桃一直咒罵不停，眾人只好找繩子將她綁起來；但她抓不住人，就用嘴咬，大家沒了辦法，莫恩席急忙去請王伯，給張月桃灌了碗湯藥才讓她安靜下來。

一會兒後，洛瑾和姜鶯蘭下好麵條，端上飯桌。張婆子說，誰有空就先吃。

洛瑾覺得姜鶯蘭有些奇怪，一直低著頭笑，問道：「這麼晚，家裡人會不會擔心？」

「我等會兒就回去。」姜鶯蘭應了聲。「知道二嫂要成親，來問問當天酒席要什麼樣的魚，到時候我捎來。」

「這個，我也不懂。」洛瑾覺得自己和姜鶯蘭相比，知道得太少，以前在家裡學到的東西，在莫家一點用都沒有。

「我問了大娘，她跟我說了。」姜鶯蘭臉蛋紅通通的，眼睛不時瞟向莫恩升，想了想，朝著莫恩升走去。

「莫恩升，送我回家！」

「我還有事。」莫恩升見家人們都看著他，忙開口拒絕。

「這麼晚了，你讓一個姑娘家自己回去？」莫恩庭在一旁道：「人家父母會擔心的。」

莫恩升看了看姜鶯蘭。「那妳吃點麵，咱們就走。」

姜鶯蘭笑著點頭，應了聲。

莫恩升送姜鶯蘭回去後，一直鬧騰到後半宿，張家夫妻才帶著張月桃回家。

夜深了，莫家人各自回屋歇息。

西廂房裡，莫恩庭突然笑了一聲。「洛瑾，妳說，今晚三郎能不能回家？」

「不回家，去哪兒？」洛瑾想了想，臉上一紅。莫恩庭是不是以為人人都像他？

「現在我不怕了，他跑不到我前頭。」莫恩庭攬過洛瑾，靠在她耳邊輕聲道：「我現在要去果園，妳要不要跟著？」

「我不去。」洛瑾覺得耳朵發燙，把臉靠上莫恩庭的肩頭。

「唉，可憐我今夜要孤枕難眠。」莫恩庭長嘆一聲，不屈不撓地纏著她。「跟我去吧！」

「你怎麼老是這樣。」洛瑾低聲道，聲音軟軟的，帶著鼻音，像在撒嬌。「明早我還要起來做飯。」

「那行，我們馬上成親。」莫恩庭彎腰將洛瑾打橫抱起，摟住她軟軟的身子，輕輕地放在炕沿上。

懷裡柔若無骨的人兒，此刻面頰緋紅，羞澀的目光閃爍，好看的唇像蜜糖一般誘人。莫恩庭低頭俘獲那柔軟，輕輕輾磨舔舐，心裡衝動著，想把她吃下肚。

燭火搖曳，牆上的影子重疊在一起，分不清誰是誰的，難捨難分。

院子裡有聲音，是莫恩升回來了，洛瑾忙推開莫恩庭，不敢抬起頭。

「怕什麼？」莫恩庭覺得好笑，挑起洛瑾的下巴。「這是我們屋裡，三郎還能進來不成？」

「二哥！」莫恩升敲門叫道：「你還沒睡吧？」

莫恩庭看了看半敞的窗戶。「這個沒眼色的傢伙，還真過來？」撫著洛瑾紅豔豔的唇角。「妳睡吧！那傻小子應該有話要跟我說。」

洛瑾點頭，目送他出去了。

夜深人靜，去了心事的她，睡得很好。以前父親打罵母親，她總是抱著弟弟，害怕地躲在牆角。後來，莫恩庭對她好，她又患得患失，怕他拋棄她，像她爹將她賭掉一樣。

不過，她漸漸在莫家找到家的溫情，這裡的人各有短處，卻緊緊相連，守護著這個家，她學會如何喜歡別人、如何防備別人，得到了自己的幸福。

第五十七章

果園的桃子已經摘得差不多，當初被砍倒的桃樹，枝幹已經清出來，再費些力氣挖掉樹根即可。莫振邦決定，秋季再補種小樹苗。

家裡的活忙完了，莫恩席回採石場做工；莫恩升繼續與蕭五到碼頭販海貨，也帶些桃子去賣；莫恩庭上縣學；莫振邦準備莫恩庭的親事，得空便去果園看看。

平時沒什麼事做的張婆子，現在卻成了最忙的人，整天在村裡走動，找東家婆子商議莫恩庭成親那天要準備的東西；向西家婆子借大方桌，說是成親那天要擺酒席；最後跑到孟三嬸家，商量去姜家提親要帶些什麼禮物？

趙寧娘要送洛瑾的衣衫已經縫好了，平時做男人衣裳，只是順著樣子縫起來，但給洛瑾的衣裳卻是有些巧思的，洛瑾一穿上，顯得身形婀娜。

這日，小七來到莫家，說莫恩庭要他帶洛瑾去縣城。洛瑾問有什麼事，他不敢說，只催著洛瑾跟他過去。

兩人到了莫恩庭的院子，一群泥瓦匠正在修屋，素萍瞧見洛瑾，帶她去了齊先生的住處。

洛瑾一進去，就看見齊先生和一個熟悉的男人在說話，開口叫了聲。「姑父！」

紀玄看著她，笑道：「瑾兒，快進屋吧！」

洛瑾進屋，驚喜不已。弟弟跟表弟都在，還有母親和姑姑，家人是來看她成親的嗎？

金氏站起來，氣色比上次見面好上許多，見著女兒，高興得掉眼淚。

「嫂子，妳看，孩子現在多好！」洛玉淑的臉色依舊蒼白。「她長大了，有了好歸宿，妳該高興才是。」

「說得對。」金氏打量著洛瑾，眼中噙淚。「早就知道我家瑾兒是個有福的。」

家人團聚，讓洛瑾的鼻子發酸，拉著兩個弟弟，問他們書讀得怎麼樣，在家是否聽話？

「你們兩個出去玩吧！」洛玉淑把兩個男孩遣出去，對洛瑾道：「過來坐。」

洛瑾走到桌前，為兩個長輩倒了水，發現桌上有一只盒子。

「妳要嫁人了，這是姑姑準備的，看看喜不喜歡？」洛玉淑打開盒子，裡面是幾樣首飾。「妳姑父託人打的，雖不是多貴重，但樣子還算精緻。」

洛瑾看了看母親，金氏點頭。「拿著吧！」

「謝謝姑姑。」洛瑾道謝。

金氏自身上掏出一個荷包，握著洛瑾的手，將荷包塞給她。「以後在莫家，要聽老人的話，要孝順。」

洛瑾打開荷包，裡面是那三十兩賣身銀子，頓時覺得好沈重，想推回去。「娘，留著給睿哥兒讀書吧！」

「孩子，在夫家不比自家，夫婿顧不上的，妳要顧上。」金氏把荷包放到洛瑾手裡。「留點錢，總會有用到的地方。」

洛玉淑在一旁輕聲道：「嫂子說得對，妳出嫁後，也要讓他們知道，妳有娘家人撐腰，不是好欺負的。」

洛瑾笑了。「沒有人欺負我。」

「妳這孩子也可憐，從小受了什麼委屈，從不說出來，就這樣憋著。」洛玉淑心疼她。「放心，不用惦記家裡。」

金氏和洛玉淑陪洛瑾說了一會兒話。因為趕路有些累，齊先生就派人把他們送回客棧，回來後與洛瑾商議，說是成親前的規矩，她與莫恩庭不能再見面，便安排她和素萍住在一起。

洛瑾知道這個，點頭應下。

素萍的房間收拾得整潔，洛瑾即將出嫁，她沒什麼可以送給她，便說當日回去幫莫家做飯、跑腿。

兩天後，就是成親之日。傍晚，莫恩庭下學過來交代了幾句，帶小七去客棧見洛家長輩。

晚上，素萍跟洛瑾講了婚禮當天需要留心的事。她嫁錯了人，卻樂見洛瑾找到好歸宿。

翌日，姜鶯蘭帶了新鮮貝類過來。天氣太熱，素萍遂洗乾淨蒸了，中午讓洛瑾請娘家人過來吃飯。今天很熱，修理屋子的泥瓦匠按時來上工，素萍又忙著備茶水給他們喝。

另一邊，洛瑾和姜鶯蘭坐在一起說話，姜鶯蘭很開心，嘴角總是翹著。

「二嫂，以後妳會住在大石村嗎？」姜鶯蘭問道：「還是搬到這邊來？」

「看二哥的意思。」洛瑾回道。莫恩庭要考試，肯定不會長久留在大石村。「以後秋闈，應該是要去州府吧！」

姜鶯蘭點頭。「會讀書真好。」

洛瑾看著姜鶯蘭，想起一件事。「妳和三叔幾時要訂親？」張婆子念叨好幾回了。

姜鶯蘭愣了下。「訂親？」

「婆婆去村裡問過孟三嬸，要是上門提親，應該帶些什麼東西？」洛瑾看姜鶯蘭的樣子，似乎是不知道。「妳不曉得？」

姜鶯蘭有些難為情，揪著手。「二嫂，我喜歡莫恩升，那晚他送我回家，我跟他說了。」扭捏的樣子，並不像平常那個俏皮活潑的姑娘，一副小女兒模樣。

洛瑾覺得姜鶯蘭是敢愛敢恨的性子，做什麼都爽快，喜歡莫恩升也喜歡得直接，極為羨慕，她就是太畏畏縮縮了。

「我說，想跟著他。」姜鶯蘭低下頭，臉上發紅，聲音也變小了，卻難掩心中的喜悅。「然後，他說我想得美。」

聽到這裡，洛瑾覺得莫恩升有些過分了，姑娘畢竟臉皮薄，實在不該直接這樣回人家。「其實三郎人很好，就是有時候說話氣人。」

姜鶯蘭點頭。「我才不管，我喜歡他，就……」不好意思說下去，臉更紅了。那時，她衝過去抱住了莫恩升。「這兩天，他去碼頭，都會捎東西給我，再也不躲我了，就是嘴巴還是壞了些。」

看樣子，莫恩升和姜鶯蘭的好事也將近。洛瑾開心，現在的莫家事事順利，糧鋪也重新開門，東家已經叫莫振邦回去上工了。

轉眼到了莫恩庭跟洛瑾的成親之日，前兩天的豔陽藏了起來，天氣涼爽。

一大早，素萍就到莫家幫忙。村裡有喜事，基本上家家戶戶都會來，各家也會叫女眷過去幫忙。

洛瑾起床，聽著要留意的規矩，金氏和洛玉淑為她梳著頭髮，嘴裡念叨著。「一梳梳到底，二梳白頭齊……」接著是長長的一串吉祥話。

「咱們瑾兒真好看。」梳妝完，洛玉淑捧著洛瑾的臉細瞧。「以後，要做個好妻子。」

洛瑾輕輕點頭，菱花鏡裡的女子一身大紅，面上是淡淡的妝容，沒了平日的清冷模樣，多了幾分嬌豔。

金氏看著女兒，這幾年的心酸湧上來，抬手拭了拭眼角，想再叮囑幾句，卻是一句話都說不出來。

黃昏時，迎親的樂聲傳入院裡，兩個弟弟跑進屋裡，嚷著。「花轎來了！」

沒一會兒，喜娘笑著走進來，見著洛家的人便道喜，胖胖臉上滿是喜氣，盡揀著好聽地說，瞧見坐在床上的洛瑾，更是一頓誇。

洛玉淑上前，塞了銀子給喜娘，說是一路上勞她照顧了，喜娘忙笑著道謝。

喜娘為洛瑾蓋上蓋頭，叮囑她，此時不能再說話、不能哭，路上不能回頭。

洛瑾輕輕應了聲，目光所及，只剩腳下之處，心跳得厲害。

「兩位夫人請留步。」喜娘扶著洛瑾往外走，對金氏與洛玉淑點點頭。

喜娘掀開轎簾，扶著洛瑾坐進去，笑道：「新郎官一直盯著新娘子呢！」

今日就要嫁給莫恩庭了，洛瑾忽覺轎身一晃，耳邊珠釵微動，外面又是熱鬧的樂聲，迎親隊伍吹吹打打，簇擁著花轎，去了大石村。

到了村裡，天色已暗下，莫家門外聚滿了人，小孩子歡快地來回跑著。

洛瑾手裡被喜娘塞了條紅綢，知道紅綢另一端就是莫恩庭，被引進了莫家大門，身旁一片笑聲和祝福。山裡的人淳樸，說的話也實在。

莫家兩老坐在正屋，等著新人拜堂；莫恩席和莫恩升招呼著客人；趙寧娘有身孕，不能在成親時出來，便留在老屋；上菜的事是素萍、姜鶯蘭和村裡的媳婦們做的。

平時看起來挺大的莫家院子，現在卻有些擁擠，擺了七、八張大方桌，坐滿吃喜酒的男人，村裡的婆子們則另坐一桌。

桌上擺得滿滿當當，莫振邦大方，備的盡是大盤菜。喜事嘛，就要讓人人都高興。

一切按照規矩來，拜了堂，洛瑾被送進洞房。

洛瑾靜靜地坐在鋪著大紅喜被的炕上，莫恩庭一身喜服，丰神俊美，想和洛瑾說話，但不等他開口，就被一旁的莫恩升拖出去，說是酒席開始了。

夏日天熱，窗戶是開著的，傳來院子裡吃酒的吆喝聲。洛瑾坐在床上，知道旁邊也站了不少女眷，輕聲說笑著；莫大峪剛爬上炕，便被素萍抱走。

她透過蓋頭的縫隙看去，喜被上撒了栗子、棗子之類的東西，寓意早生貴子。

外面的勸酒聲不斷，來的人不少，洛瑾擔心莫恩庭，他甚少喝酒，這種日子被人灌酒，不好拒絕。

「這群男人真是的，今日二郎成親，他們這是要把人灌倒？」一群媳婦在屋裡說道，緊接著是一片笑聲。

鬧騰到亥時，男人總算喝得盡興，腳步發虛，被自己女人數落著帶回去；來幫忙的媳婦們，留在莫家簡單吃了些，收拾完，也回家了。

夜終於安靜下來，莫恩庭被勸了太多酒，深深呼了口氣。

小七見狀，連忙端來一盆清水，今晚是洞房花燭，想讓主子清醒些。

莫恩庭伸手推開貼著喜字的屋門，裡間的門簾已經換成喜慶的紅色。這就是他一直住著的西廂房，後來被塞進了一個姑娘，再後來他和姑娘相愛，彼此傾心，願意攜手到老。

紅燭搖曳，屋裡一片喜氣。炕上坐著的人兒安靜乖巧，不再像以前一樣，讓他覺得虛幻得無法抓住；現在的她是真實的，是他的妻子，會跟他走完餘生。

莫恩庭輕輕坐上炕沿，身子朝洛瑾傾了傾，眉眼帶笑，接過喜娘送上的秤桿，緩緩挑起蓋頭，那張水靈絕美的臉便出現在他面前。

喜娘在一旁又說了些吉祥話，便識趣地退出西廂房，將屋門關好。

洛瑾知道莫恩庭在打量她，羞澀地抬頭看去，軟軟地叫了聲。「二哥。」

莫恩庭心頭一跳。他的妻子穿上嫁衣，實在太美，嬌嫩的小臉、白皙的脖子、黑亮的頭髮，以及因為緊張而咬著的櫻唇，這一切，以後全是他的！

「洛瑾，我好想妳！」莫恩庭伸手抱緊她，頭埋在她的頸窩裡。

酒氣噴了洛瑾一臉，但她顧不上嫌棄，忙著推莫恩庭。「二哥，窗還開著。」萬一被家裡人看去，她就要羞死了。

「妳總是顧慮這麼多。」莫恩庭把人抱回來，媳婦軟軟的身子讓他愛不釋手，想盡情探索。

「那……還有合巹酒。」洛瑾又道。比力氣，她哪是他的對手？

「對。」莫恩庭聞言，下了炕，從矮桌上端來兩杯酒。「一定要有這個。」

燭光把酒映成琥珀色，在杯子裡閃耀晃動。洛瑾接過一杯，與莫恩庭手臂相交，仰頭喝下這辛辣之物，心裡卻是蜜般甜膩。

接著是結髮，兩人將青絲纏在一起，剪下一縷，放於錦囊中。洛瑾身上的長裙拂過地面，彎身將錦囊置於箱底，那便是生生世世。

「媳婦，我們洞房。」莫恩庭走過去抱起洛瑾，她的身子如此輕盈，帶著屬於她的香氣，讓他迷戀。

大紅喜被上，洛瑾羞得將臉別向一旁，卻被某人直接壓下，酒氣迎面撲來，霸道侵略。

耳鬢廝磨，十指相扣，無盡的甜美，總也嚐不夠。莫恩庭已經不滿足於這些，他想了她太久，久得快瘋了。

他摸著她的臉。「叫聲夫君聽聽。」

「夫君。」洛瑾老老實實地叫了，只是聲音小了些。

見洛瑾像熟透的桃子一樣誘人，莫恩庭不再顧忌，直接探下身，撩起繁瑣的嫁衣。

「燈！」洛瑾一驚。燈還沒吹，他就胡來？

「還有心思管燈？顧好妳自己吧！」莫恩庭伸手關窗，任喜燭燃著，他的媳婦太美，他看不夠。

入夜深沈，蟲兒低鳴，樸素的野花怒放，起伏的山巒在夜空裡看起來無邊無際。

莫家院子裡，大黑狗懶懶地趴著。今天吃得好，有雞骨頭、豬骨頭，接下來幾天，菜色應該都不錯。

忽然間，牠的耳朵抖了抖，那是某些奇怪而熟悉的聲音。

窗紙透出微弱的燭火，有女子低低的求饒聲，以及男子一句若有還無的話。

「要不，妳在上面？」

「……」

——全書完

番外一　莫三郎的燒火日常

天有些涼了，門前梧桐樹的葉子漸漸凋零，天邊散發出淡淡的光。

張婆子笑著從孟三嬸家出來，樸素的衣裳、俐落的髮髻，後面跟著長高不少的莫大峪。

「天涼了，你娘也不知道幫你加件衣裳。」張婆子像以往一樣，念叨一句，心裡倒是沒多在意，小孩子身體熱，其實冷不到哪裡去。

這些日子，張婆子的心情一直很好，家裡事事順心，孩子爭氣，讓她十分欣慰，自是樂得在村民面前昂首挺胸。

她回到自家院子時，莫恩升在做兔子套，抬頭叫了她一聲。

「都當爹的人了，怎麼還跟個孩子似的弄這些？」張婆子問道：「把炕燒熱了嗎？女人家坐月子，可馬虎不得。」說著，進了東廂房。

東廂房裡間的炕上，姜鶯蘭正抱著醒來的孩子餵奶，她才生完十天，身子依舊虛得厲害，臉色也不好看。

「娘。」瞧見張婆子，姜鶯蘭叫了聲，輕柔地拍著懷裡的孩子。

張婆子壓低聲音，看著小孫女，笑眯了眼。「這丫頭真乖，不哭不鬧，將來肯定乖巧懂事。」

姜鶯蘭餵完奶，把孩子送到張婆子手裡。「還沒取名字呢！爹想好了嗎？」

這是莫家孫輩的第一個女娃，張婆子喜歡得不得了。趙寧娘生了兩個小子，本來以為洛瑾那般柔弱，能生個丫頭，結果又是小子，斤兩還不小。自此，張婆子明白了一個道理，人不可貌相，洛瑾那小身板，誰曉得能生出那般胖的孩子。

「取名先不急，等二郎回信再說。」張婆子撓著丫頭的小下巴逗她。

「鄉下丫頭，隨便取就好了。」鶯蘭扯了扯被角。「昨晚三哥就說，可以叫櫻珠、榴槤，或金桔都挺好。」嫁人後，她不再喊莫恩升的名字，隨著家裡的稱呼，叫他三哥。

「聽著倒是不錯，可以當小名。」張婆子道：「還是讓二郎取個正經名字，將來二郎做了官，咱們家孩子的名字，都得講究些。」

姜鶯蘭點頭。「二哥和二嫂還在州府？」

「聽說是在謝家住著。」張婆子嘆了一聲。「不知道我那乖孫子在那邊好不好？妳二嫂連自己都照顧不好，怎能照顧好孩子？」

姜鶯蘭知道張婆子的脾氣，她能看上眼的人少，總喜歡念叨兩句。「反正二哥也考過秋闈了，明年進京，到時可以接二嫂回家住。」

張婆子也是這麼想，讓莫振邦寫了信過去，但謝家回信說會好好照顧孩子和洛瑾，況且孫子已經入了謝家戶籍，就這樣叫回來，他們肯定不樂意放人。

「天涼了，她身子又弱，來回折騰什麼！」張婆子懷裡的孩子睡著了，嘟著一張小嘴，恬靜的小臉蛋可愛極了。「孩子睡了，妳也睡會兒，月子要好好坐，別留下病根。」

張婆子叮囑完，放下小孫女，出了東廂房。

沒一會兒，莫恩升進來了，端著熱好的小米粥，遞給炕上的姜鶯蘭。

姜鶯蘭接過粥碗，吹了吹。「我覺得丫頭還是叫翠梨或是海棠好聽。」

莫恩升笑著看了看熟睡的女兒，抬頭瞪姜鶯蘭。「以前妳不是說跟了我，什麼都聽我的嗎？現在取個名字，妳都要搶？」

「我是說，家裡大事聽你的，取名這種小事，你也計較？」姜鶯蘭回了一句。

「這是我閨女，取名字是大事！」莫恩升不示弱。今天不把她的氣焰壓下去，將來還得了？看看兩個嫂子，多溫婉懂事！

「下一個兒子給你取，丫頭讓我來。」姜鶯蘭放下粥碗。

「不行！」莫恩升聲音一大，剛睡著的孩子被驚醒，張開小嘴哭起來。他忙抱起女兒，來回踱步，大手輕輕拍著，嘴裡發出安撫的聲音。

好不容易哄睡了女兒，莫恩升把她放回炕上，卻發現姜鶯蘭一直盯著他，粥也不喝了。

「妳看我做什麼？」莫恩升問了聲。

姜鶯蘭咧嘴笑著，偎到莫恩升身旁，抱住他的手臂，輕輕搖晃。「三哥，我頭疼，你幫我揉揉。」

媳婦突然變得甜言軟語，莫恩升暗道不妙，但那雙藕臂已經纏上他的腰。她又來了，偏偏他就吃這一套。

「你說過，不會讓我受委屈的。」姜鶯蘭把臉埋在莫恩升胸前。「現在我坐月子，你還凶我。」

他凶了嗎？他只是把女兒吵醒而已吧！莫恩升摸著姜鶯蘭的頭髮，皺著眉頭道：「消停點，妳坐月子，都多少天沒洗頭了。」

姜鶯蘭一聽，鬆開手，坐回炕上，悶不吭聲，端起粥碗吃起來。

莫恩升趴到炕上，戳了戳姜鶯蘭的腿。「生氣了？」

姜鶯蘭立刻轉身，背對著莫恩升。每個女子都想把最美的一面留給心愛的人，但坐月子時真的沒辦法。

莫恩升見狀，把人抱到自己腿上，姜鶯蘭掙扎了下，還是被他抱住了。

「我錯了。」他說得很小聲。

姜鶯蘭聽見，心軟了。她喜歡這個男人，只是坐月子一直待在屋裡，實在憋得慌，脾氣才上來了。

「依妳，就叫翠妮。」莫恩升搖晃著姜鶯蘭。「只是名字還是聽爹娘的意思，讓二哥來取，翠妮當作小名。」

姜鶯蘭噗哧一聲笑了。「是翠梨，不過你那幾個也挺好的，要不就用你的。」

莫恩升也笑了，覺得幸福。

天黑得早，莫振邦像往常一樣，從糧鋪回來，依然每日牽著驢子，只是現在不騎了，驢子老了，平日只會讓牠馱點糧食什麼的。

張婆子在裡屋炕上哄著趙寧娘的小兒子。趙寧娘去正屋張羅晚飯，沒了姜鶯蘭幫忙，她忙碌許多。

莫恩席從外面搓著手進來，頭上和身上落了一層石屑，脫下外褂在門前甩了甩才進裡屋，叫了張婆子一聲，伸出大手，抱起在炕上爬的小兒子。

「明兒，我要回張村一趟。」張婆子對莫振邦道：「桃丫頭瘋瘋傻傻的，時好時壞，不知道什麼時候才能好起來？」

「不是說比上半年好多了嗎？」莫振邦說了聲。「回去看看吧，這兩年，他家也折騰得辛苦。」

「現在是好些了，有時候靜靜地，一句話也不說。」張婆子想了想，道：「她畢竟是個女人，哪能留在張家一輩子？再說，爹娘都會老的。」

莫振邦看著她。「是妳兄弟又來託妳幫月桃找人家了？」發生上次的事後，正經人家哪會要這樣的媳婦？再加上張月桃有時瘋瘋癲癲的，娶她豈不是找了個麻煩回家？

「我是這麼想的，今兒孟三嬸叫我去，說是村頭的牛四央她說親。」張婆子也知道自己的姪女想找一戶正常人家嫁，是不行了；至於牛四，他曾是鳳英的男人，年紀又大，說不定能成。

「能成自然好，但萬一人家不願意呢？」莫振邦道：「月桃的病畢竟沒好全，吃藥還得花銀子。」

「我知道。」張婆子接過話。「可是，牛四至今沒有孩子，月桃年紀小，肯定能生，說不定嫁了人，病就好了。」

見張婆子已經打定主意，莫振邦不再多說。張月桃受了兩年的罪，有些可憐，能找個人照顧她，也是好事。

這時，趙寧娘端著飯菜過來了，小兒子一見她，嘴裡啞啞著，揮動著小胳膊要找她。

「對了，二郎來信了。」莫振邦從懷裡掏出一封信。「說是年底會回來，但要留在謝家過年。」

「這麼遠，來回跑什麼？」張婆子心裡高興，嘴上卻總說著相反的話。「天冷，凍壞孩子怎麼辦？」

「他還說，城裡的院子空著，叫咱們過去住。」莫振邦又道，嘴上掛著不易察覺的笑。自己的孩子個個都好，他高興。

「那多不自在。」張婆子擺手。那裡的人，她都不認識，在村裡，她可以隨意串門子，跟人家誇誇自己的三個兒子和兒媳。當然，她開口時都會說：我家那不爭氣的誰誰誰！

「現在家裡過得好，不知道大鐘怎麼樣了？」莫振邦想起遠在塞外、不知是死是活的姪子，嘆息一聲。「也不知道寫封信回來。」

「他又不識字，怎麼寫信？」莫鐘就是個禍害，張婆子可不希望他再回來害莫家。「對了，你幫我捎塊料子回來，我想做件新衣裳。」

「不過年、不過節的，為什麼要做衣裳？」莫振邦問了聲。

「二郎考過秋闈，回到家裡，當然要請客。」張婆子盤算著，孩子這般爭氣，自己哪能寒酸。「我一個堂堂舉人的娘，當然要穿得好些。」

莫振邦聽了，知道她心裡高興，不拂她的意，點頭應下。

天越來越涼，莫家屋頂冒著炊煙，正屋裡傳出菜香。

另一邊，東廂房的門關得緊緊的，灶前蹲著一個男人，拿著撥火棍生火。

「咳咳！」莫恩升揉了揉眼睛。以前莫恩庭給過他一本講火的書，他還說燒火是女人的事，現在想起來，簡直恍如隔世。

「三哥快來！」裡間的姜鶯蘭叫了聲。「榴榧又尿了！」

——全篇完

番外二　莫侍郎的爭寵心機

陽春三月，風和日麗，正是柳絮紛飛之時。

茶樓裡的說書先生，正繪聲繪色地說著段子，口中的主角正是當朝二品大員——中書侍郎莫恩庭。

「話說，莫侍郎本是一介寒門子弟，乃當年殿試之時，官家欽點的狀元郎。」說書先生頓了頓，看著臺下聚精會神的眾人。「他滿腹經綸，先入翰林院修撰，才五年，年紀輕輕便成了二品中書侍郎，不得不說是棟梁之才。」

「聽說他是伯府謝家的私生子！」底下有人插了句話。

說書先生擺手。「非也，他乃是謝家的另一支——南州謝家的兒子。這又要說到另一個故事了。」

另一邊，此時的中書侍郎莫大人，換下官服，坐在書房裡，不知在想什麼？

小七端來茶水，放到桌上。

「夫人呢？」莫恩庭問道。

「大概在後院看著小少爺。」小七回答。跟了莫恩庭這麼多年，當年的少年心性早已不見，取而代之的是穩重。

莫恩庭聽了，看著書架旁的床榻，心中不悅。他已經在書房裡睡了兩晚，今兒怎麼著也要掙回自己的地盤。

這時，小七將莫恩庭的官服收好，稟報了一句。「大人，定原伯府請您今晚過去一趟，說是有事。」

「讓齊先生先去看看，今晚我有重要的事。」莫恩庭坐到書桌旁，手指敲打著杯蓋。「南州來人了？」

「一直在等著您。」小七回道。短短幾年，主子已經升到二品，州府謝家真要靠著他了。「問您什麼時候得空，回去看看。」

「知道了，你下去吧！」莫恩庭換上便服，出了書房。

花園裡一片青蔥，今日他回來得有些晚，想見的人應該已經回屋了。

屋裡，洛瑾坐在床邊，身上衣衫寬鬆，臉上笑著，手腕一搖，博浪鼓咚咚響起來。趴在床上的謝致，揚起胖胖的臉蛋，咧著嘴，想爬過來，卻只是在原處晃悠。

「致兒，來。」不忍心看著孩子這般吃力，洛瑾把他抱起來，把博浪鼓塞進他手裡。

「我來抱吧！」素萍走過去，伸手接過謝致。

「鑑兒呢？」洛瑾問道。大兒子謝鑑正值頑皮時候，一個沒看緊，便不知跑哪兒去了。

「小七應該跟著的。」素萍拍了拍懷裡的孩子。「吃飯時，他就回來了。」

這幾年，素萍一直跟著莫恩庭夫妻倆，她喜歡孩子，帶大了謝鑑，現在幫忙帶謝致，其實洛瑾提過，讓她找個人家再嫁，但素萍拒絕了，說是這樣看著孩子，挺好的。

這時，莫恩庭走了進來，素萍便抱著孩子去外面看花。

「二哥，今兒回來得這麼早。」洛瑾迎上去。「小七說你要去伯府，這就要走嗎？」

聽了這話，莫恩庭心裡有些不是滋味。有了孩子後，洛瑾怎麼跟他這麼疏遠了，明明回來得不早，還把他往外趕。

「不去了！」莫恩庭抱住洛瑾，下巴靠著她的頭頂。「媳婦，為夫獨守空房好幾天了，妳忍心？」

「說什麼胡話！」洛瑾看著敞開的房門，堂堂二品大員竟這樣無賴，也不怕這話被旁人聽去。

「我受不了了，書房太冷。」莫恩庭摟著洛瑾搖晃。「晚上黑黑的，好嚇人！」

「那你帶著鑑兒一起睡。」洛瑾道，拍了下捏她腰的手。「正好可以教他幾個字。」

「我不要那臭小子。」莫恩庭拒絕，委屈得不得了。「他睡相差，老是踢我，妳看，我腰上還帶著瘀青。」

嗯，這兩天只顧孩子，確實沒怎麼顧上他，洛瑾環上莫恩庭的腰，靠在他胸前。「那你回來吧！」

莫恩庭聽了，覺得自己真不容易，為了跟兩個兒子掙媳婦身旁的一席之地，連伏低做小的招數都用上了。

「好！」莫恩庭笑出一口白牙。「今晚為夫一定把自己洗得乾乾淨淨，一飽夫人的口腹之慾。」說完便俯身吻下。

「荒唐！」洛瑾小聲嘟囔。這人怎麼老是這樣，她拍著他的手臂，指著房門。

莫恩庭哪管什麼門不門的，直接把她的聲音全堵進嘴裡，得意地眨了眨眼睛。

「爹！」謝鑑突然跑進來，上去拽著莫恩庭的腰帶。「別咬我娘！」

兩個大人尷尬地分開。洛瑾掏出帕子，掩飾地放在嘴邊，白了莫恩庭一眼，蹲下身子，雙手扶住大兒子。「怎麼了？」

謝鑑看了看爹娘，道：「素萍伯母說吃飯了，讓你們過去。」

「好，你先去。」莫恩庭拉過他，叮囑道：「以後進屋要敲門，這是禮數，記住了？」

「門又沒關，為什麼要敲？」謝鑑回了句。「不能咬人，這也是禮數。」

洛瑾笑了，拍了拍謝鑑的腦袋。「爹和娘這就過去，你去幫忙看著弟弟。」

謝鑑點頭，飛快地跑了出去。

「咱們把鑑兒送回大石村住些日子吧！」莫恩庭道：「爹娘年紀大了，每次來信，都問起他們兄弟。」

「可是一路上那麼遠，總不能沒人看著。」洛瑾捨不得孩子。「要不，我跟著回去？」

「不行！」莫恩庭忙道，好不容易支開那礙眼的小子，就是為了跟洛瑾獨處。「我安排小七他們跟著；再說家裡有好幾個孩子，鑑兒肯定高興。」

「二哥看著安排好了。」洛瑾應下。「記得三郎家的榴槤小他幾個月。」

莫恩庭點頭。有些羨慕莫恩升，竟有個乖巧的小閨女，他只有兩個和他搶床的小子。

「要不，咱們也生個丫頭，好不好？」

「先去吃飯吧！」洛瑾為莫恩庭整了整衣裳。

看著媳婦的模樣，莫恩庭覺得，將來有了女兒，肯定嬌滴滴的，聽話懂事，抱著漂亮的小姑娘，比那兩個臭小子好多了。

晚飯吃得雞飛狗跳，謝鑑挑食，莫恩庭直接發話，不吃完，不准離開。

謝鑑撇了撇嘴，看洛瑾沒出聲，轉而向素萍求救。「伯母，我吃飽了，吃不下了。」

素萍疼愛兩個孩子，摸了摸謝鑑的頭，向莫恩庭求情。

莫恩庭自是不許，謝鑑只好乖乖把飯吃完。

吃完回房，莫恩庭拿了本書靠在椅子上，心不在焉地看著，時不時瞥向床邊，今晚謝致不知怎麼了，就是不肯睡。

洛瑾抱起謝致，在房間裡來回踱步，手輕輕拍著，嘴裡安撫著他。

莫恩庭沒了耐心，走到洛瑾身旁，接過孩子。「我來。」

洛瑾一愣，接著笑了笑，坐到妝檯前，拆去頭上的髮釵。

一會兒後，屋裡沒了聲音，莫恩庭哄睡鬧累的小兒子，輕手輕腳地放進搖籃裡，對著他得意一笑。

想跟老子鬥？哼！

另一邊，洛瑾拿梳子將頭髮理好，見鏡裡的臉圓潤了些，不由拍了拍自己的臉頰，擔心是不是胖了。

「媳婦，我好冷啊！」跳上床的莫恩庭哀號一聲。「能不能賞點軟玉溫香來抱抱？」

洛瑾聽了，眼角一抬，嫵媚之色盡顯，盈盈起身，朝床榻走去，瞧見他眼中的笑意。

莫恩庭對她伸出手，她也輕輕抬手靠過去。

突然，一陣風穿過，一個身影突地跳上床。

謝鑑拿著自己的枕頭，身上的衣裳已經解開，鑽進了被窩裡，發現莫恩庭也在，轉頭問了聲。「爹，您怎麼在這裡？」

莫恩庭氣結。他怎麼在這裡？這床難道不是他的？他才去書房住兩晚，這小子便鳩占鵲巢了?!

「怎麼了？」洛瑾摸著大兒子的腦袋。「你不是要跟著伯母睡嗎？」

「我想聽娘講故事。」為了躺得舒服，謝鑑對莫恩庭道：「爹，讓一下。」

還讓他讓？事情不能這樣下去了，他是一家之主，現在連媳婦都不能抱，他在外叱吒朝堂，在家裡卻是這種地位。

莫恩庭下了床，拎起謝鑑，把他夾在腋下，往外面走去。

「爹，您幹麼？」謝鑑沒忘記抱著自己的枕頭，回頭喊洛瑾。「娘！」

「二哥，你放下他。」洛瑾想追出去，看見自己身上只穿著中衣，便放棄了。

沒一會兒，莫恩庭回來時，直接鎖上了房門。

「鑑兒呢？」洛瑾問道。

「送去素萍嫂子那裡了。」莫恩庭拍了拍雙手。

「他想留下來，就讓他留下來吧！」洛瑾看著房門，有些不忍。「這幾日，他睡在這裡，也習慣了。」

「我在這裡睡得更習慣，妳就忍心讓我去冷颼颼的書房？」莫恩庭捧著洛瑾的臉，委屈地說。

「二哥，你的手有些涼。」洛瑾擋開那兩隻手。

「沒事，等會兒就熱了。」莫恩庭無賴地纏上洛瑾。「媳婦，為夫已經洗乾淨了，妳想從哪裡下口？」

「我想先喝水。」洛瑾道，哄了孩子一晚上，現在口乾舌燥的。

「不勞媳婦動手，我來。」莫恩庭走到外間，提起還有些餘溫的水壺，倒了杯水。回到裡間時，見洛瑾已經躺在床上，莫恩庭不由笑了一聲。「媳婦，妳是想和為夫玩些花樣？」

他走到床邊，笑容立時僵在臉上。他的媳婦哪是跟他玩花樣，分明是太累，睡著了。

莫恩廷遺憾地嘆息一聲，放好杯子，輕手輕腳地上了床，把手放在自己臉上試試，已經不涼了，才將洛瑾抱進懷裡。

「睡吧！」莫恩庭小聲說了句。「明晚，肯定不會放過妳。」

幾年過去，洛瑾沒有變，還是那樣的水靈，睡顏一如以前的恬靜。只要靜靜地看著她，便讓他煩惱盡去，那顆叱吒朝堂的冷硬之心，在她面前，軟得一塌糊塗。

輕輕一吻落在洛瑾的額頭上，莫恩庭習慣地伸指纏上她的髮絲，喃喃道：「洛瑾，二哥會擋在妳身前，護妳一世安穩。來生，不管妳在哪裡，我依舊會找到妳、纏著妳。」

生生世世的承諾，就此許下。人影成雙，良宵靜好。

——全篇完

2019年8月出版

仙夫太矯情

文創風 770 【重生之三】

段慕白在仙界悠悠哉哉地訓練自己新收的小徒弟，
能成為人人景仰的劍仙的徒弟，應該是很值得驕傲的事，
但這小徒弟不僅不懂感恩，還棄他落跑，
哼哼，她別妄想能逃離他的掌！

天后一出，圈粉無數／莫顏

魄月覺得自己真是閒得沒事幹，才會發神經去勾引段慕白。
他身為冷心冷情的劍仙，斬妖除魔從不手軟，
修為到他這種程度，怎麼可能輕易動情？
美人計不成，她賠掉自己的小命，死在劍仙的噬魔劍下，魂飛魄散。
誰知一覺醒來，她重生了，
重生這事不稀奇，變成段慕白的徒弟才嚇人！
仙魔向來誓不兩立，她當了一輩子的魔，從沒看過段慕白冷漠以外的表情，
原來，他是愛笑的；
原來，他可以溫柔似水；
原來，他一點也不冷漠，
原來……等等，這人怎麼那麼愛動手動腳？
這人怎麼老光著身子，還愛吃她豆腐？
原來，段慕白清冷、神聖的形象是裝的；
原來，他比千年老狐狸還狡猾；
原來，他不動情則已，一動情便會要人命啊！

風 文創
779

廢柴福妻 下

國家圖書館出版品預行編目資料

廢柴福妻 / 龍卷兒著. --
初版. -- 臺北市 : 狗屋, 2019.08
冊 ; 公分. --(文創風)
ISBN 978-986-509-036-4(下冊 : 平裝). --

857.7　　108011324

著作者	龍卷兒
編輯	安愉
校對	沈毓萍　簡郁珊
發行所	狗屋出版社有限公司
地址	台北市104中山區龍江路71巷15號1樓
電話	02-2776-5889～0
發行字號	局版台業字845號
法律顧問	蕭雄淋律師
總經銷	知遠文化事業有限公司
電話	02-2664-8800
初版	2019年8月
國際書碼	ISBN-13　978-986-509-036-4

本著作物由北京晉江原創網絡科技有限公司授權出版

定價250元
狗屋劃撥帳號：19001626
網址：love.doghouse.com.tw　E-mail：love@doghouse.com.tw